D1391857

HARTENDIEF

Chelsea Cain

HARTENDIEF

UITGEVERIJ LUITINGH

© 2008 Verite Inc.

All rights reserved

© 2008 Nederlandse vertaling

Uitgeverij Luitingh ~ Sijthoff B.V., Amsterdam

Alle rechten voorbehouden

Oorspronkelijke titel: *Sweetheart*

Vertaling: Mariëtte van Gelder

Omslagontwerp: Pete Teboskins

Omslagfotografie: Arcangel/Image Store

ISBN 978 90 245 6092 9

NUR 332

www.boekenwereld.com

Ik draag dit boek op aan
Village Books in Bellingham, Washington,
omdat ik er als kind werd binnengehaald
en er al die koude winteravonden
uren boeken mocht zitten lezen.
Dit is jullie schuld.

1

Forest Park was mooi in de zomer. De asgrauwe lucht van Portland ging vrijwel schuil achter een baldakijn van espen, dennen, ceders en essen die het licht filterden tot een zinderend lichtgroen. Een zoel briesje kietelde de bladeren. Purperwinde en klimop kropen langs de bemoste boomstammen omhoog en smoorden de braamstruiken en varens, een massa kruipende ranken van wel een meter hoog aan weerskanten van het pad van aangestampte aarde.

De vrouw was al een tijdje dood. Haar schedel was zichtbaar; langs de haargrens was de hoofdhuid met een verwarde massa rood haar eraan een paar centimeter naar achteren getrokken. Haar gezicht was aangeknaagd door dieren, zodat haar ogen en hersenen waren blootgesteld aan de krachten van het bederf. Waar haar neus had gezeten, was nu alleen nog een driehoekige, benige inkeping; haar oogkassen waren holtes vol glibberig, zeepachtig vet. De huid van haar nek en oren, die vol blaren en striemen zat, was in repen afgepeld en omlijstte dat verschrikkelijke schedelgezicht met de open mond, als een carnavalsgeraamte.

'Ben je er nog?'

Archie richtte zijn aandacht weer op het mobieltje aan zijn oor. 'Ja.'

'Zal ik met het eten wachten?'

Hij wierp een blik op de dode vrouw, in gedachten al met de zaak bezig. Het kon een overdosis zijn. Het kon moord zijn. Ze kon uit het landingsgestel van een Boeing 747 gevallen zijn. Dat laatste had Archie in een aflevering van *Law and Order* gezien. 'Doe maar niet,' zei hij.

Hij hoorde de vertrouwde bezorgdheid in Debbies stem. Het ging goed met hem. Hij slikte minder pijnstillers en was iets aangekomen, maar Debbie en hij wisten allebei dat het oppervlakkige verbeteringen waren. Hij deed vooral alsof. Hij deed alsof hij leefde, ademde en werkte; hij deed alsof het wel goed zou komen met hem. Het leek zijn dierbaren te helpen. Dat was nog iets. Dat kon hij tenminste voor ze doen. 'Denk er wel om dat je wat eet,' zei Debbie met een zucht.

'Ik ga wel ergens een hapje eten met Henry.' Archie klikte het toestel dicht en liet het in zijn jaszak vallen. Zijn vingers raakten de messing pillendoos die ook in de zak zat en hij voelde er even aan. Zijn beproeving was nu meer dan tweeënhalf jaar geleden. Hij was nog maar een paar maanden terug na zijn ziekteverlof. Lang genoeg om zijn tweede seriemoordenaar te vangen. Hij overwoog kaartjes te laten drukken: EXPERT IN DE AANHOUDING VAN SERIEMOORDENAARS. In reliëfletters, misschien. Hij had hoofdpijn, wilde in een reflex de pillendoos openmaken, bedacht zich, haalde zijn hand uit zijn zak en streek ermee door zijn haar. Nee. Niet nu.

Hij zakte op zijn knieën bij Lorenzo Robbins, die vlak bij het lijk zat, op zijn hurken. Zijn dreadlocks zaten onder de capuchon van zijn witte tyvek pak. De gladde stenen in de bedding van de kreek waren glibberig van het mos.

'Je vrouw?' vroeg Robbins.

Archie haalde een notitieboekje en een pen uit zijn andere zak. De flits van een misdaadverslaggever achter hen die een foto nam, ging af. 'Mijn ex.'

'Gaan jullie nog met elkaar om?'

Archie schetste de omtrek van de vrouw en gaf aan waar de omringende bomen stonden, waar de kreek liep. 'We wonen samen.'

'O.'

De flits ging weer af. 'Het is een lang verhaal,' zei Archie. Hij hief een hand en wreef in zijn ogen.

Robbins tilde de losse hoofdhuid van de vrouw met een pincet op om eronder te kijken. Tientallen zwarte mieren krabbelden uit de schedel het rottende weefsel van de neusholte in. 'Er zijn honden bij geweest.'

'Wilde?' vroeg Archie, die zich omdraaide naar het dichte bos rondom hen. Forest Park was met twintig vierkante kilometer het grootste stadsnatuurpark van het land. Sommige delen waren uitgestorven, in andere krioelde het van de mensen. Het lichaam was gevonden in het zuidelijke gedeelte van het park, dat werd gefrequenteerd door een gestage stroom joggers, wandelaars en mountainbikers. Als je langs de heuvel omhoogkeek, zag je zelfs een paar huizen.

'Nee, waarschijnlijk tamme,' zei Robbins. Hij draaide zich om en wees met een in latex gestoken duim langs de heuvel omhoog. 'Het lichaam ligt achter de struiken, dus je kunt het vanaf het pad niet zien. Mensen laten hun honden hier loslopen. Sparky klautert naar beneden en scheurt een stuk wang van het lijk.' Hij keek weer naar het lichaam en haalde zijn schouders op. 'Zijn baasje denkt dat hij een dode vogel of zo heeft gevonden en laat hem nog wat snuffelen. Dan lopen ze door.'

'Wil je zeggen dat ze door honden is opgegeten?'

'Uiteindelijk. De afgelopen weken.'

Archie schudde zijn hoofd. 'Lekker.'

Robbins trok een wenkbrauw op en keek nog eens naar het pad. 'Gek dat niemand iets heeft geroken.'

'Er was een lek in een riool,' zei Archie. 'Bij een van die huizen op de heuvel.'

De wenkbrauw ging nog een paar millimeter omhoog. 'Twee weken lang?'

Archie schetste het wandelpad in zijn notitieboekje. Het

liep een meter of twaalf boven hen, waar het het dichtstbij was. Daar boog het af, hoger de heuvel op, dieper het bos in. 'De mensen verzinnen een aannemelijke verklaring.'

'Denk je dat het een prostituee was?'

'Vanwege de schoenen?' Ze had er nog één aan: een amberkleurige pump van doorschijnend plastic. De andere hadden ze een paar meter verderop in het mos onder een varen gevonden. 'Misschien. Misschien was het een modieus meisje van dertien. Moeilijk te zeggen.' Archie keek naar de grijnzende mond, de rechte tanden die wit afstaken tegen al het bloed en kraakbeen eromheen. 'Ze heeft een mooi gebit.'

'Ja,' beaamde Robbins zacht. 'Ze heeft een mooi gebit.'

Archie zag zijn partner, Henry Sobol, langzaam, aarzelend de heuvel af komen. Ondanks de hitte droeg hij een zwarte spijkerbroek, een zwart T-shirt en een zwartleren jack. Henry hield geconcentreerd zijn lippen op elkaar geklemd, zijn ogen op de grond gericht en zijn armen uitgestrekt om zijn evenwicht niet te verliezen. Met zijn geschoren kop en uitgestrekte armen leek hij op de sterke man van de kermis. Hij liep zijdelings en probeerde in Archies schoensporen te stappen, maar zijn voeten waren groter dan die van Archie en bij elke stap regende het zand en ratelde het kiezels langs de oever. Archie zag dat er mensen boven op de heuvel stonden te kijken, met gespannen gezichten. Een dakloze die een plek had gezocht om te slapen, had het lichaam gevonden en de politie gebeld vanuit een gemakswinkel een paar straten buiten het park. Hij had de eerste politieman die op de melding afkwam opgewacht en hem naar de plek gebracht, waar de politieman prompt zijn evenwicht had verloren in de rulle aarde en langs de heuvel in de kreek was gegleden, waarbij hij de plaats delict had vervuild en bijna zijn been had gebroken. Ze zouden op het sectieverslag moeten wachten om zelfs maar te weten te komen of het moord was.

Henry kwam beneden aan, knipoogde naar Archie, draaide zich om en zwaaide vrolijk naar boven. De politiemensen op de heuvel deden snel weer alsof ze de plaats delict afzetten en de groeiende groep sportief geklede wandelaars en joggers op afstand hielden.

Henry streek peinzend zijn peper-en-zoutkleurige snor glad met zijn duim en wijsvinger en boog zich met een onderzoekende grimas naar voren om het lijk te bekijken. Toen kwam hij ter zake. 'Doodsoorzaak?' vroeg hij.

Robbins trok een zak om een van de gezwollen, vlekkerige handen en maakte hem met een sluitstrip dicht. Hij deed het behoedzaam, alsof de vrouw was weggedoezeld en hij haar niet wilde wekken. De vingers waren gekromd, opgezet en zaten vol blaasjes; het weefsel onder de nagels was zwart, maar de hand was nog herkenbaar, al konden er vermoedelijk geen vingerafdrukken meer worden genomen. De andere hand, die half onder de aarde en het mos begraven lag, krioelde van de torren. 'Geen idee,' zei hij.

'Is ze hier gestorven?' vroeg Henry.

'Moeilijk te zeggen zolang we de doodsoorzaak niet weten,' antwoordde Robbins. Hij keek op naar Henry. 'Zet je je hoofd in de was of glimt het vanzelf zo?'

Archie glimlachte. Henry had Robbins bij de softbalwedstrijd van de politie in het voorjaar uit gegeven en dat nam Robbins hem nog steeds kwalijk.

'Het was maar een vraag,' zei Henry.

'Vraag het maar na de sectie,' bromde Robbins. Hij pakte nog een zak, wapperde ermee om hem open te krijgen en tilde voorzichtig de andere hand op om de zak eromheen te schuiven. De torren vluchtten weg en Henry stapte achteruit.

Archie noteerde iets. Twaalf jaar geleden hadden ze in ditzelfde park naar een ander dood meisje staan kijken. Dat had hen op het spoor van de Beauty Killer gezet, al hadden ze toen nog niet geweten dat de zaak een hele loopbaan zou beslaan. Of dat Archie een van haar slachtoffers zou worden.

'Hé,' klonk het vanaf de heuvel.

Henry keek op en zag Claire Masland op het pad, die gebaarde dat ze naar boven moesten komen. Hij zette zijn handen in zijn zij. 'Dat meen je niet,' zei hij tegen Archie.

Claire wenkte weer, nu met haar hele arm.

'Ik ga wel voorop,' zei Archie. Hij keek over zijn schouder naar Henry en voegde eraan toe: 'Dan sleur je mij tenminste niet mee als je valt.'

'Haha,' zei Henry.

'Wat is er?' vroeg Archie aan Claire toen ze bij het pad waren. Claire was klein en hoekig, en ze had heel kort haar. Ze droeg een gestreept T-shirt en een spijkerbroek. Ze had haar gouden penning aan haar broeksband geklemd, samen met een mobieltje, een wapen in een leren holster en een rode plastic zonnebril, die zwierig door een lusje was gehaakt. Ze knikte zijdelings naar een jonge politieman in uniform die onder het vuil zat.

'Dit is agent Bennett,' zei ze. 'De eerste ter plaatse.'

Bennett was bijna nog een jongen, lang, met een babyface en een onderkin die hij zorgelijk in zijn dunne hals drukte. Hij kromde berouwvol zijn schouders. 'Het spijt me heel erg,' zei hij.

'Laat het maar zien,' zei Claire tegen hem. Hij zuchtte somber en draaide zich om. Hij was in het ravijn getuimeld. Zijn uniform zat vol troep en er kleefden nog blaadjes aan zijn overhemd.

Henry en Archie leunden naar hem over om het beter te kunnen zien. Tussen zijn schouderbladen, tussen de varensporen, de mosdeeltjes en het zand, zat onmiskenbaar een aanwijzing.

Henry keek Archie aan. 'Dat lijkt me een menselijke haar,' zei hij.

'Toen je, eh, viel,' zei Archie tegen de jongen, 'heb je het lichaam toen aangeraakt?'

Bennetts rug verstrakte. 'Jezus, nee, rechercheur. Ik zweer het.'

'Hij moet hem onderweg hebben opgepikt,' zei Henry.

Archie haalde een dunne zwarte zaklamp uit zijn zak en bescheen de rode haar. Hij liet Henry meekijken. Aan het uiteinde zat een beetje weefsel. 'Er zit een deel van de hoofdhuid aan,' zei Archie.

Bennett keek om en zette grote angstogen op. 'Haal het eraf,' zei hij smekend. 'Haal het van me af, oké?'

'Rustig, jongen,' zei Henry.

Claire, die zeker dertig centimeter kleiner was dan Bennett, hief haar arm, plukte de haar van zijn rug en stopte hem in een monsterzakje.

Archie riep een technisch rechercheur. 'Pak al zijn kleren in. Zijn sokken, alles.'

'Maar wat moet ik dan aan?' vroeg Bennett terwijl de technisch rechercheur hem meenam.

Claire wendde zich tot Archie en Henry. Ze stonden op een pad van ongeveer een meter breed dat kronkelend in de heuvel was uitgehakt. Er was alleen een stuk langs de rand afgezet, zodat vrouwen van in de vijftig geen eind terug hoefden te lopen en het risico liepen te laat voor hun afspraak in de schoonheidssalon te komen. Een chocoladebruine labrador sprong door het gebladerte aan de kant van de heuvel. Zijn baasje, gekleed in cargo-short, met wandelschoenen aan en een spiegelende zonnebril op, liep langs zonder de bezigheden op de bodem ook maar een blik waardig te keuren. 'Dus?' zei Claire.

'Hoofdwond,' zei Archie.

'Ja,' zei Henry.

'Misschien is ze gevallen,' speculeerde Claire. 'Net als TJ Hooker. Heeft ze een steen geraakt met haar hoofd.'

'Misschien heeft die steen háár geraakt,' zei Henry.

'Of,' zei Archie, 'misschien is Sparky naar beneden geklauterd en heeft hij zijn snuit in ons lijk gestoken, en is die haar van zijn tong gevallen toen hij weer naar boven klom.'

Claire en Henry keken Archie sprakeloos aan.

'Sparky?' zei Henry.

'Wat ontzettend goor,' zei Claire.

2

Susan Ward was misselijk. Misschien waren het de zenuwen. Of het kwam door de warmte. Misschien kwam het door de gifwolk van sigarettenrook die in het café hing.

'Nog iets drinken?' vroeg Quentin Parker, die al sinds mensenheugenis de misdaadverslaggever van de *Herald* was. Susan wist niet of hij als alcoholist was begonnen, of dat zijn werk er iets mee te maken had.

'Nu iets met een parasolletje?' zei hij.

Parker dronk Wild Turkey. Zonder ijs. De barkeepster had er al een voor hem ingeschonken voordat ze goed en wel zaten.

Susan haalde zonder op de kat van het parasolletje in te gaan een sigaret uit het pakje dat ze op tafel had gelegd. 'Ik rook wel gewoon,' zei ze om zich heen kijkend. Parker had dit café voorgesteld. Het was in het centrum en makkelijk te bereiken vanaf de krant. Susan had er nog nooit van gehoord, maar Parker leek iedereen te kennen. Hij kende een hoop mensen in een hoop cafés.

De zaal was klein, dus kon Susan een oogje op de deur houden om te zien of degene met wie ze hadden afgesproken binnenkwam. Parker had de ontmoeting gereg[...] werkte meestal samen met de redacteur hoofdartikelen[...] dit was een misdaadverhaal en dat betekende Parker. Zij [...] twee maanden bezig geweest om deze afspraak voor elkaar te krijgen, en Parker had het met één telefoontje geritseld. Maar zo ging het al zolang ze aan het verhaal werkte. Ze stond op het punt eigenhandig de carrière van een gerespecteerd politicus kapot te maken. De meeste medewerkers van de *Herald* hadden op hem gestemd. Susan had op hem gestemd. Als het kon, zou ze die stem nu intrekken.

'Ik had wel alleen kunnen gaan,' zei ze.

'Hij kent jou niet,' zei Parker. 'En ik help graag.' Dat was een geintje, uiteraard. Edelmoedigheid was niet het eerste woord dat bij je opkwam als je aan Quentin Parker dacht. Ruziezoeker? Ja. Seksist? Ja. Fantastische journalist? Ja. Dronkenlap? Zeker weten.

Bijna iedereen vond hem een klootzak.

Om de een of andere reden had Parker zich echter over Susan ontfermd vanaf haar eerste dag bij de krant, nu twee jaar geleden. Ze wist niet waarom. Misschien lag het aan haar grote mond. Of haar ongepaste kleren. Of de kleur die haar haar toen had gehad. Het deed er niet toe. Ze ging voor hem door het vuur en was er vrij zeker van dat hij, mits niet afgeleid door een borrel of een spannend aanknopingspunt voor een artikel, hetzelfde voor haar zou doen.

Susan keek weer om zich heen. Parker had een goede keus gemaakt. De kans dat iemand hen hier samen zou zien, was klein. De inrichting had een vaag maritiem thema: een roer van een oude boot aan de wand, een anker boven de bar. De barkeeper zag eruit alsof hij honderdtien was, en zijn vrouwelijke collega leek nauwelijks jonger. Het enige eetbare wat er te krijgen was, was popcorn. Het stonk ernaar. Maar het was donker en koel, en dat was meer dan je van de buitenlucht kon zeggen. Susan trok aan haar zwarte hemdje. Er

ters *I smell bullshit* op de borst, en de let-
...aar huid als ze zweette.

...ging open en een verblindende rechthoek
... binnen, zodat de rokerige atmosfeer ver-
... kringels kankerverwekkende mist. Susans
...e. Er kwam een man van middelbare leef-
...en die aan een BlackBerry prutste. Hij was
gezet, maar op geen stukken na zo gezet als Parker, en hij
droeg een bril met rechthoekige glazen die te modieus voor
hem leek. Susan keek naar Parker.

'Verstop je waardevolle bezittingen,' fluisterde Parker, die
nog een handvol popcorn uit de schaal voor hen pakte.

'Weet je zeker dat hij het is?' vroeg Susan, die weer aan
haar hemdje trok.

Parker proestte, een snelle, amechtige lach. Hij kiepte het
popcorn in zijn mond en kauwde. 'Dertig jaar in de mis-
daadverslaggeving,' zei hij met volle mond. 'Dan leer je veel
advocaten kennen.

Hier,' zei hij tegen de advocaat, en hij wenkte hem met
een vettige popcornhand.

Van dichtbij leek de man tien jaar ouder. 'Parker,' zei hij
met een knikje. Toen keek hij naar Susan. Op de pootjes van
zijn bril stond met grote letters PRADA. 'Is zij het?' vroeg hij.

'Onze eigen Brenda Starr,' zei Parker nog steeds kauwend.
Hij grijnsde. Zijn gele tanden leken klein en glimmend in
het gedempte licht. 'Een meid naar mijn hart, zoals ze achter jouw maat aan zit.'

'Mijn "maat",' zei de advocaat, 'is een zittende senator van
de Verenigde Staten.'

Parker nam nog een handvol popcorn. 'Niet lang meer,'
zei hij door zijn grijns heen.

Susan nam een trek van haar sigaret en voelde aan de digitale memorecorder die ze op haar schoot had verstopt om
te controleren of hij aanstond. Ze voelde hem onder haar

vingertoppen snorren en werd op slag kalmer. Na de advocaat kwam er een jonge man met een rood honkbalpetje op door de deur, die alleen ging zitten.

De advocaat veegde het glimmende zweet van zijn voorhoofd. 'Dus de *Herald* gaat het verhaal plaatsen?'

'Heeft senator Castle commentaar?' vroeg Parker. Hij hief zijn vuist en mikte een paar korrels popcorn in zijn mond.

'Hij ontkent,' zei de advocaat.

Susan lachte.

De advocaat schoof zijn Prada-bril omhoog. 'Je mag blij zijn dát je commentaar krijgt,' zei hij rood aanlopend.

Susan nam zich ter plekke voor John Castle en de klootzakken die hem al die jaren hadden beschermd te ruïneren. De mensen aanbaden Castle vanwege zijn verdiensten voor de staat, maar na donderdag zouden ze zien wie hij werkelijk was: een verkrachter, een intrigant, een chanteur en een bedrieger. Ze drukte de rest van haar sigaret uit in de zwarte plastic asbak op tafel. 'Hij ontkent?' zei ze. 'Hij heeft de oppas van zijn kinderen genaaid en zich in allerlei bochten gewrongen om het verborgen te houden, zoals haar afkopen.' Ze pakte een nieuwe sigaret en stak hem op met een wegwerpaansteker. Susan rookte alleen als ze zenuwachtig was, maar dat wist die advocaat niet. 'Ik heb twee maanden aan dit verhaal gewerkt,' zei ze. 'Ik heb opnames van Molly Palmer. Ik heb interviews met Molly's vrienden uit die tijd die overeenkomen met Molly's versie van het verhaal. Ik kan met bankafschriften bewijzen dat uw kantoor geld op haar rekening heeft gestort.'

De advocaat spreidde zijn handen ten teken van onschuld. 'Mevrouw Palmer heeft stage bij ons gelopen,' zei hij.

'Eén zomer,' zei Susan. Ze nam een trek van haar sigaret, legde haar hoofd in haar nek en blies de rook uit. Ze nam er de tijd voor, want ze wist dat ze hem had. 'Uw firma is haar nog vijf jaar blijven betalen.'

De advocaat had een zenuwtrekking bij zijn mondhoek. 'Het zou een administratieve vergissing kunnen zijn,' zei hij.

Susan had zin om met haar elleboog de grijns van zijn gezicht te vegen. Waarom had hij de moeite genomen te komen opdagen? Hij had ook telefonisch kunnen ontkennen. 'Wat een gelul,' zei ze.

De advocaat stond op en bekeek Susan van top tot teen. Als je er zo uitzag als zij, raakte je eraan gewend, maar dat deze vent het deed, maakte haar razend. 'Hoe oud ben je eigenlijk?' vroeg hij. 'Vijfentwintig?' Hij maakte een wegwuifgebaar bij haar hoofd. 'Denk jij dat de burgers van deze staat zullen toestaan dat een meid met blauw haar en een soort politieke agenda een geliefde senator die al vijf termijnen zit op zijn nummer zet?' Hij bracht zijn gezicht zo dicht bij het hare dat ze zijn aftershave kon ruiken. 'Zelfs al publiceer je het verhaal, dan loopt het nog met een sisser af. En je publiceert het niet, want als de *Herald* zich daaraan waagt, laat ik je vervolgen.' Hij wees met een priemende vinger naar Parker. 'En jou ook.' Hij schoof zijn bril nog een laatste keer omhoog en deed een pas achteruit. 'De senator ontkent alle aantijgingen,' zei hij. 'Afgezien daarvan heeft hij geen commentaar.' Hij draaide zich om en liep naar de deur.

'Ik ben achtentwintig,' riep Susan hem na. 'En mijn haar is Atomic Turquoise.'

Parker bracht zijn glas whisky naar zijn mond. 'Dat ging goed,' zei hij.

'Nou,' zei Susan. 'Ze staan te trillen op hun benen.'

'Vertrouw me maar,' zei Parker. Hij pakte een tandenstoker van een schoteltje op tafel en ging met deinende hangwangen een stukje popcorn tussen zijn tanden te lijf.

Susan was nog nooit zo dol op hem geweest.

Hij keek haar aan en knipoogde. 'Ze zijn schijtbenauwd,' zei hij.

Susan meende hem te zien blozen van trots, maar het kon ook door de whisky komen.

3

Archie stond bij zijn voordeur, met zijn sleutels in zijn hand. In de anderhalf jaar dat Debbie en hij uit elkaar waren geweest, had ze de sleutel nooit teruggevraagd, en hij had nooit aangeboden hem terug te geven. Hij was al die tijd aan zijn sleutelbos blijven hangen, als constante herinnering aan wat hij had verloren. Hij was er slecht aan toe geweest toen ze hem vroeg weg te gaan. Hij was nog maar een paar maanden uit het ziekenhuis en zat nog in het zwartste bezinksel van zijn herstel. Hij nam het haar niet kwalijk. Hij had haar ertoe gedwongen. Alleen zijn was makkelijker.

Hij haalde de messing pillendoos uit zijn zak, maakte hem open en pakte er drie witte, ovale tabletten uit. Hij hield ze even vast voordat hij ze in zijn mond stak en genoot van de vertrouwde, bittere smaak voordat hij ze doorslikte. Toen stak hij de sleutel in het slot en duwde de grote deur open. De bungalow uit de jaren vijftig was door de vorige eigenaar gerenoveerd. Debbie was zwanger van Sara geweest toen zij hem kochten. Het huis was veel te duur geweest voor iemand met zijn salaris, maar Debbie was net als ontwerper bij Nike aangenomen, dus waren ze zich te buiten gegaan.

Debbie had een lamp aangelaten en er viel een warme, halve kring van licht in de donkere gang. Archie trok zijn modderschoenen bij de deur uit, liep naar de haltafel en gooide zijn sleutels naast de lamp. Op de tafel stond een foto van Debbie en hem en de kinderen in een zilveren lijst. Hij stond er blij op, maar hij kon zich niet heugen waar of wanneer de foto was gemaakt.

Vlak voordat Debbie haar armen om zijn middel sloeg, voelde hij haar al achter zich.

'Hoi,' zei hij.

Ze vlijde haar wang tegen zijn schouderblad en hield hem vast. 'Was het erg?'

'Ik heb erger gezien.' De woorden bleven even in de lucht hangen. Toen draaide Archie zich om en sloeg zijn armen om haar heen. Debbies korte bruine haar zat in de war en ze had alleen een zwart hemdje en een rood katoenen onderbroek aan. Haar lichaam voelde sterk en gespierd aan in zijn armen. Hij kende het zo goed als zijn eigen lichaam. 'Alles goed met de kinderen?' vroeg hij.

Ze leunde tegen hem aan en drukte een lichte kus in zijn hals, vlak onder zijn kaak. 'Ze slapen al uren,' zei ze.

Archie legde zijn hand op Debbies wang en keek naar haar gezicht: vriendelijk en open, krachtige jukbeenderen, een lange, smalle neus, een sproetenwaas. En toen een flits blond, de geur van seringen en daar was ze: Gretchen Lowell. Altijd in de periferie van zijn bewustzijn. Archie kromp in elkaar.

Hij voelde Debbie onder zijn handen verstrakken.

'Is zij het?' vroeg ze.

Hij schraapte zijn keel en schudde het beeld uit zijn hoofd. Zijn hand viel van haar wang. 'Ik moet slapen.' Hij wilde de pillen weer uit zijn zak halen en er nog eentje nemen, maar niet waar Debbie bij was. Het deed haar te veel pijn.

'Is het moeilijk om haar niet te zien?' vroeg Debbie.

Soms vroeg Archie zich af hoeveel Debbie van zijn relatie met Gretchen wist. Debbie wist dat Gretchen hem niet losliet. Ze had zelfs het woord 'obsessie' kunnen gebruiken, maar hij dacht niet dat Debbie wist hoe ver hij over de grens was gegaan.

'We hadden afgesproken dat we het er niet over zouden hebben,' zei hij zacht.

Debbie draaide Archie naar de spiegel aan de wand achter de tafel. 'Kijk,' zei ze. Ze stak haar handen onder zijn overhemd, tilde het tot boven zijn tepels op en hield het daar. Archie aarzelde en keek toen naar hun weerspiegeling. Zijn ex-vrouw stond tegen hem aangedrukt, met haar hoofd op zijn schouder en glanzende, donkere ogen. Zijn gezicht zag er gekreukt uit, half in de schaduw van de lamp, met zijn lange neus en scheve mond, dikke haar en trieste ogen, allemaal fysieke erfenissen van voorouders: donker Iers, Kroatisch, joods. Hij stond zichzelf een wrange glimlach toe. Jezus. Zelfs zijn genotype was tragisch.

Debbie gleed met een hand naar het lange litteken over zijn middenrif van de verwijdering van zijn milt. Het was zijn grootste litteken, een lelijke striem van vijftien centimeter. De dwarse witte littekentjes van de hechtingen waren nog zichtbaar, waardoor het geheel uitgesproken frankensteiniaans aandeed. Het littekenweefsel was hard, en hij kon Debbies vingertoppen er amper langs voelen strijken. Toen gleed haar hand naar de kleinere littekens overal op zijn borst. Die waren fijner; het scalpel was meer als tijdverdrijf in zijn huid gezet dan om hem pijn te doen. Ze leken op zilveren grassprieten, evenwijdig aan elkaar getrokken, als streepjes op een grotesk scorebord. Debbie volgde het samengetrokken wilde vlees van de steekwond onder zijn linkerribben met haar vingers.

'We hadden een deal,' zei Archie. 'Levenslang in ruil voor de vindplaatsen van haar slachtoffers. Ze heeft zich aan haar deel van de afspraak gehouden. Ik was degene die het niet aankon. Ze wil met niemand anders praten, Debbie. Denk aan de tweehonderd mensen die ze heeft vermoord. Denk aan hun nabestaanden.' Zo had hij zichzelf vaak toegesproken in de twee jaar dat hij elke week met Gretchen Lowell had gepraat. Het hoorde allemaal bij zijn pogingen zichzelf ervan te overtuigen dat hij gewoon zijn werk deed. Hij geloofde het niet meer. Hij vroeg zich af of Debbie het nog geloofde.

'Honderdnegenennegentig,' zei Debbie. 'Jij was nummer tweehonderd, Archie. En je leeft nog.'

Ze gleed met haar hand naar het andere litteken, het litteken dat onder zijn linkertepel begon, in twee bogen door zijn borsthaar liep en weer terugkwam bij het beginpunt: een hart. Gretchen Lowell kerfde een hart in al haar slachtoffers. Het was haar signatuur. Maar haar andere slachtoffers waren dood geweest, en de harten bloedige wonden die werden versluierd door ontbinding en een litanie aan martelingen. Archie had als hoofd van het Beauty Killer-team tien jaar lang bij die lichamen gestaan en naar hun autopsiefoto's gekeken, maar hij was steeds een stap achter blijven lopen. Tot hij in de val liep die Gretchen voor hem had gezet.

Ze was in het team geïnfiltreerd en zes weken later, op de avond dat ze hem verdoofde, had ze hem haar ware gezicht laten zien. Ze hadden gedacht dat ze een psychiater was die haar vakkennis aanbood. Hij vroeg zich nu af of hij haar zo snel had geloofd als ze niet zo mooi was geweest.

Het hartvormige litteken was teer, een sierlijke draad van bleke nieuwe huid. Zijn mooiste litteken. Hij had het maandenlang niet kunnen opbrengen ernaar te kijken, maar nu leek het net zo goed deel uit te maken van zijn lichaam als het kloppende hart eronder. Debbies vingers streken erover en Archie voelde een elektrische schok door zijn zenuwstelsel trekken.

Hij tilde zijn hand op en pakte haar pols. 'Niet doen,' zei hij.

Debbie drukte haar gezicht tegen zijn schouder. 'Ze vermoordt je,' zei ze met een stem die zacht en gedempt klonk in de stof van zijn overhemd. 'Ze vermoordt ons.'

Archies stem was nauwelijks meer dan een fluistering. 'Ik hou van je,' zei hij. Hij meende het. Hij hield zielsveel van haar en de kinderen. Hij hield met zijn hele hart van hen, en het was niet genoeg. 'Maar ik kan haar niet zomaar vergeten.'

Debbie keek op naar zijn spiegelbeeld. 'Ik laat haar niet winnen.'

Het brak zijn hart. Niet omdat ze bang was dat hij gevaar liep, maar omdat ze dacht dat ze een kans had om hem te redden. Wat voor verwrongen spelletje Gretchen en hij ook hadden gespeeld, het was iets tussen hen beiden. Gretchen gaf niets om Debbie omdat ze wist dat Debbie geen bedreiging vormde. 'Het is geen wedstrijd.' Wat hij er niet bij zei, was dat Gretchen al had gewonnen.

Debbie keek hem lang aan, zonder iets te zeggen. Toen kuste ze hem langzaam, liefdevol op zijn wang. 'Laten we nog even in de kamer gaan zitten,' zei ze. 'Tv-kijken of zo.'

Archie was blij dat ze het onderwerp afsloot. 'Als getrouwde mensen,' zei hij.

Debbie glimlachte. 'Ja.'

Doen alsof je normaal bent. Het was iets waar Archie goed in was. 'Zal ik de man spelen?' zei hij. Hij liep achter haar aan naar de woonkamer, net toen de pillen begonnen te werken en de codeïne zich door zijn lichaam verspreidde. Het was als een kus, zacht en warm en vol belofte.

4

Susan zat naakt op de vloer voor de zwenkende ventilator. Telkens als de warme lucht haar raakte, kreeg ze kippenvel. Ze had een koel bad genomen en haar natte, turkooizen bob zat plat tegen haar hoofd gekamd. Ze had twee dagen eerder haar roze haar turkoois geverfd, en haar hoofdhuid prikte nog van het waterstofperoxide. Dat maakte, samen met het feit dat het vijfendertig graden was op de verdieping van het benauwde victoriaanse huis, dat ze de slaap niet kon vatten. Het bad had geholpen: ze had de geur van sigarettenrook uit haar haar gekregen. De geur van Parkers vette popcorn niet, op de een of andere manier.

Ze keek naar de witte laptop naast haar op de vloer. Ze moest de definitieve versie van het verhaal over Molly Palmer de volgende dag inleveren. Die eikel zou eindelijk zijn verdiende loon krijgen.

De deur van de kamer vloog open.

'Mam!' gilde Susan.

Bliss, Susans moeder, keek geschrokken. Haar lange, geblondeerde dreadlocks waren om haar hoofd gewikkeld en haar katoenen kaftan hing losjes om haar pezige, door yoga gespierde lichaam. Ze had een rieten dienblad met een Japanse theepot in haar handen. 'Ik kwam je gewoon een kopje muntthee brengen,' zei ze.

Susan haalde haar handen door haar natte haar en trok haar knieën op om haar naakte lichaam te verbergen. Haar moeder was dik in de vijftig en had het lichaam van een vrouw van dertig; Susan was achtentwintig en had het lichaam van een vijftienjarige. 'Kloppen, oké? Ik hoef geen thee. Het is tegen de veertig graden.'

'Ik zet het hier neer,' zei Bliss, die bukte om het blad op de vloer te zetten. Ze keek Susan aan. 'Heb je popcorn gegeten?' vroeg ze.

Susan was weer bij haar moeder ingetrokken. Zo noemde ze het niet als mensen wilden luisteren. Tegen mensen die wilden luisteren, zei ze dat ze alleen bij haar moeder logeerde, een woord dat impliceerde dat het een tijdelijke regeling was.

Ze 'logeerde' toevallig in haar oude kamer.

Het was haar kamer geweest, tien jaar geleden, maar ze was nog niet naar de universiteit vertrokken of Bliss had er een meditatieruimte van gemaakt. De wanden waren oranje geverfd, er hingen Indiase gordijnen met zilveren kraaltjes voor de ramen en er lagen tatami's op de vloer. Er was geen bed of ander meubilair, maar Bliss had met een vooruitziende blik een hangmat opgehangen voor als ze ooit een logeerkamer nodig mocht hebben. Toen Susan opperde dat ze een luchtbed zou kunnen kopen, bijvoorbeeld, of een futon, had Bliss uitgelegd dat een kwart van de wereldbevolking in een hangmat sliep en dat deze hangmat een authentieke, driedubbel geweven hangmat uit Yucatán was, niet zo'n waardeloze enkel geweven hangmat die mensen in de tuin hangen. Susan was wel zo wijs Bliss niet tegen te spreken, maar sinds de eerste nacht in die pokkenhangmat had ze zich niet meer kunnen omdraaien zonder een pijnscheut in haar schouderblad te voelen, driedubbel geweven of niet.

De kamer stonk naar de zoete, muffe rook van honderd Chinese wierookstokjes. Het was erger in de hitte, en zelfs met de ramen open was de lucht boven in het huis drukkend, als te strak zittende kleren. De hangmat bood tenminste ventilatie.

Susan had zichzelf wijsgemaakt dat ze woonruimte ging zoeken wanneer ze het verhaal over de relatie van de senator met Molly Palmer af had. Dat ging nu voor. Ze kon geen tijd verkwisten aan websites met huurwoningen en het bezichtigen van appartementen. Het verhaal moest de hoogste prioriteit hebben.

Ze stond op, liep naar de laptop op de vloer, ging zitten en klapte hem open. Het verhaal lichtte wit op op het lichtblauwe scherm. De cursor knipperde. Ze begon te typen.

Ze ging liever dood dan iemand de waarheid te vertellen: dat ze bang was om alleen te zijn. Dat ze de druk van de riem om haar nek nog steeds voelde. Dat ze nog over de Naschoolse Wurger droomde.

Ze voegde het 'geen commentaar' van Castle in de twee-de alinea van het verhaal in en glimlachte. Nog niet zo lang geleden had ze persoonlijke cursiefjes en leuke stukjes over zalmfestivals en houtzaagdemonstraties geschreven.

Er was veel veranderd sinds twee maanden geleden, toen ze de opdracht had gekregen rechercheur Archie Sheridan te volgen in zijn jacht op de Wurger. Ze was veranderd.

De afgelopen acht weken had ze vaak overwogen Archie te bellen, maar ze had het niet gedaan. Er was geen reden toe. Haar serie was geplaatst. Hij had een vriendelijk brief-je gestuurd naar aanleiding van haar laatste artikel over de Wurger, waarin hij haar het allerbeste wenste. Geen uitno-diging om een keer koffie te gaan drinken. Geen 'we hou-den contact'. Ze nam aan dat hij belangrijker zaken aan zijn hoofd had.

Het was maar beter zo. Niet voor oudere, bezette mannen vallen. Dat was haar nieuwe regel. En Archie Sheridan? Twaalf jaar ouder dan zij, en verliefd op zijn ex-vrouw. Pre-cies haar type, en dus totaal verboden. Bovendien had ze haar werk.

Ze richtte haar aandacht weer op het scherm voor haar.

Haar huidige prioriteit: senator Castle aan de kaak stel-len als de idioot die hij was. De krant had haar continu te-gengewerkt en het hele verhaal als een oud gerucht afge-daan, tot Susan Molly had gevonden. Er werd al jaren over de zogenaamde 'verhouding' van de senator gepraat, en ver-schillende journalisten hadden zelfs geprobeerd Molly op te sporen. Molly had niemand te woord willen staan, maar Su-san en zij hadden iets gemeen. Ze hadden allebei in hun jeugd iets rottigs meegemaakt waardoor ze stom waren ge-worden als het op mannen aankwam.

In Susans geval had het geleid tot slechte vriendjes, drugs, als je wiet meetelde, wat niemand in Portland, Oregon deed, en exhibitionisme van de ergste soort: bekentenisjournalistiek. Molly was er op alle fronten slechter aan toe dan Susan.

Misschien, dacht Susan, zouden ze elkaar kunnen helpen een uitweg te vinden.

Of er tenminste minder clichématig op te reageren.

Susan reikte naar de mok thee die haar moeder voor haar had neergezet en bracht het aardewerk naar haar lippen, maar de thee was nog te heet.

Vroeg in de ochtend hoorde Susan de vaste telefoon rinkelen. Haar moeder had nog dezelfde telefoon die ze had gehad toen Susan klein was, een rood toestel met een draaischijf dat aan de keukenmuur hing en een zo in de knoop zittend snoer had dat je de hoorn maar een paar centimeter van het toestel kon houden. Hij rinkelde luid, wat Bliss prettig vond omdat ze hem kon horen waneer ze in de achtertuin de composthoop omschepte of de geit molk. Waarom het Bliss iets uitmaakte of ze de telefoon hoorde wist Susan niet, want haar moeder nam vrijwel nooit op. Susan was dan ook verbaasd toen de telefoon na twee keer rinkelen stilviel.

Ze rolde zich om, een ingewikkelde manoeuvre die de hangmat vervaarlijk liet zwaaien, en was een paar minuten later weer in slaap gewiegd.

Ze wist niet hoeveel tijd er was verstreken, maar ze voelde haar moeder naast zich. Ze maakte zich klein en probeerde een deken over haar hoofd te trekken. Ze hoorde de vrachtwagen van de recycling buiten, dus het moest een uur of zeven zijn. De glazen flessen en potten uit de plastic bak vielen aan scherven op de dikke metalen bodem van de vrachtwagen. Het was een afschuwelijk, agressief geluid, alsof iemand de voorruit van een auto kapotsloeg. Susan kon er niet aan wennen. 'Kloppen,' zei ze tegen haar moeder. 'Weet je nog?'

Haar moeder legde haar hand zacht op Susans bovenarm.

De hangmat deinde. Iets aan die aanraking zei Susan dat er iets niet in orde was. Het was een te kordaat gebaar, te secuur. Ze hees zich op haar ellebogen op en haakte haar vingers in het weefsel van de hangmat om zich verder op te hijsen. Bliss' gezicht stond zorgelijk. Er was iemand dood.

Susans hart bonsde in haar keel. Wie? Susan dacht aan de stadsverslaggever met wie ze twee maanden geleden een paar keer was uitgegaan. 'Derek?' vroeg ze.

Bliss streek een haarlok van Susan glad. 'Parker, lieverd,' zei ze. 'En senator Castle. Ze zaten in een auto. Hij is vanochtend van de Fremontbrug geraakt.'

Susan klauterde uit de hangmat en ging in elkaar gedoken op de tatami eronder zitten. 'Wat?'

Bliss kwam op haar blote voeten tegenover Susan zitten. Haar gezicht stond heel verdrietig. 'Ze zijn allebei dood, schattebout.'

'Wat?' zei Susan weer, bijna fluisterend.

'Ian heeft vanaf de redactie gebeld,' zei Bliss zacht. 'Ze zijn dood.'

Parker. Susan stortte in. In een flits was ze veertien en in de ziekenhuiskamer bij haar vader, machteloos, eenzaam en woedend. Ze zette de machteloosheid en eenzaamheid van zich af en liet zich meeslepen door haar woede.

'Is hij dood, verdomme?' zei ze. 'Is de senator verdomme doodgegaan voordat mijn artikel is geplaatst? Ik heb er twee maanden aan gewerkt.' Ze voelde dat ze rood werd en er welde een prikkelend gevoel in haar borst op. Niet Parker, dacht ze. Alsjeblieft, niet Parker. 'Twee maanden.'

Bliss bleef op haar blote voeten op de tatami zitten, afwachtend.

Susan snoof een stortvloed snot op. 'Is Parker dood?' vroeg ze met een klein stemmetje.

Haar moeder knikte.

Het sloeg nergens op. Waarom zou Parker bij Castle in

een auto zitten? Het was een misverstand. Ze keek op naar Bliss.

Het was geen misverstand.

Haar gezicht vertrok. 'Klote.' Ze kneep haar ogen dicht in een poging de hete tranen te absorberen die dreigden over te stromen, stond op, liep naar de verhuisdoos met kleren in de hoek van de kamer en zocht erin.

'Wat doe je?' vroeg Bliss.

Susan vond een lange, zwarte katoenen jurk en wurmde zich erin. 'Ik ga erheen.'

'Naar de krant?' vroeg Bliss.

'Naar de brug. Ik moet uitzoeken wat er is gebeurd.' Ze diepte haar mobieltje uit haar tas op en koos een nummer.

Bliss stond op. Haar katoenen kaftan fladderde in de bries van de ventilator. 'Wie bel je?'

Susan veegde met de rug van haar pols een traan van haar wang en bracht het toestel naar haar oor. 'Archie Sheridan,' zei ze.

Ze pakte een lok turkooizen haar en hield hem bij haar neus. De geur van popcorn was weg.

5

Archie stond op de Fremontbrug. Het was de nieuwste van de tien bruggen van Portland, een betonnen vierbaansweg in twee lagen uit de jaren zeventig die een boog hoog boven de rivier de Willamette beschreef en de oost- en westkant van de stad met elkaar verbond. De meeste Portlanders hadden wel een favoriete brug: de Hawthorne, de Steelbrug of de St. Johns, maar er zouden er niet veel de Fremont noemen. Het was een onelegante, functionele brug; de lichtblauwe verf bladderde van het grijze beton als huid van een verbrande rug, maar Archie had hem altijd mooi gevonden. Als je naar het westen reed, had je het mooiste uitzicht over de stad: wijd open naar het noorden, het zuiden en voor je; de flonkerende skyline van het centrum; de weelderige heuvels in het westen; Forest Park en de rivier die loom naar het noorden kronkelde, en dat alles in een roze waas. Portland kon soms zo mooi zijn dat Archie bang was dat de aanblik hem een hartstilstand zou bezorgen.

'Lelijk, hè?' zei een stem achter hem.

Archie draaide zich een kwartslag en zag Raul Sanchez, een gedrongen man met een grijs baardje, sterke armen en een gezicht dat eruitzag alsof het uit wrakhout was gesneden. Hij had een donkerblauw honkbalpetje op waar in grote witte letters FBI op stond en een windjack met FBI in kleine witte letters op de borst en in grote op de rug aan.

'Neem me niet kwalijk,' zei Archie. 'Ben je soms van de FBI?'

Sanchez glimlachte. 'Ze willen dat we ons identificeren,' zei hij met een Mexicaans accent dat zich verfijnd om de medeklinkers wikkelde. 'Zodat de burgers ons niet aanzien voor die klootzakken van de CIA.' Hij kwam naast Archie staan. Achter hen stond een heel parkeerterrein aan voertuigen van de reddingsdiensten, met rood, wit, blauw en oranje flitsende zwaailichten.

'Moet je zien,' zei Sanchez met een knikje naar de rode knipperlichtjes op de telefoontorens die als kaarsjes op een verjaardagstaart oprezen uit de heuvels in het westen, en naar de hoge kranen die aangaven waar op dit moment appartementen en andere projecten werden opgetrokken. 'Over tien jaar is het hier net Los Angeles.' Hij grinnikte naar Archie. 'De inwoners van Californië overstromen onze grenzen. En je weet hoe lui ze zijn. Ze maaien hun eigen gazon niet eens.'

'Ik heb het gehoord,' zei Archie.

Sanchez duwde zijn handen in zijn zakken en wipte van

zijn tenen op de hakken van zijn cowboylaarzen. 'We hebben al een tijdje geen auto meer van een brug gehad,' zei hij. De gekleurde lichten van de reddingsvoertuigen braken op het beton achter hem, waardoor het leek alsof hij op de dansvloer van een disco stond.

'Twee in tien jaar,' zei Archie. 'Een zelfmoord vanaf de Marquam. Een watervliegtuig van de Morrison.'

Sanchez keek op naar de heldere ochtendlucht. 'Nou, het dreef anders niet,' zei hij.

Archie keek ook op. Een zwerm nieuwshelikopters zweefde boven hen, als raven boven iets bijna-doods in het bos. 'Nee,' zei hij. Hij wist wat Sanchez dacht. Een auto van een brug af rijden was moeilijker dan het eruitzag. Je moest tientallen veiligheidsmaatregelen van de bouwers te slim af zijn: een betonnen bumper van een meter hoog, een afzetting van rastergaas. Je moest ontzettend veel pech hebben. Of ontzettend je best doen.

Claire dook naast hem op. Ze droeg een spijkerbroek en een t-shirt met een buldog op de borst. Haar korte haar zat onder een Grieks vissersmutsje. 'Susan Ward is er ook,' zei ze. 'Ze zegt dat ze je heeft gebeld.'

Archie draaide zich om en keek naar de andere kant van de brug, waar het groeiende legioen verslaggevers op afstand werd gehouden met politielint en een falanx motoragenten.

'Hebben ze de auto al opgevist?' vroeg Archie aan Claire.

'Bijna,' zei ze. 'Er ligt daar troep van een eeuw die de duikers er eerst af moeten halen.'

'Ja, die onbezoedelde Willamette,' zei Sanchez.

Het was een gekkenhuis. Susan had nog nooit zoiets gezien, of het moest het driedaagse festival van Oregon bij Eugene zijn. Daar had je honderddertien hectare hippies, vuurdansers en falafelkraampjes en hier was het een drom politiemensen, media en toeschouwers, maar met diezelfde opgewonden blik in hun ogen. Alsof ze iets bijzonders beleefden.

Susan had achter Kerby Street geparkeerd en het laatste stuk gelopen. Ze droeg haar perskaart van de *Herald* aan een sleutelkoord om haar nek en kletste zich langs drie afzonderlijke controleposten van de politie. Het was griezelig te voet over de brug te gaan. In tegenstelling tot de meeste andere bruggen in Portland was de Fremont afgesloten voor voetgangers, op die ene keer in het jaar na dat de gemeente er een paar duizend Portlanders overheen liet fietsen. Susan, die altijd vergat wanneer de fietstocht werd gehouden en altijd in een verkeersopstopping belandde, begreep nu wat daar zo aantrekkelijk aan was. Het had iets onwezenlijks om zo hoog boven de stad te lopen. Toen dacht ze aan de lange seconden waarin de auto van de senator zijn vrije val had gemaakt en balde haar vuisten. Parker was dood. Nu moest ze in het geweer komen. Ze moest iets doen wat tegen al haar verslaggeversinstincten indruiste: haar exclusieve artikel op het spel zetten.

Ze moest Archie Sheridan vertellen wat ze wist.

Ze had zich langs de tv-ploegen gewerkt, die allemaal een liveopname wilden met de indrukwekkende vloot reddingsvoertuigen op de achtergrond. Claire had haar gezien en had beloofd Archie voor haar te zoeken, maar er waren zoveel mensen dat Susan haar kwijt was geraakt zodra ze zich in de menigte uniformen begaf. Ze wachtte dus, kijkend naar de politiemensen en andere verslaggevers afluisterend om zo veel mogelijk informatie te vergaren. Ze ving niet veel op in de drukte. Toen drong het tot haar door: geen slipsporen. Er waren te veel mensen, te veel auto's; als er slipsporen waren geweest, hadden ze die wel afgezet. Het zou er krioelen van de mensen van de technische recherche. Geen slipsporen. Geen remmen.

Toen kreeg ze Archie in het oog en rechtte haar rug. Hij

kwam achter een politiebusje vandaan, met zijn handen in de zakken van zijn blazer en zijn schouders opgetrokken tegen de lichte ochtendkou Zijn haar leek een dikke bruine massa, maar toen hij dichterbij kwam, zag Susan een paar grijze strepen die er niet waren geweest toen ze hem voor het laatst had gezien, twee maanden eerder.

'Ik vind het heel erg voor je,' zei Archie toen hij bij haar was. 'Ik weet dat je een hechte band had met Parker.'

Susan voelde een zwarte golf tranen in haar keel en slikte ze weg. 'Hoe is het gegaan?' vroeg ze. Archie tilde het politielint op. Susan dook eronderdoor en liep achter Archie aan.

'Het is rond vijf uur vanochtend gebeurd,' zei hij onder het lopen. 'De auto is met hoge snelheid van het hoogste punt van de brug geraakt.' Hij wees naar een plek waar duidelijk een groot deel van de betonnen bumper ontbrak. Het skelet eronder lag bloot, als een bot in een gecompliceerde breuk. Een meter of drie van het rasterhek bungelde gevaarlijk over de rand van de brug. 'Twee automobilisten zijn gestopt en hebben het alarmnummer gebeld. De Zoek- en Reddingsdienst was in zeven minuten ter plaatse.' Ze bleven bij de rand staan en keken naar de politiesloep en de boten van de Zoek- en Reddingsdienst die in de diepte op de rivier dreven; een zinderende regenboog van benzine op het wateroppervlak gaf aan waar de auto was gezonken. 'Maar ze waren allebei dood,' vervolgde Archie. 'De senator en Parker. De lichamen zijn ongeveer een uur geleden naar boven gebracht.' Hij draaide zich om, keek Susan aan en trok een wenkbrauw op. 'Het was Parkers auto, Susan. Weet jij waarom de misdaadverslaggever van de *Herald* bij het krieken van de dag met onze langst zittende senator rondreed?'

Susans maag verkrampte. Waarom had Parker haar niet verteld dat hij een afspraak met Castle had? Geen slipsporen. Godver.

'Susan?' zei Archie bijna vermanend. 'Je moet het me nu vertellen.'

Susan keek naar de politie en de pers. Niemand leek echt iets te doen. 'Onder ons,' zei ze tegen Archie.

Archie trok zijn wenkbrauwen op, wenkte haar en liep langs twee surveillancewagens en twee politiebusjes naar een nachtblauwe Crown Victoria. Archies partner Henry Sobol zat achter het stuur in een notitieboekje te schrijven. De deur aan de bestuurderskant was open. Archie leunde naar binnen en zei: 'Ik moet de auto hebben.'

Henry keek op, zag Susan en glimlachte naar haar. 'Mevrouw Ward,' zei hij. 'U hebt een nieuwe haarkleur.'

'Het heet Atomic Turquoise,' zei Susan. 'Ik heb Enchanted Forest overwogen, maar dat leek me iets te punk.'

'Groot gelijk,' zei Henry terwijl hij uitstapte. Hij haakte een duim achter de grote zilver-met-turkooizen gesp van zijn riem. 'Turkoois is professioneler.'

Hij vroeg niet waarom ze de auto nodig hadden.

Archie hield het achterportier voor Susan open en ze schoof op de warme blauwe skai achterbank van de Crown Vic. Archie schoof naast haar en sloot het portier.

'Is hij verdronken?' vroeg Susan.

'Het lijkt erop,' zei Archie omzichtig. 'De auto is snel gezonken. Elektrische vergrendeling. Ze konden er niet uit.'

Susan draaide een lok blauw haar strak op. 'Dit moet onder ons blijven.'

Archie keek haar even zwijgend aan. 'Dat kan ik niet beloven,' zei hij toen. 'Het is mijn zaak niet. Het is een zaak van de FBI, en niet eens van de regionale vestiging. Als je me iets vertelt wat volgens mij relevant is voor de zaak, zal ik het moeten doorgeven.'

Susan vertelde het hele verhaal in één adem. 'Senator Castle heeft een verhouding gehad met de oppas van zijn kinderen. Tien jaar geleden. Een meisje van veertien. Vervolgens heeft hij gezorgd dat het in de doofpot werd gestopt.'

'Veertien?' zei Archie. 'Ik dacht dat ze ouder was.'

Susan stond perplex. 'Wist je van Molly Palmer?'

Archie schokschouderde. 'Ik kende de naam niet, maar er waren geruchten.'

Susan wist dat er geruchten waren geweest. Er waren jaren geruchten geweest, maar niemand had ze geloofd, of willen geloven, want ze waren nooit in druk verschenen. Ze had alleen niet geweten dat de politie ervan wist. 'Heeft de politie nooit onderzoek gedaan?' vroeg ze.

'Ik ben er altijd van overtuigd geweest dat het niet waar was,' zei Archie.

Susan werkte haar voeten uit haar sandalen en trok haar benen onder zich, waarbij ze eraan dacht haar jurk zedig over haar knieën te trekken. 'Nou, het was wel waar. Ik heb een hele berg bewijs, ook van Molly Palmer zelf. Ze hebben haar afgekocht. Ze heeft zwijggeld gekregen.' Ze trok aan het sleutelkoord van de *Herald*. 'Het verhaal zou overmorgen verschijnen. Parker en ik hadden gisteren een afspraak met Castles advocaat. We waren benieuwd of hij commentaar had, maar dat had hij niet.'

'Denk je dat Parker de senator daarna nog heeft gezien?' vroeg Archie.

'Ik weet het niet,' zei Susan. 'Misschien. Misschien wilde Castle toch commentaar geven, maar het is godsonmogelijk dat het feit dat ze samen in die auto zaten losstaat van mijn verhaal over Molly Palmer.'

Archie knikte peinzend en richtte zijn aandacht weer op haar. 'Dank je,' zei hij. 'Hier kunnen we iets mee.'

Susan voelde dat haar gezicht begon te gloeien. 'Graag gedaan.'

Henry klopte op de zijruit van de auto en Susan schrok zich wezenloos. Henry wuifde naar haar en wees van Archie naar zijn horloge. Archie knikte bijna onmerkbaar naar hem. Susan keek op haar eigen horloge. Het was bijna halfnegen.

'Salem?' vroeg ze. Ze had Archie en Gretchen tijdens een van hun wekelijkse gesprekken gezien. Het achtervolgde haar nog steeds.

Archie wreef in zijn nek en kneep zijn ogen dicht alsof hij plotseling pijn voelde. 'Ik ga er niet meer heen,' zei hij.

Susan was verbaasd. 'Echt niet?'

Archies gezicht verried geen enkele emotie. 'We hebben even vakantie van elkaar,' verklaarde hij. Het was iets wat je zou kunnen zeggen over een proefscheiding, niet over een lopend moordonderzoek. *We hebben even vakantie van elkaar. Andere mensen zien. Onze mogelijkheden onderzoeken.*

Gretchen Lowell. De Beauty Killer. De Koningin van het Kwaad. Susan had haar maar één keer gezien. Blond. Een porseleinen huid. In het echt was ze nog mooier dan op alle foto's.

Susan was zestien geweest toen het eerste slachtoffer van de Beauty Killer werd gevonden, en Gretchen Lowell gaf haar het gevoel dat ze nog steeds zestien was.

Destijds waren er bijna elke dag artikelen over haar verschenen, en de meeste waren geschreven door Quentin Parker. Zo had Susan Archie Sheridan leren kennen, als een foto in de krant, op een podium tijdens een persconferentie of buiten bij een nieuw lijk.

'Ik heb haar niet meer gezien,' zei Archie. 'Niet sinds de zaak van de Naschoolse Wurger.'

Susan huiverde en kreeg kippenvel op haar armen. Ze begon over iets anders. 'Ik heb begrepen dat je weer bij je gezin woont,' zei ze.

Archie glimlachte en plukte aan iets op zijn broekspijp. 'We werken eraan,' zei hij met iets zachts in zijn stem.

Susan glimlachte terug. 'Goed. Heel goed.'

Ze zaten even in de volslagen onbehaaglijke stilte. Tenminste, Susan vond de stilte onbehaaglijk. Archie leek er geen last van te hebben, maar zij kon niet tegen stilte. Het gaf haar het gevoel dat ze er iets uit kon flappen waar ze spijt van zou krijgen. Of dat ze in tranen uit zou kunnen barsten, wat nu ook gebeurde.

'O, god,' zei ze. Ze veegde een traan van haar wang en keek ernaar met een afgrijzen alsof ze bloed aan haar vingers had.

Archie legde zijn hand op de hare en wachtte zonder iets te zeggen af.

'Soms, als ik alleen ben, word ik zo bang,' snotterde ze. Ze diepte een gebruikte tissue uit haar tas op en snoot haar neus. 'Is dat niet sneu?'

Archie bleef roerloos zitten. Hij gaf een kneepje in haar hand. 'Helemaal niet,' zei hij zacht.

Susan deed haar ogen dicht. Soms zou ze drie maanden terug willen gaan, naar de tijd voordat de zaak hen samen had gebracht. Toen dacht ze aan Archie en alles wat hij had doorgemaakt en voelde zich een trut.

'Het spijt me,' zei ze. 'Ik krijg zelfmedelijden door Parker.'

'Susan, je mag best bang zijn,' zei Archie. 'Het komt wel goed. Je bent absoluut niet sneu.'

Ze glimlachte naar hem en knikte een paar keer. Hij noemde haar altijd Susan. Nooit 'Sue', 'Suzy' of 'Suze'. Dat beviel haar aan hem.

'Vind je dat Atomic Turquoise echt wel oké?' vroeg ze.

Ze zag hem naar haar haar kijken en zijn woorden op een goudschaaltje wegen. 'Wat ik mooi vind, is dat je het lef hebt om het te doen,' zei hij.

Ze veegde met haar handen en onderarm over haar wangen en neus en wilde uit de auto stappen.

Archie legde een hand op haar arm. 'Misschien moet je me met nog iets helpen,' zei hij. 'Ik moet een lichaam identificeren. Misschien moet ik je om een gunst vragen. Wat publiciteit. Ik ben bang dat het verhaal anders ondergesneeuwd raakt door deze toestand.'

'Het meisje in het park?' vroeg Susan.

Archie trok verbaasd een wenkbrauw op. 'Ja.'

'Zeg maar wat ik voor je kan doen,' zei Susan. 'Ik zal mijn best doen.'

Toen ze wegliep, vroeg ze zich vluchtig af of Archie haar had gemanipuleerd met zijn verzoek om publiciteit, en of ze niet een klein beetje met zich liet sollen. Toen zette ze het idee uit haar hoofd. Zo berekenend was Archie niet.

6

Archie keek naar Henry, die zijn lange lijf achter het stuur manoeuvreerde en startte. 'Heb je haar zover gekregen dat ze iets over het park schrijft?' vroeg Henry met een blik in de achteruitkijkspiegel op Susan, die terugliep naar de bij elkaar gedreven verslaggevers.

'Ja,' zei Archie. Het was een eitje geweest. Hij schaamde zich er een beetje voor, maar hij had meer medelijden met hun onbekende slachtoffer. Debbie verweet hem altijd dat hij een sterkere band had met de doden dan met de levenden.

Archie trok zijn gordel over zijn borst en klikte hem dicht.

'Geen vragen?' zei Henry. 'Ze zei gewoon ja?' Hij draaide zich om in zijn stoel om nog een blik op Susan te werpen, die makkelijk te vinden was met haar turkooizen haar. 'Wat heb je gedaan? Haar gehypnotiseerd?'

Het was benauwd in de auto en Archie prutste aan de airco. 'Heb jij ooit iets opgevangen over de senator? Dat hij de oppas van zijn kinderen zou naaien?' vroeg hij.

'Ik heb zoiets gehoord,' zei Henry. 'Ik wist niet dat het de oppas was.'

Archie kromp in elkaar. De airco kwam kuchend tot leven en een beetje vuil dat in de ventilator was blijven steken, ratelde en tikte. 'Ooit overwogen het te onderzoeken?' vroeg hij. Hij sloeg met de muis van zijn hand tegen het dashboard naast het rooster en het geratel hield op.

'Ik dacht dat ze zestien was,' zei Henry. Hij zette het zwaailicht op de motorkap aan, sloeg een arm om Archies stoel en reed achteruit.

Dat was de leeftijd voor verkrachting van een minderjarige. Wie zestien of ouder was, kon toestemming geven; als je jonger was, kon je dat niet. Het was een van die wetten die zwaar op de omstandigheden leunden.

'Veertien,' zei Archie. In dit geval waren de omstandigheden niet mild. 'Castle was toen tweeënvijftig. Susan heeft me verteld dat de *Herald* het hele verhaal in de openbaarheid gaat brengen,' vervolgde hij. 'Een exclusief interview met het slachtoffer.'

'Dat is geen misdrijf,' zei Henry, die nog steeds achteromkeek terwijl hij langzaam een volmaakte draai maakte. Henry had van zeventien staten een rijbewijs. Voordat hij bij de politie kwam, was hij elk jaar verhuisd. Gewoon om meer te zien, had hij Archie een keer verteld toen ze dronken waren. Archie had zijn hele leven in Oregon gewoond, maar hij had dan ook maar één ex-vrouw. Henry had er vijf.

'De verjaringstermijn was destijds drie jaar,' vervolgde Henry. 'Als je slachtoffer extreem schattig was, kon je er zes van maken.' Een verveeld ogende agent in uniform tilde het politielint op om hen uit het afgezette stuk van de brug te laten. 'Tegenwoordig is het zes jaar vanaf het moment dat het slachtoffer achttien is geworden of het aan iemand vertelt, net wat maar het eerst komt.'

Er stond een metalen reisbeker koffie op het dashboard

die begon te glijden toen Henry vaart meerderde. Archie pakte hem en nam een slok lauwe koffie. Castle was meester in de rechten. Waarschijnlijk had hij een fles champagne laten knallen op de dag dat de mijlpaal van drie jaar was bereikt. 'Vrouwe Justitia lijkt niet Castles grootste angst te zijn,' zei Archie. De airco begon weer te ratelen en Archie sloeg nog een keer met de muis van zijn hand tegen het dashboard. Het ratelen hield op.

'Nee,' zei Henry met een wrang lachje. 'Toen ik nog in Washington werkte, noemden ze het "de drie g's": uit de gratie, geroyeerd en gescheiden. Slechte pers. Daar zijn die eikels pas echt bang voor.'

'Met eikels bedoel je politici?' vroeg Archie, die nog een slok lauwe koffie nam.

'Ja,' zei Henry.

'En wat deed jij in Washington?'

'Ik werkte voor een van die eikels,' zei Henry. Hij streek zijn peper-en-zoutkleurige snor glad. 'Ik schoor mijn bakkebaarden en alles. Toen zag ik de rekeningen die de aannemers de overheid stuurden. Tienduizend dollar per pisbak.' Hij schudde meewarig zijn hoofd bij de herinnering. 'Dat was nadat ik was opgehouden als leraar op een middelbare school in de binnenstad en voordat ik bushpiloot werd.'

'Wanneer ben je op de motor door Zuid-Amerika getrokken?' vroeg Archie.

'Nadat ik terugkwam uit Alaska,' zei Henry. 'Char en ik waren net uit elkaar. Je weet toch dat ik een maand bij een inheemse stam heb gezeten toen mijn motor het in de bergen begaf? Ze hadden daar een plant... als je op het blad kauwde, kreeg je een visioen van je toekomst.'

'Wat zag je?' vroeg Archie.

'Een wit paard, een kind met een vogel op zijn hand en een vrouw met grote tieten en een zwaard.'

Archie knipperde met zijn ogen en keek Henry even zwijgend aan. 'Dus toen dacht jij natuurlijk: ik word smeris.'

Henry glimlachte zo breed dat zijn snor aan de uiteinden opwipte. 'Het leek me een duidelijke vingerwijzing.'

Archie schudde zijn hoofd. De sluiting van de Fremontbrug had het spitsuur in de war gegooid. Op de 1-5 in noordelijke richting, de 405 en zelfs in de straten van de stad stond alles stil. Toen ze voorbij de versperring aan het eind van de brug waren, zette Henry de sirene aan zodat ze over de vluchtstrook mochten rijden. Officieel mochten ze de sirene alleen gebruiken in geval van nood, maar Henry vond een verkeersopstopping een noodgeval.

'En, denk je dat Castle heeft besloten de duik te nemen?' zei Henry. 'Een ruk aan het stuur gegeven? Moord en zelfmoord?'

'Wie weet,' zei Archie.

'Ga je het aan de FBI vertellen?' vroeg Henry.

Archie dacht erover na. 'Eerst maar eens zien wat de technische recherche vindt,' zei hij. 'Als het geen opzet was, hoeven we Susans verhaal niet te dwarsbomen.'

Henry grinnikte en zette zijn pilotenbril op.

'Wat lach je?' zei Archie.

'Je doet aardig tegen haar omdat ze op je valt,' zei hij.

'Ik doe aardig tegen haar omdat ik aardig bén,' zei Archie. 'En ze valt op me omdat ik oud ben...'

'Een geriatrisch geval van veertig,' pareerde Henry, die zelf tien jaar ouder was.

'Oud,' herhaalde Archie. 'Machtig,' voegde hij eraan toe.

'Bazig,' repliceerde Henry.

'Gezaghebbend?' probeerde Archie.

Henry aanvaardde het compromis met een knikje. Ze waren het centrum uit en reden over de Marquimbrug terug naar het oosten van de stad. Het werd minder druk. De zon scheen. En Mount Hood en Mount St. Helen doemden aan de horizon op. Archie vond altijd dat ze er bizar uitzagen in de zomer, die massieve, vreemd naakte rotsmassa's.

'Om nog maar te zwijgen,' zei Archie, 'van in de knoop en niet beschikbaar.' Hij draaide het raampje open en keilde de rest van de koffie naar buiten.

'Tja,' zei Henry. 'Wie kan daar weerstand aan bieden?'

7

Archie stond op de drempel van zijn huis. De rest van zijn zondagochtend had hij op het bureau processen-verbaal opgesteld. Castle was zijn zaak niet, maar hij was ter plekke geweest, en dat betekende administratieve verplichtingen. Henry had hem uiteindelijk onder dwang thuisgebracht.

Hij hoorde Buddy Holly in het huis uit de speakers knallen. De geur van een net gebakken taart hing zwaar in de lucht en hij hoorde hoe zijn zoon in de keuken de slappe lach had. Een leven geleden had het geluid een glimlach op zijn gezicht getoverd; nu maakte het alleen dat hij bleef staan en zijn hand om de pillendoos in zijn zak klemde.

Tweeënhalf jaar geleden had hij bij Gretchen Lowells huis gestaan. Hij dacht vaak terug aan die avond, de opeenvolging van gebeurtenissen, hoe hij zichzelf had opgedragen te keren, weg te lopen, in zijn auto te stappen en regelrecht naar zijn gezin te rijden. Als hij die avond niet naar binnen was gegaan, was alles anders gelopen.

Maar hij was wel naar binnen gegaan. En Gretchen had hem opgewacht.

Hij bleef nog even in de deuropening staan en riep toen eindelijk: 'Ik ben thuis.'

'We zijn in de keuken,' riep Debbie terug.

Archie liep met zijn koffertje naar zijn werkkamer, nog

steeds tijd rekkend. Hij liet het niet graag slingeren, want dan konden de kinderen het te pakken krijgen. Niemand zou gedwongen mogen worden naar de foto's te kijken die hij moest zien. Zijn werkkamer was een van de extra slaapkamers aan het eind van de gang. Een vierkante ruimte met vloerbedekking, een bureau, een imitatie Eames-stoel en een slaapbank voor als er te veel logés waren, iets wat nooit voorkwam. Oppervlakkig gezien leek het een onschuldige kamer. Planken vol boeken over forensische pathologie en criminologische naslagwerken, een paar eervolle vermeldingen aan de wand, een pc en drie archiefkasten die uitpuilden van de verslagen en notities. Er was een grote kast met een berkenhouten vouwdeur. Binnen in de kast, tegen de achterwand, hing een fotocollage van alle slachtoffers van de Beauty Killer van wie Archie de zaak had afgesloten. Soms deed hij de deur open, knipte het licht in de kast aan en keek er gewoon naar. Tweeënveertig gezichten. Mannen. Vrouwen. Kinderen. Hij kende elk detail van elke foto. Ze stonden in zijn geheugen gegrift.

Hij ging aan zijn bureau zitten, maakte zijn holster los van zijn broeksband, nam zijn dienstwapen eruit en liet de patronen in zijn hand vallen. Ze waren nooit zo zwaar als ze naar zijn gevoel moesten zijn. Hij maakte een bureaula open met een sleutel aan zijn bos en legde de patronen in een vakje. Toen ontsloot hij een andere la, legde het wapen en de holster erin en sloot hem weer af. Zo hadden ze het afgesproken toen Ben was geboren. Geen geladen wapens in huis. Zelfs Henry's wapen ging achter slot en grendel wanneer hij kwam eten.

Vanuit zijn ooghoek zag hij een gezichtje in de deuropening. Toen hij nog eens keek, was het weg.

'Sara?' zei hij.

Ze stak haar hoofd weer om de hoek van de deur. 'Ze zijn een verjaardagstaart voor me aan het bakken. Ik mag niet kijken.' Ze lachte en klapte in haar handen. 'Voor morgen,' zei ze. Ze draaide een pirouette, danste even op de plaats en rende toen met zwaaiende bruine vlechten naar Archie toe. Sara rende altijd. Ze legde een mollig handje op Archies hand. 'Heb je een leuke dag gehad?' vroeg ze.

Archie aarzelde en probeerde zijn gezicht niet te laten verraden hoe hij zich voelde. 'Ik heb gewerkt. Werken is niet altijd leuk.'

Ze keek met stralende ogen en rode wangen naar hem op. 'Als ik zeven ben, mag ik haar dan zien?'

'Wie?' vroeg Archie.

'Gretchen Lowell.'

Het benam hem de adem. Als een stomp tegen zijn borst. Zijn hand vloog in een reflex naar het litteken, zoals je een oude wond zou kunnen beschermen tegen een klap. Hij was sprakeloos. 'Hoe kom je aan die naam, lieverd?' vroeg hij ten slotte.

Sara, die zijn onbehagen voelde, zette een stapje achteruit. 'Jacob Firebaugh heeft Ben een boek over jou gegeven.'

Archies hart bonsde in zijn borst. 'Wat voor boek?' Hij wist het al. *Het laatste slachtoffer.* Het was een sensatieverhaal over Gretchens escapades en het leed dat ze Archie had aangedaan. Hij wist dat ze het een keer te zien zouden krijgen, maar hij had gedacht dat hij nog tijd had.

'Weet ik niet,' zei ze.

'Stond er een foto van een vrouw voorop?' vroeg hij.

Ze lachte twee rijen tandjes naar hem bloot. 'Ik wil haar zien. Ik vind haar lief.'

Archie vond het de droevigste uitspraak die hij in zijn hele leven had gehoord. 'Dat mag je niet zeggen,' zei hij bijna fluisterend.

'Jij vindt haar toch ook lief, pappie?' zei Sara. 'Je ging de hele tijd naar haar toe. Ben heeft het mammie tegen Henry horen zeggen.'

Archie wreef met een hand over zijn gezicht en spande zich in om te blijven ademen. 'Weet je waar Ben dat boek heeft liggen?'

Ze keek om naar de gang en fluisterde: 'Hij heeft het verstopt.'

Hij bleef even bewegingloos zitten om tot zichzelf te komen. Toen legde hij zijn hand om haar achterhoofd en gaf haar een zoen op haar voorhoofd. 'Oké,' zei hij. Hij stak zijn hand uit en ze sloot haar vingers om zijn wijsvinger. 'Kom mee.'

Hij liep met haar de gang in, op weg naar de keuken.

Ze bleef bezorgd kijkend staan. 'Ik mag daar niet naar binnen, pappie. Mijn verrassing.'

Archie wierp een blik op de keuken. De muziek. De taart. 'Dat is ook zo,' zei hij. 'Ga maar naar je kamer, goed?'

Ze knikte, maakte rechtsomkeert en rende naar haar kamer. Toen ze binnen was, gluurde ze om de hoek van de deur naar hem.

Archie liep de keuken in. Ze waren de taart aan het versieren. Ben zat op zijn knieën op een kruk aan het eiland en Debbie stond erbij. Ze droeg een wit koksschort over haar zwarte T-shirt en spijkerbroek, maar was erin geslaagd onder het glazuur te komen zitten; het zat zelfs in haar haar. Toen Archie binnenkwam, keek ze hem aan en grinnikte. 'Je bent net op tijd voor de marsepeinen bloemetjes,' zei ze.

Archie liep naar de witte stereo onder het kastje naast de koelkast en zette hem uit.

'Hij heeft het boek,' zei hij met vlakke stem.

De taart stond op een draaibaar dienblad en Debbie draaide hem rond, met het glazuurmes tegen de bovenkant gedrukt. 'Wat voor boek?'

Archie zette een pas naar voren, met zijn handen in zijn zakken. 'Hét boek. Hij heeft het van Jacob Firebaugh gekregen.' Archie had geen idee wie Jacob Firebaugh was.

Ben haalde zijn vinger langs de rand van de glazen kom met glazuur. 'Hij zegt dat je beroemd bent.'

'Ik wil niet dat je die troep leest,' beet Archie hem toe.

Debbie haalde het mes van de taart. 'Archie,' zei ze met een lage, vermanende stem.

Archie haalde zijn handen uit zijn zakken en streek ermee door zijn haar. 'Het zit vol geweld. Pd-foto's.' Bij het idee dat zijn zoon van acht zou lezen wat ze met hem had gedaan, brandde het in zijn maag. 'Plastische beschrijvingen van martelingen.'

'Een kijkje in jouw wereld,' zei Debbie.

Hij liep naar haar toe. Ze rook naar slagroom. 'Het is volslagen ongepast,' zei hij. Hij voelde zich beverig; zijn lichaam snakte naar de pillen. 'Hij heeft het aan Sara laten zien.'

Ben wendde de blik hemelwaarts. 'Het is ook zo'n klikspaan.'

Archie wees naar Bens kamer. 'Ga het pakken,' gebood hij. 'Nu meteen.'

Ben keek naar Debbie. Zo ging dat sinds Archie weer thuis woonde. Zijn zoon keek altijd eerst naar zijn moeder voordat hij iets deed. Toen ze knikte, wipte hij van de kruk en liep de gang in, nog steeds zijn vingers aflikkend.

Debbie hield het mes weer op de taart en draaide aan het blad. 'Als jij er niet over praat,' zei ze omzichtig, 'gaan ze ergens anders op zoek naar antwoorden.'

'Niet in dat boek,' zei Archie.

Debbies mond verstrakte. 'Ze weten dat je weg was. Dat ze je pijn heeft gedaan. Ze waren toen nog heel klein.' Hij hoorde dat haar keel werd dichtgeknepen en dat ze tegen haar tranen vocht. 'Maar ze zullen het hele verhaal moeten horen.'

Niet het hele verhaal. 'Waarom?' vroeg hij.

'Wat denk je van je littekens?' Ze legde het glaceermes dwars over de kom en draaide zich naar hem om. 'Hoe moeten we dat precies verklaren? Al die tochtjes naar de gevangenis. Dat herinneren ze zich nog. Ze weten dat je naar haar toe ging.'

'Het was mijn werk,' zei Archie nadrukkelijk.

Debbie stak een plakkerige hand op en legde hem op zijn wang. 'Lul niet, Archie. Ik ken je al te lang.' Ze keek hem recht aan. 'Je ging erheen omdat je moest, omdat je het lekker vond.'

Archie zette een stap achteruit en wendde zich af. 'Ik ben bekaf. Ik heb hier nu geen zin in,' zei hij. Hij trok een kast open om een glas te pakken.

'Ik wil alleen maar dat je eerlijk tegen ons bent. Tegen mij.'

Hij zette de kraan open en hield het glas eronder. 'Niet doen, alsjeblieft,' zei hij.

'Ik wil dat je eerlijk bent tegen jezelf.'

Archie bracht het glas langzaam naar zijn lippen, nam een slokje en gooide de rest in de gootsteen. Toen zette hij het glas in de spoelbak. Zelfkennis was zijn probleem niet. Hij wist heel goed hoe gestoord hij was. Hij had alles willen geven voor een beetje ontkenning. 'Ik bén eerlijk tegen mezelf,' zei hij tegen Debbie. God, wat was hij het zat. Hij nam het haar kwalijk. Dat ze alles zo moeilijk maakte. Dat ze hem zo'n schuldgevoel bezorgde.

Wilde ze de waarheid? Ook goed. Krijg de pest. 'Ik ging erheen,' zei hij langzaam, elk woord articulerend alsof het een grammaticales was, 'omdat... ik... het... lekker... vond.' Een taartvorm lag naast het glas te weken. Kruimels taart dreven in het sop. 'Het was de enige keer in de week dat ik echt het gevoel had dat ik nog leefde.' Hij keek Debbie aan. 'Ik zou er zo weer naartoe gaan. Als ik dacht dat ik ermee weg kon komen.'

Ze stond met haar armen om zichzelf heen geslagen, met sproeten als donkere sterren. 'Je mag haar niet meer zien. Als je bij ons wilt blijven.'

Archie glimlachte. 'Daar heb je het.'

'Wat?' zei Debbie.

'Het ultimatum,' zei Archie. 'Je weet hoe dol ik daarop ben.'

'Hier,' hoorde hij Ben achter zich zeggen. Debbie en hij draaiden zich allebei om en zagen Ben in de deuropening van de keuken staan, met de dikke pocket in zijn handen. Gretchens beeldschone gezicht glimlachte verleidelijk naar hen vanaf de omslag.

Archie liep naar Ben toe en nam het boek van hem over. Toen bukte hij zich en gaf Ben een zoen op zijn wang. 'Dank je wel,' fluisterde hij in zijn oor. 'Sorry dat ik zo uitviel.' Hij aaide zijn zoon over de bol en liep langs hem heen de gang in.

'Waar ga je heen?' vroeg Debbie.

Archie draaide zich om. 'Het is zondagmiddag,' zei hij. 'Ik wilde maar eens naar het park gaan.'

Debbies ogen stonden vol tranen. 'Je zou niet moeten rijden.'

Archie liep door. 'Ik zou zoveel dingen niet moeten doen.'

8

Er stonden bloemen op Parkers bureau. Een pot Kaapse viooltjes, een bos gele tulpen en een boeket vlezige roze bloemen die Parker afschuwelijk zou hebben gevonden. Die waren door een van de dames van Personeelszaken van de tweede verdieping naar boven gebracht.

Niet één van de boeketten stond in water. Ze zouden gewoon blijven staan, verleppen en doodgaan en verschrompelen. Wat iemand daaraan zou moeten hebben, ging Susans verstand te boven. Er is iemand overleden, dus maak je iets moois dood?

Het gebouw van de *Herald* stond in het centrum. Het was honderd jaar eerder neergezet, maar in de jaren zeventig ten prooi gevallen aan een onfortuinlijke renovatie. De vloeren waren gesloopt, waarna er vierkante ruimtes waren gemaakt met verlaagde plafonds en tl-verlichting. Susan zat op de vierde verdieping. Ze had een indrukwekkend uitzicht, maar dat was dan ook het enige positieve wat je ervan kon zeggen. Het was te stil naar Susans smaak, te kantoorachtig en, hoe warm het buiten ook was, altijd te koud.

Op zondag was het meestal een soort Siberië bij de *Herald*. Iedereen die iets in de melk te brokkelen had, zat thuis. De zondagskrant werd gedrukt. Op maandag was er weinig te melden. De redacteur die aan het kortste eind had getrokken en de leiding had, zat meestal aan zijn bureau te patiencen of roddelsites en blogs te lezen. Er werd veel gezeten. En niemand kent meer internetroddels dan krantenmensen, of ze het nu willen toegeven of niet.

Deze zondag was iedereen echter present. Er was een zittende senator dood en Parker, een van de eigen mensen, was ook dood. Er moest een avondeditie worden uitgebracht, en een website met om de paar minuten een primeur om met het tv-journaal te kunnen concurreren. Het grootste deel van de nieuwsredactie was gekomen, en de persklaarmakers en de redacteur hoofdartikelen. En dan waren er nog de hoofdredacteuren, de assistent-redacteuren, de stagiairs, de mensen van Personeelszaken, de receptionisten en de tv-criticus, die een artikel wilde schrijven over hoe het nieuws op tv werd verslagen. Iedereen wilde erbij horen. Hoe erger de tragedie, hoe liever je er deel van wilde uitmaken. Dat was het verschil tussen verslaggevers en gewone mensen.

Susan trok een sweatshirt met capuchon dat ze in een bureaula bewaarde over haar zwarte jurk en liet haar hoofd in haar handen rusten. Molly Palmer had de schrik te pakken en belde niet terug. Susan probeerde het nog eens. Geen gehoor. Op dit moment werd besloten wat er de volgende dag over de senator in de krant zou komen. De verkoopcijfers zouden torenhoog zijn. Castles foto op de voorpagina. Het nieuws van zijn dood in koeienletters. Dat was het soort krant dat de mensen nog kochten, en Susan wilde dat haar verhaal erin zou komen.

Ze leunde achterover in haar bureaustoel om te zien of Ian al terug was van de bespreking. De deur van de vergaderkamer was nog dicht. Ian zat er al een uur met Howard Jenkins, de uitgever, en een verzameling ander bobo's van de *Herald* om te overleggen over de verslaggeving rond Castles dood en om over het lot van haar verhaal te beslissen. Ze had gedacht dat ze wat krediet had opgebouwd met haar serie over Archie Sheridan en de Naschoolse Wurger, maar uiteindelijk was het allemaal krantenpolitiek. En zolang Molly de feiten niet bevestigde, durfde de *Herald* het verhaal niet te plaatsen.

Susan toetste Molly's nummer nog eens in. Geen gehoor.

Shit. Molly was niet bepaald een willig onderwerp. Ze had maar twee keer toegestemd in een persoonlijke ontmoeting, en het was altijd een heel gedoe om haar te pakken te krijgen. Molly schakelde haar mobieltje uit en vergat vervolgens dagenlang het weer aan te zetten.

Susan had al een ketting van paperclips van een meter gemaakt en zes vlechtjes in haar blauwe haar gelegd. Nu maakte ze de paperclips los, stopte ze weer in hun kartonnen doos, haalde de vlechtjes los en maakte nieuwe.

Ze rook het honingzoete stuifmeel van de bloemen op Parkers bureau.

Op de batterij tv-schermen aan de wand boven de correctoren was alleen nieuws over het ongeluk van Parker en de senator te zien. Susan kon er niet naar kijken. Ze wilde weg. Ze wilde Molly zoeken. Ze wilde iets doen.

'Gaat het?' hoorde ze. Ze keek op en zag Derek Rogers.

Hij fronste bezorgd zijn donkerblonde wenkbrauwen. Ze had hem zo veel mogelijk ontlopen sinds ze hun relatie had verbroken. Ze had geprobeerd hem duidelijk te maken dat hij haar type niet was. Hij was burgerlijk en verantwoordelijk, zij was chaotisch. Hij dronk zijn koffie met melk en suiker, zij dronk de hare zwart.

Het kwam erop neer dat hij een vriendin zocht, en zij had nu geen zin om iemands vriendin te zijn.

'Ongelooflijk dat hij er niet meer is,' zei hij. Het kuiltje in zijn kin werd dieper. Toen schudde hij zijn hoofd. 'Wat een stomme opmerking,' zei hij. 'Dat zegt iedereen, hè?' Susan en Derek hadden om Parkers aandacht gevochten. Het was een van de weinige dingen die ze gemeen hadden.

'Ik weet dat jij hem ook graag mocht,' zei ze.

'Als je erover wilt praten,' zei Derek. 'Je hebt mijn nummer.'

Waarom moest hij zo aardig zijn?

De deur van de vergaderkamer ging open en Susan rolde terug in haar stoel. Hij ging te hard en ze klapte bijna achterover.

Ian keek haar aan en wees met zijn duim naar zijn kamer.

'De plicht roept,' zei ze tegen Derek. Ze stond op en liep over de vloerbedekking in het gangpad tussen de groepjes bureaus naar zijn kamer. Die had een raam, maar dat keek alleen uit over de nieuwsredactie. Er hingen memoborden vol knipsels, zodat hij de schrijvers een voor een bij zich kon roepen en hun verhalen woord voor woord kon ontleden, tot je zin kreeg om te janken of een mes in zijn keel te steken. Zo'n soort hoofdredacteur was hij.

Ze had al besloten dat ze haar ontslag zou nemen als het artikel niet werd geplaatst. En anders zou ze hem neersteken, afhankelijk van welke aandrang het sterkst was. Het zou het neersteken wel worden.

Hij gebaarde naar een stoel en ze plofte erop.

'We doen het,' zei hij, 'maar we moeten een paar dingen aanpassen.'

Susan trok aan de mouwen van haar sweatshirt. 'Aanpassen?'

Ian trok aan zijn paardenstaartje. 'De senator was een instituut in deze staat. Hij was geliefd. We moeten het verhaal in die context brengen. Hij had een verhouding met een tienermeisje. En dat was heel ondoordacht.'

Susan voelde het verhaal door haar vingers glippen. Ondoordacht? Gisteren was het nog het schandaal van de eeuw geweest. 'Het was geen verhouding,' zei ze. 'Ze was veertien.'

'Ja, hoor,' zei Ian. Hij klikte met zijn muis en er verscheen een Word-document op zijn monitor. 'Ik ga proberen het in een ander kader te plaatsen. Ik zal je de geredigeerde versie laten zien. We willen het verhaal plaatsen, maar niet in de editie van maandag. Dat wordt een hommage. Het lijkt gewoon niet gepast.'

Niet gepast? 'Parker was mijn redacteur,' zei ze.

Ze keek hoe Ian een zin van haar verhaal markeerde en wiste. 'Ik weet dat het moeilijk voor je is,' zei hij.

'Parker was mijn redacteur,' zei Susan weer. Op het memobord achter Ian waren foto's van de senator door de jaren heen geprikt. Hij stond er vadsig en zelfingenomen op. Iemand had ideeën voor koppen op papiertjes genoteerd en naast de foto's geprikt. STAAT ROUWT OM DIERBARE ZOON. SENATOR VERONGELUKT. BRUG WORDT PLEITBEZORGER ARMEN NOODLOTTIG.

Parker werd nergens genoemd. Hij mocht al blij zijn als hij in het hoofdartikel werd vermeld.

Ian pakte de telefoon op zijn bureau en toetste de 9 in voor een buitenlijn. Susan doorzag het gebaar prompt. Hij hoefde niet echt te bellen; het was zijn stuntelige manier om duidelijk te maken dat hun gesprek was afgelopen. 'We moeten weten waar we je bron kunnen bereiken,' zei hij afwezig. 'Molly Palmer.'

'Geen probleem,' zei Susan.

Ze sjokte terug naar haar bureau, ging op haar stoel zitten en draaide langzaam rond. Iemand had weer een boeket op Parkers bureau gezet, een bos paarse anjers met gipskruid, in groen vloeipapier gewikkeld met een zwart lint eromheen. Op het lint stond RUST IN VREDE.

Susan viste haar mobieltje uit de zak van haar sweatshirt en toetste een nummer in.

'Ik moet hier weg,' zei ze zodra er werd opgenomen. 'Wil je nog dat ik iets over je onbekende slachtoffer schrijf?'

'Ik ben in het park,' antwoordde Archie Sheridan. 'Kunnen we daar afspreken?'

Archie zat op de vochtige grond, op maar een paar meter van de plek waar een meisje was vermoord. Het weer was omgeslagen, de zon had plaatsgemaakt voor een trieste motregen. Het park rook naar de dood. Rottende boomstammen, gevallen takken, schimmelende bosbessen. Archie veegde wat aarde van zijn broek en deed zijn ogen dicht. De ruisende kreek en de wind in de bomen klonken als het gefluister van duizend mensen tegelijk.

Hier was het allemaal begonnen. Archie en Henry waren op een melding over een dode vrouw in het noorden van het park afgegaan. Het was nog maar een meisje. Gescalpeerd. Brandwonden. Zwaar verminkt. Dat was nu dertien jaar geleden. Het eerste slachtoffer van de Beauty Killer. Archies eerste moordzaak.

Archie wierp een blik op de pocket die naast hem op de grond lag. Gretchen keek terug. Hij wist niet waarom hij het boek had meegebracht, waarom hij het niet in de auto had laten liggen of in de afvalcontainer van het eerste het beste tankstation had gegooid. Eén ding wist hij wel: hij zou die

Jacob Firebaugh eens zeggen waar het op stond.

Opeens hoorde hij geritsel op de heuvel achter hem. Varens die werden geplet onder voeten, aarde die verschoof, ranken die knapten. Archie schrok op, deed zijn ogen open, zag het dienstwapen op zijn heup en legde zijn hand licht op de leren holster. Hij keek om en zag een jongen een paar meter hoger op de heuvel staan.

De jongen, die een jaar of twaalf was, hijgde nog van de tocht naar beneden en de varens achter hem trilden. Hij zag er breekbaar uit met zijn lichte huid, donkere haar en mond vol glitterende beugel. Hij droeg een t-shirt van de Oregon Ducks en een bermuda vol gespen en zakken, en hij had rechte, dunne kuiten, als een vogel. Hij had een oud metalen Peanuts-broodtrommeltje bij zich. 'Bent u van de politie?' vroeg hij.

'Ja,' zei Archie. Hij liet zijn wapen los.

De jongen ging in de kleermakerszit bij Archie zitten, met zijn trommeltje op zijn schoot.

Archie pakte *Het laatste slachtoffer* en legde het naast zich, aan de andere kant van de jongen. 'Kan ik iets voor je doen?' vroeg hij.

'Nee hoor,' zei de jongen.

Archie knikte naar het politielint rondom hen. 'Dit is eigenlijk een plaats delict.'

'Weet ik,' zei de jongen.

Ze keken even zwijgend naar de kreek die onder hen voorbij borrelde.

'Hebt u kinderen?' vroeg de jongen uiteindelijk.

'Twee,' antwoordde Archie. 'Een van zes en een van acht.'

De jongen knikte voldaan. 'Ik wil u iets laten zien.'

Archie keek naar de jongen. Die was eenzaam. Hij wilde aandacht. Archie had geen tijd om hem zijn zin te geven, maar iets in zijn ogen, de ernst, was genoeg om Archie overstag te laten gaan. Wat donderde het ook. Hij zou het fort van die jongen of wat dan ook bekijken en dan ging hij naar huis, naar zijn gezin.

Archie stond op.

De jongen wees naar *Het laatste slachtoffer*. 'Vergeet uw boek niet,' zei hij.

Archie keek naar Gretchens gezicht, de roze achtergrond en de goudkleurige reliëfletters. 'O ja,' zei hij. Hij bukte zich en pakte het.

De jongen klauterde de heuvel op. Archie dacht aan de surveillant die zijn evenwicht was verloren en volgde met behoedzame passen over de modderige oever, maar de jongen raakte geagiteerd en stak ongeduldig zijn arm uit. Archie stopte het boek in zijn broeksband, nam de hand van de jongen aan en liet zich de heuvel op leiden, terug naar het pad. Ze volgden het in westelijke richting, dieper het bos in. Het was harder gaan regenen en de druppels roffelden dof op de bladerkoepel boven hen. Archies broeksomslagen waren zwart van de modder en zijn handen, waarmee hij houvast op de heuvel had gezocht, zaten onder de smurrie. Het begon snel donker te worden. De jongen liep gehaast en doelbewust door, een kwartslag naar Archie omgedraaid. Archie moest moeite doen om hem bij te houden. Toen stopte de jongen en keek van Archie naar een andere heuvel.

'Dat meen je toch niet?' zei Archie.

De jongen liep een paar passen de heuvel op en stak zijn arm weer uit. Archie pakte zijn hand en liet zich door de jongen de heuvel op leiden. Toen ze ongeveer halverwege waren, voelde Archie een doffe, bonzende pijn onder zijn ribben, aan de rechterkant. Hij kromp in elkaar, zijn voet gleed uit in de modder en hij zakte op zijn knieën, het vuil in de schenen van zijn broekspijpen wrijvend. Hij moest even op adem komen voordat hij zich door de jongen overeind liet helpen en ze hun klim konden vervolgen. Archie probeerde met de pijn mee te ademen. Het was geen kramp. Daar was de pijn niet scherp genoeg voor. Dit was een vlakkere pijn, diffuser. Archie dacht eerst dat het boek in zijn broeksband in zijn ingewanden porde, maar toen hij het naar links verschoof, bleef de pijn aan de rechterkant voelbaar. Hij haalde het boek toch maar uit zijn broeksband, klemde het onder zijn oksel en richtte zijn aandacht weer op de jongen, die altijd een paar passen boven hem liep op zijn modderige groene sportschoenen, en na een paar minuten zakte de vreemde pijn. De heuvel vlakte bovenaan af, en op de top stonden de bomen dicht opeen. De jongen keek Archie aan. 'Ik verzamel nesten,' zei hij.

Archie bleef staan en probeerde het groen van zijn broek te vegen. 'Leuk,' zei hij.

'Ik heb er hier een paar weken geleden een gevonden.' De jongen tikte met de neus van zijn schoen op de grond. 'Precies hier.'

'Cool,' zei Archie.

'Maar er is iets mee.'

'Met dat nest?' vroeg Archie.

De jongen keek hem ernstig aan, zakte weer in de kleermakerszit, zette het trommeltje op zijn schoot en maakte het open. Er zat een vogelnest in. Hij tilde het voorzichtig uit het trommeltje en gaf het aan Archie.

Archie nam het aan. De zon was nog iets verder gezakt en het leek opeens heel koud in het park. 'Dit heb je hier gevonden?' zei hij zacht. 'Op deze plek?'

De jongen knikte gewichtig. 'Er is iets mee, toch?'

'Ja,' zei Archie. Hij pakte zijn mobieltje en belde Henry, nog steeds met het boek onder zijn oksel geklemd.

'Met mij,' zei hij. 'Ik ben in Forest Park. Laat de Zoek- en Reddingsdienst komen. En een lijkenhond. Ik ben bang dat we nog een dode hebben.'

In het nest waren honderden lange, blonde haren meegeweven tussen de twijgjes en ranken die op de bosgrond waren verzameld.

Toen Archie opkeek, was de jongen weg.

9

Susan overwoog eerst naar huis te gaan om parkkleren aan te trekken: wandelschoenen, een regenjack of misschien lederhosen, maar ze wilde er niet uitzien alsof ze zich uitsloofde. Ze ging dus gewoon in het sweatshirt met de capuchon over de zwarte jurk. Ze had teenslippers aan, maar ze had sportschoenen in de kofferbak van de auto liggen voor dit soort gelegenheden. Ze had maar één paar dure laarzen op een plaats delict te hoeven ruïneren om die les te leren. Haar kofferbak zat nu vol verslaggeversattributen: schoenen, een waterdicht jack, notitieboekjes, water, een zonnehoed, batterijen voor haar memorecorder en tampons voor noodgevallen. Je wist nooit waar je verzeild raakte, en voor hoe lang.

Het verkeer zat vast. Het regende, de riolering liep over en op elke hoek hoopte het water zich op. Het verkeer zat altijd vast als het 's zomers regende. Het mocht dan negen maanden per jaar regenen, de Portlanders raakten altijd van slag als het buiten het seizoen gebeurde.

Bliss vond het charmant, maar Bliss reed dan ook niet. Susan werd er alleen maar moordlustig van.

Het kostte haar bijna drie kwartier om over de rivier in Northwest te komen. Susan luisterde onderweg naar de mensen die naar een radioprogramma belden om de luisteraars deelgenoot te maken van hun dierbare herinneringen aan de senator, maar het maakte haar zo woest dat ze een zender met alternatieve pop opzocht. Tegen de tijd dat ze haar oude Saab naast een burgerauto van de politie en drie surveillancewagens zette, had ze daar ook genoeg van. Ze trok de capuchon van haar sweatshirt over haar turkooizen haar en stapte uit de auto.

In een van de surveillanceauto's zat een politieman in uniform. Hij zat in een regenjack achter het stuur met het binnenlicht aan op een klembord te schrijven. Susan tikte tegen zijn raam.

Hij keek op. Zijn jack was nat en hij maakte geen blije indruk. Hij draaide het raam een centimeter naar beneden.

'Archie Sheridan?' zei ze vragend.

Hij wees naar het begin van een pad en het donkere bos erachter. En draaide zijn raampje weer dicht.

'Bedankt,' zei Susan. Ze zou hem kunnen vragen of ze zijn zaklamp mocht lenen, maar zijn stemming leek niet opperbest.

Ze trok haar sportschoenen aan, stopte haar handen in de zakken van haar sweatshirt en begon te lopen. De grond aan weerszijden van de weg naar het pad was al een modderpoel, glanzend onder de lantaarnpalen. Toen ze de rand van het donkere bos bereikte, wilde ze terug naar haar auto, naar huis en naar bed, maar toen dacht ze aan Parker, en aan hoe ver hij ging voor een verhaal, ze kromde haar schouders en liep het duister in.

Er kwam nog genoeg licht door de wolken om de bomen schaduwen te laten werpen, en elke tak leek op een boze, gebogen arm. Terwijl ze over het grindpad liep en de modder aan haar voeten voelde zuigen, moest Susan wel aan Gretchen Lowell denken. Gretchen had minstens twee lichamen in dit bos gedumpt. Ging het daarom? Weer een slachtoffer van de Beauty Killer? Susan duwde haar handen dieper in haar zakken en versnelde haar pas.

Ze had ongeveer een halve kilometer gelopen toen ze hen vond. Ze zag de zaklampen in de verte, de lange witte lichtbundels die werden afgebogen door de stammen van de ceders. Politiemensen waren altijd makkelijk te vinden, de schatten.

Ze waren echter ook moeilijk te besluipen, en ze was nog op tien meter afstand toen een van de lichtbundels stilhield en vervolgens naar haar gezicht zwenkte. Ze knipperde met haar ogen tegen het licht. 'Ik zoek rechercheur Sheridan,' zei ze.

Een grote schaduw doemde achter het licht op en ze hoorde Henry Sobol zeggen: 'O, godver, ben jij het.'

De lichtbundel zakte.

Susan wuifde met haar vingers naar Henry. 'Hoi,' zei ze.

'Hij is daar,' zei Henry. Hij richtte zijn zaklamp op Archie, die op een gevallen boomstam vlak naast het pad zat. Henry trok wrang zijn ene mondhoek op. 'We wachten op een vogelkenner,' zei hij.

'Ornitholoog,' riep Archie.

Susan kon bijna horen dat Henry zijn ogen ten hemel sloeg. 'Ook goed,' zei hij.

Ze liep naar Archie. Aan zijn voeten lag een zaklamp die tussen de bomen scheen, zodat ze hem goed genoeg kon zien om te constateren dat hij kletsnat was en onder de modder zat.

'Ben je gevallen?' vroeg ze.

'Weet jij iets van vogels?' vroeg hij.

Ze zette haar handen in haar zij. 'Heb je me daarom hier laten komen?'

Hij pakte de zaklamp en bescheen het vogelnest op zijn schoot. 'Het is mensenhaar,' zei hij. 'Blond. Er is nog een lichaam.'

Susan boog zich over het nest. Ze begreep het niet. 'Heb je een nest gevonden?'

'Ik heb het van een jongen gekregen. Hij had het op de heuvel gevonden.'

'Een jongen?' zei Susan. Ze keek naar de donkere bomen rondom.

Henry liep naar hen toe. 'Hij is weg,' verklaarde hij achter haar rug.

'Verdwenen,' beaamde Archie.

'Die jongen?' vroeg Susan.

Archie keek naar Henry. 'Heb je de Zoek- en Reddingsdienst al gebeld?'

'Op basis van wat haar in een nest?' Henry richtte zijn zaklamp op Archies met modder en vuil bedekte lichaam. 'Gaat het wel?' vroeg hij iets zachter. 'Debbie heeft gebeld, weet je. Nadat je in een walm van zelfbeklag het huis uit was gestampt.'

'Het was meer een nijdige bui,' zei Archie.

'Ze maakt zich ongerust,' zei Henry.

'Jullie moeten samen een club beginnen.' Archie ging staan. 'Ik heb geen zin meer om te wachten.' Hij riep de drie geüniformeerde agenten met hun zaklampen. 'Ik wil zoekploegen met zaklampen, schouder aan schouder. Neem er de tijd voor. We zoeken het lijk van een vrouw.'

'Archie,' zei Henry.

Archie bescheen de modderige heuvel. 'We gaan naar boven,' zei hij. 'Daar heeft die jongen dat nest gevonden, dus daar moeten we beginnen.'

'Wacht,' zei Henry.

'Ik heb genoeg gewacht,' zei Archie.

'Nee,' zei Henry. 'Wacht.' Hij zwaaide zijn zaklamp naar een plek achter hen en bescheen het gezicht van een man.

Susan snakte naar adem.

Alle politiemensen draaiden zich om en gaapten haar aan.

'Sorry,' zei ze.

De man glimlachte. Hij had een baard en een bril en hij droeg een regenjas met capuchon. 'Had iemand een ornitholoog besteld?' zei hij.

Archie stak zijn hand op. 'Hier.'

De man stapte naar voren. 'Ik ben Ken Monroe. We hebben elkaar aan de telefoon gesproken.'

Archie gaf hem een hand. 'Fijn dat je er bent,' zei hij.

'Zeg dat wel.' Hij grinnikte opgewonden. 'We krijgen niet vaak een dringende oproep.' Dat geloof ik graag, dacht Susan.

'Wat kun je me hierover vertellen?' vroeg Archie, die het nest weer bescheen.

Iedereen verdrong zich om het nest en Susan werkte zich met haar ellebogen naar voren.

Monroe hield zijn hoofd op een paar centimeter van het nest en bekeek het aandachtig. 'Waar hebben jullie dat gevonden?' vroeg hij toen.

Archie knikte naar de heuvel. 'Daar boven,' zei hij.

'Het is het nest van een zanggors,' zei Monroe.

Susan pakte haar notitieboekje en schreef het op. 'Kun je aan het nest zien om wat voor vogel het gaat?' vroeg ze. Zij zag geen verschil tussen het ene nest en het andere.

Monroe knikte. 'O, zeker,' zei hij. 'Zie je die vorm? Als een kopje? Je ziet de ruwe buitenlaag van dood gras en onkruidstengels.' Hij raakte de buitenkant van het nest aan. 'Wat kleine wortels en flinters boombast. Als je hier kijkt, zie je dat de voering uit fijner gras en haar bestaat.'

'Het gaat mij om dat haar,' zei Archie.

'Sommige vogels gebruiken het om hun nest te voeren. Het is ongebruikelijk, maar het komt voor.'

'Hoe komen ze eraan?' vroeg Henry. 'Uit de vuilnisbakken van kappers?'

Monroe fronste zijn voorhoofd. 'Vuilnisbakken? Niet aannemelijk. Het nest was hier gevonden, zei u?'

'Op de heuvel,' zei Archie.

'Nou, het haar moet uit de buurt komen. Vogels zoeken hun nestmateriaal niet ver weg. De meeste nesten worden in een paar dagen gemaakt. Lange vliegtochten maken biedt geen enkel voordeel.' Monroe keek langs de heuvel omhoog. 'Nee, dit haar komt uit het bos. Niet verder dan driehonderd meter van hier, zou ik zeggen.'

Susan voelde dat ze kippenvel op haar armen kreeg.

'Enig idee hoe oud dat nest is?' vroeg Archie.

'Hooguit twee jaar.'

'Hoe weet je dat?' vroeg Henry.

'Nesten vergaan,' legde Monroe uit. 'Als dat niet zo was, zouden we nu op een dikke laag nesten staan.'

'Dus we hoeven alleen maar in een straal van driehonderd meter te zoeken,' stelde Archie vast.

Henry kreunde. 'Dat is een heel voetbalveld.'

'Misschien moeten we toch de Zoek- en Reddingsdienst bellen,' zei Archie.

Henry keek hem even aan, pakte zijn telefoon van zijn riem en toetste een nummer in. 'Misschien laat ik ook een lijkenhond komen,' zei hij.

Susan zag Archie glimlachen. 'Goed idee,' zei hij.

10

De bonzende pijn in Archies zij was terug. Het bleef gestaag regenen. Iedereen leek een glimmende huid te hebben. Iedereen voelde de modder aan zijn schoenen zuigen. Iedereen was doorweekt. Archie voelde bij elke stap die hij zette het koude slijm in zijn sokken. Zijn modderige broek sloeg tegen zijn schenen. Zijn haar plakte aan zijn voorhoofd. Hij had tenminste nog de tegenwoordigheid van geest gehad het boek achter een boomstam te verstoppen. Het laatste waar hij behoefte aan had, was dat Henry hem door het bos zag dolen met een bemodderd exemplaar van *Het laatste slachtoffer*.

Archie richtte zijn blik op het lichtkringetje dat zijn zaklamp op de bosgrond wierp en concentreerde zich op zijn taak.

Ze vorderden traag. Alles was bedekt met een meter klimop en blauwe winde. Hij begon links, liet de bundel centimeter voor centimeter over het gebladerte naar voren schijnen en schoof dan op naar rechts. Henry liep links van hem, een surveillant rechts. Een andere surveillant en vier vrijwilligers van de Zoek- en Reddingsdienst werkten zij aan zij de andere kant op. Zelfs de ornitholoog had een zaklamp gekregen. Tot nu toe hadden ze een half door mieren verteerde dode vogel gevonden, een lege fles Mountain Dew en wat hondendrollen.

Susan had ook een zaklamp geleend, die ze tussen haar tanden had geklemd zodat ze als een razende in haar notitieboekje kon krabbelen. Archie wilde dat ze een artikel schreef. Hij had nog steeds geen aanwijzingen met betrekking tot de identiteit van het onbekende slachtoffer, en de berichtgeving in de plaatselijke media was beperkt gebleven tot een enkele alinea in het stadskatern van de *Herald*. Hij zat om publiciteit verlegen. En veel ook.

Links. Naar voren. Rechts. Toen knielde Archie in de modder en het vuil en trok de ranken klimop en blauwe winde opzij om eronder te kijken. De natte ranken waren zwaar en moeilijk te hanteren en Archies handen zagen er rauw en smerig uit, alsof hij levend begraven was en zich een weg naar buiten had geklauwd.

'Dit is belachelijk,' hoorde Archie Henry zeggen.

Het was waar. Ze konden de volgende ochtend terugkomen. Als er een lijk lag, kon het nog wel twaalf uur wachten, maar Archie moest het weten. Als er een dode vrouw lag, moest hij haar vinden. Desnoods zocht hij de hele nacht door. Het was in elk geval makkelijker dan naar huis gaan.

Hij richtte de zaklamp op zijn horloge. Ze liepen bijna een uur te zoeken.

Er blafte een hond. Archie keek op en zag een donkere gedaante en de schaduw van een dier op het pad. Hij zwaaide zijn zaklamp naar het dier. Het licht weerkaatste in de ogen, twee zilveren bollen in het donker.

'Hij heet Cody,' zei de baas van de hond. 'Ik ben Ellen. Wie van jullie is Sheridan?'

'Ik,' zei Archie.

Ellen klom over de heuvel naar hem toe, gevolgd door de hond, die eerbiedig een paar passen achter haar bleef. Archie en de anderen lichtten haar bij, waardoor Archie haar beter kon zien. Het was een grote vrouw, lang en vrij gezet, met een lichaam dat werd gedomineerd door een lange romp en een mannelijke manier van lopen, met grote passen. Ze droeg haar haar in een paardenstaart en was op het weer gekleed: hoge rubberlaarzen, een gele regenbroek en een doorgestikt donsjack. O, juni in Portland.

Toen ze bij Archie was, gaf ze hem een hand. 'Oké,' zei ze. 'We gaan het volgende doen. Ik laat Cody los. Hij gaat de omgeving verkennen op geuren. Als hij iets vindt, zakt hij door zijn voorpoten, zo.' Ze keek naar de hond, zei 'Cody, waarschuwen', en de hond zakte jankend door zijn voorpoten. Ellen keek op. 'Ik beloon hem. Daarna mogen jullie kijken wat hij heeft gevonden.'

Archie had vaker met lijkenhonden gewerkt. Gretchen had een keer het hart en de milt van een man die ze had verminkt in een schoenendoos met een rood lint erom achtergelaten op een bed in een motelkamer in het noorden van Portland. Er was een getypt kaartje aan de doos vastgemaakt met 'rechercheur Archie Sheridan' erop. Zodra het pakje was gevonden, had het motelpersoneel het alarmnummer gebeld. Gretchen had de organen in plastic verpakt, maar het had gelekt en de doos was doorweekt van het bloed. Archie had de doos opengemaakt en een hond laten komen om naar andere lichaamsdelen te zoeken. Het was gelukt. De hond had een tong in de ijsmachine gevonden, een penis in de sleutelkast en de rest van het slachtoffer in de afvalcontainer van het naburige restaurant.

'Aangenomen dat er resten zijn,' zei Henry, 'hoe lang gaat dit dan duren?'

'Een paar minuten,' zei Ellen, 'of dagen.'

'Dagen,' herhaalde Henry.

'Of nog langer,' zei Ellen. Ze bukte zich en haakte de lijn van de hond los. 'Cody, zoek,' zei ze.

De hond bracht zijn neus naar de grond en begon in de begroeiing te snuffelen.

Susan stapte naar voren en haalde de zaklamp uit haar mond. 'Hoe lang werk je al bij de Zoek- en Reddingsdienst?' vroeg ze aan Ellen.

'Daar werk ik niet,' antwoordde die.

'Ze is vrijwilliger,' zei Archie. 'We hebben geen geld voor lijkenhonden en geleiders, dus volgen mensen zoals Ellen een paar cursussen met hun hond en bieden zich dan aan.'

'Ik werk bij Home Depot,' zei Helen.

'We hebben een paar dagen geleden een lichaam gevonden bij de kreek, een halve kilometer hiervandaan,' zei Archie. 'Zou dat hem afleiden?'

'Hebben jullie de resten weggehaald?' vroeg Ellen.

'Ja,' zei Archie.

'Dan komt het wel goed,' zei Ellen. 'Ja,' zei ze plotseling. Ze richtte haar zaklamp op Cody, die op een paar passen afstand van de plek waar Archie en Henry net hadden gezocht door zijn voorpoten was gezakt. 'Braaf,' zei Ellen. Ze ging achter de hond staan, lijnde hem weer aan en gaf hem een stevige aai over zijn kop.

Het gebied dat Cody aangaf, was overwoekerd door ranken. Archie liep erheen en ging op handen en knieën zitten. 'Schijn hier eens,' zei hij tegen de anderen. Ze kwamen allemaal om hem heen staan. Susan, de ornitholoog, Henry,

Ellen, de surveillanten en de mensen van de Zoek- en Reddingsdienst, ze richtten hun zaklamp allemaal op de plek waar de hond door zijn voorpoten was gezakt, tot de tien gele lichtkringen versmolten. Archie duwde de klimop en blauwe winde met zijn handen opzij. Hij begon langzaam, systematisch, om niet nodeloos iets overhoop te halen, en vervolgens trok hij de ranken uit de grond en smeet ze opzij. Toen hij alles had weggehaald, ging hij op zijn knieën zitten.

Susan leunde naar voren. 'Ik zie niets,' zei ze.

Archie richtte zich tot de hond. 'Moeten we graven, jongen?' vroeg hij terwijl hij de hond met zijn modderige hand over zijn kop krauwde. 'Ligt het onder de grond?'

Cody hield zijn kop schuin en keek van Archie naar de nu onbedekte aarde.

'Ik haal de schoppen,' zei een vrijwilliger van de Zoek- en Reddingsdienst, en hij liep met veel gekraak en gestamp naar het pad.

Archie keek naar de modder. Die was grof en zat vol kiezels en wortels. Archie pakte een kiezel en rolde hem tussen zijn vingers. Hij was licht en bros. Hij bracht hem naar zijn tong.

'Waarom eet je die steen?' vroeg Susan.

'Het is geen steen,' zei Archie. Stenen waren compact en hechtten zich niet aan speeksel. Dit was poreus. 'Het is bot.'

Cody jankte en trok aan zijn lijn.

Archie keek op naar de hond. Iets wat bot op zo'n manier kon versplinteren, zou geen haar achterlaten zoals ze in het nest hadden gezien. Er moest nog een lichaam zijn. 'Laat hem los,' zei hij tegen Ellen.

Die liet Cody weer los en hij sprong weg, met zijn neus bij de grond. Een meter of tien hoger op de heuvel zakte hij weer door zijn voorpoten.

Archie pakte zijn zaklamp en klauterde achter de hond

aan, zich amper bewust van de anderen die hem volgden, met op en neer gaande zaklampen in het donker. De heuvel was dichtbegroeid met varens die zo gigantisch waren dat ze bijna prehistorisch aandeden. Archie trok zichzelf de helling op door handenvol bladeren te pakken en zich aan de wortels op te hijsen. De piepkleine zaadjes kleefden aan zijn handen. Toen hij bij Cody was, knielde hij naast hem. De hond likte zijn gezicht, jankte weer en snuffelde aan een grote varen naast een ceder die scheef uit de heuvel stak. Archie duwde de varen opzij en richtte zijn zaklamp op de grond eronder.

'Zie je wat?' riep Henry onder hem.

'Ja,' zei Archie.

Het skelet was niet compleet, maar het was onmiskenbaar menselijk. Hij zag een voet met resten huid eraan die donker en leerachtig waren, de reden waarom ze niet waren opgegeten. Het scheen- en kuitbeen waren helemaal kaal gegeten, waardoor de voet er vreemd uitzag, als een groteske schoen. Hij hield de zaklamp dieper onder de varen en zag de restanten van een verschrompeld, gelooid gezicht met zwarte lippen, de gebarsten huid van een wang, een oogkas, een half verbrijzelde schedel. En daar, nog met de wortels in de uitgedroogde hoofdhuid, een massa blond haar.

'Kijk eens aan,' zei hij zacht.

Susan en Henry doken aan weerszijden van hem op. Susan knielde naast hem, met haar dij tegen de zijne. Hij begon aan haar nabijheid te wennen.

'Drie lichamen binnen een straal van honderd meter,' zei ze met haar pen op het papier. 'Is er een verband?'

'Misschien,' zei Archie, 'maar misschien ook niet.' Hij keek op naar het donkere bos. Het regende niet meer en tussen de wolken was een heldere maansikkel zichtbaar. In de verte, achter de bomen aan de rand van het bos, kon hij het licht van een huis onderscheiden.

'Zoek uit wie daar woont,' zei hij tegen Henry. 'En zoek dan uit of ze een hakselaar hebben.'

11

Susan sjokte achter Henry aan. De schouwarts was net gearriveerd, vlak na de technische recherche en nog een stuk of tien andere politiemensen. De plaats delict was afgezet, er waren schijnwerpers op gericht en de botsplinters werden uit de aarde gezeefd. Susan mocht niet binnen de afzetting komen en Archie had het te druk om te praten, dus had ze besloten Henry te volgen, al had hij het haar niet bepaald gevraagd.

'Hoor eens,' zei ze in haar mobieltje tegen Ian, 'ik kan het op tijd inleveren. Ik kom over een uur.' Ze keek op haar horloge, maar het was te donker, dus hield ze het toestel bij haar pols en las de tijd af bij het licht van het schermpje. Tien uur. De regionale edities werden vanaf elf uur gedrukt, maar de ochtendeditie van de stadskrant ging pas om twee uur 's nachts naar de drukker. Ze had nog genoeg tijd. Bovendien wilde ze Ian nu tevreden houden, in elk geval tot het verhaal over Molly en Castle was geplaatst.

Henry haastte zich over de lange betonnen trap van het park naar de straat. Probeerde hij haar af te schudden?

Ze hield het toestel weer bij haar oor. 'We doen een dubbele pagina over de dood van Castle,' zei Ian. 'Acht artikelen. Ik kan jouw stuk op de voorpagina van het stadskatern zetten, onder de vouw.'

'Onder de vouw?'

'Er is brand bij Sisters,' zei Ian. 'Dat is het hoofdartikel.'

Ze liep met twee treden tegelijk naar boven. 'Drie lijken,' zei ze vertwijfeld. 'Hoe kan dat nou geen hoofdartikel zijn?

En wie geeft er ook maar ene reet om een brand in centraal Oregon?'

'Zegt iemand die geen tweede huis heeft in centraal Oregon,' snoof Ian. 'En je weet niet of er een verband is tussen die lijken,' voegde hij eraan toe. 'En ze waren niemand.'

Muggen stuiterden tegen de gele lantaarns die de trap verlichtten. Waarschijnlijk deden ze dat hun hele levenscyclus, dacht Susan. Keer op keer tegen het rooster om de lamp botsen. 'Niemand?' zei ze.

Ian klonk verveeld. 'Het eerste meisje schijnt een hoer geweest te zijn. Dat zal voor die andere twee ook wel gelden. Of ze waren dakloos. Het kan niemand iets schelen, Susan. Dode politici, daar verkoop je kranten mee. Niet met dode hoeren.'

'Castle was een seksueel roofdier,' friste Susan Ians geheugen op. Ze probeerde haar stem staalhard en vastbesloten te laten klinken.

'Dat verhaal kunnen we niet plaatsen nu de hele staat om hem rouwt,' zei Ian.

Susan kon zich soms niet herinneren waarom ze ooit met Ian had geslapen (ze had zijn Pulitzer mogen vasthouden). 'Ian, je bent een hypocriet,' zei ze.

'Nu ik je toch aan de lijn heb,' vervolgde Ian zonder erop in te gaan, 'de feitencheckers kunnen Molly Palmer niet te pakken krijgen. Ze krijgen telkens haar voicemail. Heb je nog een ander nummer van haar?'

Susans maag verkrampte en ze forceerde nog meer bravoure in haar stem. 'Ze is stripper, Ian. Ze heeft haar mobieltje niet bij zich als ze naakt is.' Ze nam zich voor Molly op te sporen voordat haar schichtigheid haar haar verhaal kon kosten.

'Ik hang nu op,' zei Ian.

De verbinding werd verbroken. Susan stopte kreunend van frustratie haar mobieltje in de zak van haar sweatshirt.

Hoezo, Ian tevreden houden?

'Het wordt een levenswijze met een hoge risicofactor genoemd,' zei Henry, die boven aan de trap op haar stond te wachten.

'Wat?' zei Susan terwijl ze de laatste treden op rende. Ze boog zich even naar voren om op adem te komen. Haar sportschoenen zaten onder de modder, maar ze had wel meer schoenen geruïneerd tijdens haar werk...

'Het leven van prostituees,' zei Henry. 'Verslaafden. Daklozen. Die hebben een levenswijze met een hoge risicofactor. We zoeken dus een paar dagen uit alle macht als er een met een vork in zijn nek is gestoken, en dan gaan we door met belangrijker zaken. Briljante studenten en zo.' Hij liep de straat in. 'Weet je wel hoeveel jonge zwarte bendeleden en hoeren er worden vermoord zonder dat ze meer dan een regel in jouw krant krijgen?'

'En Heather Gerber dan?' bracht Susan ertegen in terwijl ze worstelde om haar notitieboekje te pakken terwijl ze achter hem aan rende. Heather was Gretchens eerste slachtoffer geweest. Een weglopster. Een straatkind. Een hoertje. Zij was ook dood in het park gevonden, en er hadden wel degelijk stukken over haar in de *Herald* gestaan.

Henry stopte zijn handen in zijn zakken en versnelde zijn pas. De stoep was nat en zijn schoenen spatten door de plassen. 'Jouw krant gaf niets om Heather Gerber, tot Archie het verband met de andere lichamen legde en iedereen besefte dat er een seriemoordenaar rondliep. Ze was gewoon een anoniem slachtoffer, tot Parker een stuk over haar schreef. Haar pleegouders lazen het. Ze bleek al een jaar vermist te zijn, maar er was nooit aangifte gedaan. De pleegouders bleven de toelage voor haar onderhoud incasseren. Weet je wie haar begrafenis heeft betaald?'

'Nee.' De straat liep omhoog, evenwijdig aan het park, en de huizen grensden aan het bos. Je mocht geen huizen zo dicht bij het park meer bouwen, maar deze waren oud en vrijgesteld van de nieuwe bestemmingsplannen. De buiten-verlichting bescheen grote houten veranda's met schommel-banken en bakken met geraniums. Er hing een geur van bos-bessen in de lucht.

'Archie,' zei Henry. Hij voegde er bij wijze van verklaring aan toe: 'Ze was zijn eerste moordzaak.'

'Die zaak is officieel nog steeds niet opgelost, hè?' zei Su-san.

'Gretchen heeft het gedaan,' zei Henry. 'Ze heeft het al-leen nog niet bekend.'

Verderop in de straat stopte een Subaru-stationcar. Er stapte een man in hardloopkleding uit die twee grote hon-den uitlaadde en in de richting van het park liep voor een avondwandeling. 'Ging Archie daarom al die tijd naar haar toe? Omdat hij de eerste zaak wilde oplossen?'

Henry zweeg even. 'Nee,' zei hij toen.

Susan vroeg zich af hoeveel Archie Henry over Gretchen vertelde. Ze had gezien hoe Archie reageerde toen Gretchen zijn arm aanraakte tijdens het verhoor dat Susan had bijge-woond toen ze haar serie over hem schreef. Henry was bij-na op hetzelfde moment in de kamer geweest en had Gretchen bij Archie weggetrokken alsof ze besmettelijk was. Susan was doodsbang voor haar geweest, maar ook gefasci-neerd door de ongedwongen verstandhouding tussen Gretchen en Archie. Hun relatie had een vertrouwelijkheid die je in het gunstigste geval verontrustend kon noemen.

De stoep was oud en ontwricht door boomwortels, en Su-san en Henry liepen behoedzaam, met hun ogen op de grond gericht.

'We hadden het nooit met haar op een akkoordje mogen gooien,' zei Henry bijna tegen zichzelf. 'We hadden haar door de staat Washington moeten laten aanklagen. Dan was ze nu dood geweest.'

'Archie heeft nog eens eenendertig zaken opgelost,' zei Susan.

Henry bleef staan. Ze waren bij het huis, een bruine, met hout betengelde kolos die zo te zien uit de jaren veertig stamde. Ze kon zijn gezicht net onderscheiden in het licht van de straatlantaarn. Zijn leren jack glom van de regen, hij had kromme schouders en hij zag er moe uit. 'Je hebt hem niet gekend voordat het begon,' zei hij.

Ze kon zich moeilijk voorstellen dat Archie ooit gelukkig was geweest.

'Parker heeft veel over de zaak van de Beauty Killer geschreven, hè?' zei Susan.

'Honderden artikelen, door de jaren heen,' zei Henry schouderophalend. 'Jezus, waarschijnlijk duizenden.'

Parker was van de oude stempel. Als het had gemogen, had hij een typemachine gebruikt. Hij had vermoedelijk aantekeningen. Dozen vol. Die zouden van onschatbare waarde zijn voor iemand die, om maar iets te noemen, een boek over de zaak van de Beauty Killer wilde schrijven. Wanneer het verhaal over Molly Palmer was geplaatst, zou ze krediet hebben bij de krant. Misschien zou ze een sabbatsjaar kunnen nemen.

'Heeft hij zich ooit laten ontvallen waar hij zijn aantekeningen bewaarde?' vroeg ze.

Henry keek haar aan, trok zijn wenkbrauwen op en zuchtte. 'Ik was het bijna vergeten,' zei hij. Hij haalde het hoesje met zijn penning uit zijn zak en klapte het open. Toen scheen hij met zijn zaklamp in Susans gezicht.

Ze werd verblind, kromp in elkaar en hield haar hand voor haar gezicht. 'Wat was je vergeten?' vroeg ze.

'Dat je meer om verhalen geeft dan om mensen,' zei Henry. Hij klikte de zaklamp uit. 'Ik doe het woord,' zei hij en hij klopte op de deur.

Ze wachtten zwijgend. Susan brieste van woede. Ze had

niet tactloos willen zijn. Ze gaf echt om Archie. Ze wilde geen pulpboek schrijven. Dat was al gedaan. Ze wilde een echt boek schrijven. Een intelligent, aangrijpend, verhelderend boek. Was dat zo erg?

'Ik wilde niet...' begon ze.

Henry stak zijn hand op. 'Stil,' zei hij.

Er floepte een buitenlamp aan die geel licht in het duister wierp. De voordeur ging open en er verscheen een vrouw op leeftijd. Haar grijze haar hing los en ze droeg een wollen vest met een motief van indiaanse totempalen.

'Ja?' zei ze.

Henry deed een pas naar voren en liet zijn penning zien. 'Goedenavond, mevrouw. Ik ben rechercheur Sobol. Ik zou u graag een paar vragen stellen.' Hij glimlachte beminnelijk. 'Woont u hier?'

'Ja, jongen,' zei ze. Haar lichtblauwe ogen stonden vief en vrolijk. 'Al vierenvijftig jaar.'

'Is u de laatste tijd iets vreemds opgevallen?' vroeg Henry. Hij haalde een hand over zijn kale kop. 'Activiteit in het bos?'

De rimpels in haar gezicht werden dieper. 'Gaat het om de dood van de senator?'

'Nee, mevrouw,' zei hij. 'We hebben resten in het bos gevonden.'

'Wat voor resten?' vroeg ze.

Henry schraapte zijn keel. 'Menselijke resten.'

De oude vrouw draaide zich opzij en rekte haar nek om het park te zien. Toen bleef haar blik op Susan rusten. Susan deed haar best om ook beminnelijk te glimlachen. 'Heb je je vrouw bij je?' vroeg de vrouw aan Henry.

Susan schoot in de lach.

'Nee, mevrouw,' zei Henry. 'Ze is verslaggever.'

Susan hield haar notitieboekje op en wuifde met haar andere hand.

Henry, die zich onbehaaglijk leek te voelen, verplaatste zijn gewicht naar zijn andere voet. 'Is u iets bijzonders opgevallen? Hebt u iets gehoord? Iets geroken?'

'Mist u familieleden?' vroeg Susan in een poging Henry te helpen.

Henry wierp haar een vernietigende blik toe.

De vrouw dacht erover na. 'Bill doet vreemd, de laatste tijd.'

'Is dat uw man?' vroeg Henry.

'Mijn poedel,' zei ze.

Susan zag Henry's mondhoeken even trekken. 'Hoezo, vreemd?' vroeg hij.

De vrouw fronste haar voorhoofd. 'Hij staat maar voor zijn hok te blaffen. Ik mag er niet bij in de buurt komen.'

'Laat u hem los in het bos lopen?' vroeg Henry.

'Hij springt wel eens over de schutting,' zei ze, 'maar hij komt altijd terug.'

'Waar is Bill nu?'

De vrouw wenkte hen en liep een oud klinkerpad langs de zijkant van het huis op. Ze had laarzen met schapenvacht aan, en Susan zag dat Henry vlak achter haar liep voor het geval ze over de ongelijke, natte klinkers zou struikelen. Het pad werd beschenen door buitenlampen op zonne-energie die een lichtblauwe gloed afgaven, maar weinig licht boden. De vrouw was echter vast ter been en verstapte zich niet.

Ze kwamen bij een poort in de cederhouten schutting rond de achtertuin. De vrouw maakte hem open en de poort zwaaide met een roestige zucht naar buiten. Hier was geen verlichting, het was donker en toen de vrouw in het duister verdween, knipte Henry zijn zaklamp weer aan.

'Mevrouw?' zei hij.

Een schijnwerper floepte aan, een door klimop overwoekerde achtertuin werd zichtbaar en de vrouw dook op op haar achterterras.

'Bill,' zei ze tegen de achtertuin, 'ik heb een vriend voor je meegebracht.'

Susan keek zoekend naar de poedel de tuin in. De klimop uit het park was over de schutting geklommen en kronkelde tot halverwege de tuin in, als een soort onhandelbare, groene vloedgolf. Je kon hem snoeien, zeker, maar hij zou gewoon verder kruipen, vijfentwintig centimeter per dag, tot hij alles weer bedekte. Susan hoorde een hond blaffen en zag dat het hondenhok ook half schuilging onder de klimop. Een grote, zwarte poedel stond in de opening. Hij was kortgeleden getrimd en de kale plekken en pompons in zijn vacht vormden een merkwaardig siersnoeiwerk.

Susan zag Henry in elkaar krimpen. 'Hij bijt toch niet?' vroeg hij.

'Bill is zo mak als een lammetje,' zei de vrouw.

Henry schudde zijn hoofd, rechtte zijn rug en liep naar het hondenhok.

Bill gromde.

Henry bleef staan. 'Een lammetje?' vroeg hij.

'Laat je niet door hem intimideren, knul,' zei de vrouw. 'Je hebt toch geen kat?'

'Drie,' zei Henry.

De vrouw klakte met haar tong. 'Bill houdt niet van katten,' zei ze op onheilspellende toon.

'Susan?' riep Henry. 'Help je even?'

Susan had nooit huisdieren gehad. Ze aarzelde. 'Ik ben niet zo goed met honden,' zei ze.

'Hier komen, nu,' zei Henry.

Susan liep langzaam op de poedel af. 'Ha, Bill,' zei ze. 'Braaf, Bill.' Ze stak haar hand uit om de hond eraan te laten ruiken. 'Goed zo, Bill.'

'Je kunt hem beter niet aanraken,' riep de oude vrouw vanaf de veranda.

Susan verstijfde. De hond keek naar haar uitgestoken hand

en ontblootte zijn tanden. Hij gromde niet. Hij maakte geen enkel geluid.

'Hij zal wel bang zijn voor je haar,' zei Henry, die probeerde zijn lange lichaam ver genoeg langs de hond te wringen om met de zaklamp in het hondenhok te schijnen. Hij zakte op zijn handen en knieën en wurmde zich half in het hok. Toen trok hij zich terug, ging naast de hond zitten, pakte zijn mobieltje en toetste een nummer in.

'Archie,' zei hij. 'Met mij. Die blonde.' Hij wreef over zijn gezicht. 'Mist ze toevallig een arm?'

'Ja,' hoorde Susan Archie zeggen.

Henry keek over zijn schouder in het hok. Toen keek hij Susan aan. De hond hield hen allebei wantrouwig in de gaten en grauwde. 'Ik heb hem gevonden,' zei Henry.

12

De oude vrouw heette Trudy Schuyler. Susan had een paar bladzijden van haar notitieboekje gevuld met informatie over haar. Haar man was vijf jaar geleden gestorven. Ze had geen hakselaar. Ze kende geen jongen die voldeed aan het signalement van de jongen die Archie in het bos was tegengekomen. Ze was parkeeragent geweest, maar ze was al twintig jaar met pensioen. Ze had drie volwassen kinderen. De politie had de hond geconfisqueerd om zijn uitwerpselen te controleren, want het harige siersnoeiwerk had mogelijk al knagend op het spaakbeen van de dode vrouw een paar aanwijzingen geconsumeerd. Daarom verzamelde de politie ook de hondenpoep uit de tuin. Toen ze daarmee begonnen, was Susan vertrokken.

Om één uur 's nachts was er weinig te beleven in het kantoor van de *Herald*. De opportunisten die hadden geholpen het nummer over Castle en Parker in elkaar te zetten, lagen allemaal zoet in bed. Zelfs de schoonmakers hadden hun werk al gedaan. Een bewaker had Susan door de achteringang binnengelaten. Ze had de lift naar de vierde verdieping genomen, waar Ian al in zijn kamer zat met een bureauredacteur, een redacteur voor de koppen, een grafisch ontwerper en een fotoredacteur, die allemaal waren opgeroepen om het artikel rond te krijgen. Ze zagen er allemaal moe en wrevelig uit. Susan deed haar best om er niet moe en wrevelig uit te zien. Ze probeerde er vrolijk uit te zien. Ze had Ian al genoeg geërgerd. En Ian ergeren was niet de manier om het verhaal over Molly Palmer geplaatst te krijgen. Aardig zijn zou kunnen helpen. Het was zo idioot dat het zou kunnen werken.

Het artikel kwam zo laat dat zodra Susan het af had, de persen zouden worden gestopt om een nieuwe plaat in te voegen, waarna het drukprocedé werd voortgezet. Ze zou toch nog een artikel in het nummer over de dode senator krijgen, alleen was het niet het artikel dat ze had gewild.

Susan liep naar Ians kantoor, maar Ian zag haar door de glazen wand. Hij stak een hand op en wees van zijn horloge naar haar bureau.

Ze liep gedwee naar haar bureau, gooide haar tas op de vloer, legde haar notitieboekje naast haar toetsenbord en belde Molly Palmer. Geen gehoor. Susan wist dat Ian het stuk alleen zou plaatsen als het goed doortimmerd was, drie keer op waarheid gecontroleerd, met alle puntjes op de i's. Ze sprak de voicemail in. 'Molly, echt,' zei ze. 'Je moet me terugbellen.' Ze wikkelde het snoer van de telefoon zo strak om haar vinger dat het bovenste kootje rood werd. 'Het komt goed. Hij is dood. Laten we het in de openbaarheid brengen.' Ze dacht aan de media, die Molly geen seconde rust meer zouden gunnen nadat het artikel was geplaatst. *Je geeft meer om verhalen dan om mensen*, had Henry gezegd.

Susan beet op haar onderlip. 'Als je een tijdje wilt onder-duiken, mij best,' vervolgde ze, 'maar je moet eerst met een paar mensen praten, oké?' Susan wikkelde het snoer van haar vinger en hing op. De lampen brandden niet allemaal, het was stil en je moest turen om de andere kant van de redac-tiezaal te zien. Afgezien van het groepje in Ians kamer was er maar één ander menselijk wezen, een sportverslaggever met een koptelefoon op die iets zat te tikken waarin hij zelf niet eens geïnteresseerd leek.

Ze begon als een razende op haar toetsenbord te rammel-len. De onbekende dode. De twee nieuwe lichamen. De mo-gelijkheid dat er een seriemoordenaar in Forest Park liep. Het was het soort verhaal waar Parker van zou hebben ge-smuld. Bij de gedachte aan hem liet ze haar vingers even be-wegingloos boven het toetsenbord zweven en keek van haar scherm op naar de lichtjes op de West Hills achter de gro-te ramen van de *Herald*.

Toen keek ze naar Parkers bureau. Er waren twee boe-ketten bij gekomen. Het begon op een graf te lijken. Ze stond op, liep naar de kantine en zocht in de keukenkastjes tot ze een glazen vaas, een koffiekan en drie hoge glazen had ge-vonden. Ze vulde ze met water en liep een paar keer heen en weer om ze allemaal op Parkers bureau te zetten. Ze deed haar best om de verlepte bloemen mooi te schikken, maar de stelen waren slap en de bloemen hingen zielig over de randen.

De bloemen deden haar denken aan Archie Sheridan, wiens tuin tijdens de tien dagen van zijn vermissing was be-dolven onder de bloemstukken, en aan Debbie Sheridan, die haar had verteld dat ze de geur van bloemen niet meer ver-droeg. Het deed haar aan de dood denken.

Susan ging op Parkers stoel zitten en rolde in kringetjes rond in een poging in zijn hoofd te kruipen, uit te knobbe-len hoe hij over de moorden in Forest Park zou schrijven.

Haar knie stootte tegen de dossierla van Parkers bureau. Alle bureaus hadden er een. Ze zaten altijd op slot. Susan had haar sleutel onder een mok vol pennen op haar bureau verstopt. Dat had ze van Parker geleerd.

Ze stak haar hand uit, tilde de Hooter's-beker vol 2HB-potloden op Parkers bureau op en zag een zilveren sleuteltje. Ze stak het in het slot van de dossierla en draaide hem om. De la ging open. Voor in de la hingen volle dossiermappen met namen die Susan kende van de artikelen die Parker had geschreven. Ze liep met haar vingers door de mappen tot ze bij een grote zwarte drierings-ordner kwam die achter in de la was gepropt. Op het rugetiket stond in Parkers hellende handschrift *Beauty Killer*.

Bingo.

Ze pakte de ordner, sloot de la af, legde de sleutel terug en liep met de zware ordner naar haar bureau. Net op dat moment stak Ian zijn hoofd om de hoek van de deur en brulde: 'Ik wil nog wel éven slapen vannacht.'

'Ik ben bijna klaar,' zei Susan. Ze legde de ordner naast haar tas op de vloer en zette er beschermend een voet op. Ze was rood van opwinding, maar het was donker en ze dacht niet dat Ian het kon zien.

13

Archie wist nog steeds niet of hij ermee had ingestemd zich door Sarah Rosenberg te laten behandelen omdat hij de hulp nodig had, of omdat hij een excuus wilde hebben om in de kamer te zitten waar Gretchen Lowell hem had verdoofd en gegijzeld.

Dit was zijn maandagochtendritueel. Geen zondagen meer in de staatsgevangenis met de Beauty Killer, maar elke maandag een uur tegenover Gretchens grote houten bureau. Weggezakt in een van haar gestreepte stoelen. Hij keek naar haar staande klok, die nog steeds stilstond op halfvier. Hij keek tussen de zware groenfluwelen gordijnen door naar de kersenbomen achter haar raam, die vol groene bladeren zaten.

Alleen was het allemaal niet van Gretchen. Ze had het huis onder een valse naam gehuurd van een psycholoog die drie maanden in Italië verbleef. Het was de laatste plek waar de politie Archie zou kunnen vinden, maar tegen de tijd dat hij werd vermist, had Gretchen hem al naar een ander huis gebracht. De psycholoog, Sarah Rosenberg, was samen met haar gezin teruggekeerd en de vloerbedekking waarop Archie zijn gedrogeerde koffie had gemorst was vervangen.

'Ik wil het vandaag over Gretchen Lowell hebben,' zei Rosenberg.

Het was hun vierde sessie. Het was de eerste keer dat ze Gretchen ter sprake bracht. Archie had haar beheersing bewonderd. Hij nam een trage slok uit het kartonnen bekertje koffie en hield het weer in evenwicht op de armleuning van de stoel. 'Goed,' zei hij. Hij voelde zich warm en prettig, net high genoeg om ontspannen te zijn, maar niet zo high dat Rosenberg het merkte.

Rosenberg glimlachte. Ze was slank, had donker, krullend haar in een lage paardenstaart en was misschien iets ouder dan Archie, al zou iedereen hem waarschijnlijk ouder schatten. Hij mocht haar wel. Ze was beter dan de politietherapeut bij wie hij een halfjaar had gelopen, maar Archie praatte om de een of andere reden ook altijd makkelijker met vrouwen.

'Ik wil het hebben over de zes weken dat je haar kende voordat ze onthulde wie ze was,' zei Rosenberg.

Het was iets waar ze op het bureau niet graag over praatten, het feit dat Gretchen in het onderzoeksteam was geïnfiltreerd en haar identiteit zo lang geheim had weten te houden. Het wekte niet de indruk van een snugger team. Archie zuchtte en keek door het raam achter Rosenberg. 'Op een dag was ze er gewoon,' zei hij. 'Ze zei dat ze psychiater was. Ze gaf een paar groepssessies. Ik wisselde ook met haar van gedachten over het daderprofiel.' Hij wreef in zijn nek en glimlachte. De geur van koffie zweefde uit het bekertje omhoog. Hij had de koffie meegebracht omdat hij anders soms nog steeds seringen dacht te ruiken. 'Ze leek een paar ideeën te hebben,' vervolgde hij.

Rosenberg zat in de andere gestreepte stoel, die waarin Gretchen had gezeten. Ze sloeg haar benen over elkaar en leunde naar voren. 'Zoals?' vroeg ze.

Een eekhoorn schoot een kersenboom in en liet de bladeren ritselen. Archie nam nog een slok koffie en zette het bekertje weer op de armleuning van de stoel. 'Zij was de eerste die opperde dat de dader een vrouw kon zijn,' zei hij.

Rosenberg had een kladblok op haar schoot liggen waar ze nu iets op noteerde. Ze had een zwarte broek aan, een groene coltrui en sokken van hetzelfde geel als het kladblokpapier. 'Hoe reageerde je daarop?' vroeg ze.

Archie merkte dat zijn linkerbeen rusteloos op en neer wipte en drukte zijn hak in de vloer. 'We hadden alle andere mogelijkheden wel zo'n beetje gehad,' zei hij.

'Bood ze ook individuele therapie aan?' vroeg Rosenberg.

'Ja,' zei Archie.

'Gaf ze jou therapie?' vroeg ze.

Hij schoof de pillendoos uit zijn zak en hield hem in zijn dichte hand op zijn schoot. 'Ja.'

'Alleen jou?'

'Ja.' Als Rosenberg de pillendoos al had gezien, zei ze er niets van.

'Waar hadden jullie het over?' vroeg ze.

'Dezelfde dingen waar wij het over hebben,' zei Archie. 'Mijn werk.' In feite was hij naar Gretchen toe openhartiger geweest. Hij had haar alles verteld. De stress van het onderzoek. Hoe zijn relatie met Debbie erdoor onder druk kwam te staan. 'Mijn huwelijk.'

Rosenberg trok een wenkbrauw op. 'Het besef dat je al die persoonlijke dingen aan een moordenaar had toevertrouwd, moet een grote schok voor je zijn geweest.'

Een grote schok. Zo kon je het ook noemen. Gek genoeg had hij het destijds prettig gevonden dat hij iemand had om mee te praten. Alleen jammer dat ze voor de lol in mensen sneed. 'Ze kon goed luisteren,' zei Archie.

'Dus jij bracht meer tijd met haar door dan de anderen,' zei Rosenberg, die haar pen in de aanslag hield.

'Ja,' zei Archie. 'Ik denk het wel.'

'Waar hielden jullie die therapiesessies?' vroeg ze.

Archie stak een hand op. 'Hier.'

Rosenberg ging rechtop zitten en keek om zich heen in haar praktijkruimte. 'Dat is ongebruikelijk. Dat ze je in haar huis liet.'

'Waarom?' zei Archie. 'Dat doe jij ook.'

'Ik ben psycholoog,' zei Rosenberg. 'Zij beweerde dat ze psychiater was.' Ze noteerde hoofdschuddend iets op het kladblok. 'Een psychiater zou geen cliënten in haar eigen huis behandelen.'

'Ze was geen echte psychiater,' wees Archie haar terecht.

Rosenberg keek op van het kladblok. 'Heb je haar nooit verdacht?' vroeg ze.

Daar ging het been weer. Archie nam niet de moeite het tegen te houden. Het voelde wel lekker, een uitlaatklep voor de nerveuze energie. Hij pakte zijn koffiebeker, maar nam geen slok. 'Rond de tijd dat de spierverlammer die ze in mijn koffie had gedaan begon te werken,' zei hij. Hij zette het bekertje weer op de armleuning, maakte de pillendoos op zijn schoot open, haalde er een tablet uit en slikte hem door.

'Wat is dat?' vroeg Rosenberg.

'Een zuurtje,' zei Archie.

Rosenberg glimlachte. 'Ik weet niet of je die wel heel moet doorslikken.'

Archie glimlachte terug. 'Ik had honger.'

Rosenberg leunde met over elkaar geslagen benen naar voren, zette allebei haar voeten op de grond en sloeg haar benen weer over elkaar. 'Als je niet eerlijk tegen me bent, kan ik je niet helpen,' zei ze.

Archie keek naar zijn handen. Soms dacht hij nog steeds een vaag wit streepje te zien waar zijn trouwring had gezeten. 'Ik denk wel eens aan haar,' zei hij zacht.

'Aan Gretchen Lowell,' zei Rosenberg.

Archie keek op. 'Ik heb fantasieën waarin ik haar neuk,' zei hij.

Rosenberg legde haar pen neer. 'Ze heeft je tien dagen gevangen gehouden,' zei ze. 'Je was machteloos. Misschien zijn die fantasieën een manier om macht over haar uit te oefenen.'

'Het is dus heel gezond,' zei Archie.

'Het is begrijpelijk,' zei Rosenberg. 'Ik heb niet gezegd dat het gezond is.' Ze stak haar arm uit en legde haar hand op Archies onderarm. Ze droeg ringen om al haar vingers. 'Wil je dit afsluiten? Met de pillen stoppen? Verwerken wat je is overkomen? Gelukkig zijn met je gezin?'

'Ja,' zei Archie.

'Dat is de eerste stap.'

Archie wreef in zijn nek. 'Hoeveel zijn er?'

Rosenberg glimlachte. 'Nu een minder.'

Er lagen vijf tabletten Vicodin op Archies bureau, als pianotoetsjes naast elkaar. Archie veegde ze in zijn hand en spoelde ze weg met het bodempje koude koffie dat hij nog overhad van zijn sessie met Rosenberg.

Het was halverwege de ochtend en ze wachtten nog steeds

op de labuitslagen van het onderzoek op de nieuwe lichamen. Archie keek naar Susan Wards stuk in de *Herald* op zijn schoot. ONBEKENDE JONGEN LEIDT POLITIE NAAR NIEUWE LICHAMEN. Het had de voorpagina niet eens gehaald. Het stond in het stadskatern, ondergesneeuwd door nieuwe artikelen naar aanleiding van de dood van de senator. Misschien zouden de ouders van de onbekende jongen het stuk zien en de optelsom maken. Archie wilde Henry in elk geval bewijzen dat hij niet gek werd. Intussen hielden ze de poedel in verzekerde bewaring. Voor het onwaarschijnlijke geval dat hij nog aanwijzingen uitpoepte.

Archie drukte zijn hand in zijn rechterzij, waar de hardnekkige kramp weer zat. De Vicodin leek niet te helpen.

Hij trok zijn bureaula open en daar was Gretchen. Hij was het boek de vorige avond bij de boomstam gaan halen. Hij had zichzelf wijsgemaakt dat hij geen afval wilde achterlaten, dat hij niet wilde dat een technisch rechercheur het zou vinden, dat hij het ding ter afsluiting wilde verbranden en noem maar op. Waarom had hij het dan meegenomen naar het bureau, de modder eraf geveegd en het in zijn la gestopt?

Raul Sanchez stak zijn hoofd om de hoek van Archies deur en Archie sloeg de la dicht. Sanchez had zijn FBI-pet en -windjack verruild voor een bruin pak met een das. Je kon bijna niet zien dat het er een met een klemmetje was. 'Bespreking met de burgemeester,' verklaarde hij. 'Ze zijn al een openbare uitvaartdienst voor Castle bij de rivier aan het voorbereiden. Luidsprekers. Tenten. De hele mikmak. Het verkeer in het centrum wordt een puinhoop.'

'Ik zal erom denken dat ik de stad uit ga,' zei Archie. Mensen om Castle zien huilen was hem nu net iets te veel.

'Ga je naar Parkers dienst?' vroeg Sanchez.

'Ja,' zei Archie. Parkers dienst werd die middag gehouden. Zonder tenten. Zonder politie om de massa in bedwang te houden. Zijn nabestaanden moesten bergen hebben verzet om de uitvaart zo snel te regelen. Archie dacht wel te weten waarom.

Sanchez wreef aarzelend in zijn nek. 'Zijn alcoholpromillage was 2,4.' Hij keek Archie veelbetekenend aan en krabde aan zijn baardje. 'Ik dacht dat je dat zou willen weten.'

Archie deed zijn ogen dicht. 'Shit.' Ze stopten hem net op tijd onder de grond.

'We wachten tot na de dienst,' zei Sanchez. 'Morgen maken we het openbaar.'

'Dank je,' zei Archie.

Sanchez wilde weglopen.

'Heb je mijn boodschap gekregen over waarom Parker met Castle had afgesproken?' vroeg Archie. 'Dat verhaal van Susan Ward?'

Sanchez draaide zich weer om. 'Gestoord,' zei hij. Hij schokschouderde. 'Al verandert het niets aan zijn promillage.'

Archie zuchtte, leunde achterover en legde zijn handen gevouwen op zijn borst. De pillendoos drukte tegen zijn dij. Gretchen Lowell glimlachte in zijn bureaula. 'Nee,' zei hij.

Susan prutste aan het witte biesje langs de hals van haar bruine jurk. Ze had afgezien van zwart. Het was te begrafenisachtig. De bruine jurk was een klassieker met een A-lijn, kopmouwtjes, witte biezen en twee grote witte knopen op de borst. Ze had haar turkooizen haar achter in haar nek vastgespeld. Het leek op de een of andere manier te kleurig, oneerbiedig bij deze gelegenheid.

Er waren vrij veel mensen in de kerk, een paar honderd waarschijnlijk. Susan herkende veel gezichten van de krant. De houten banken waren vol en achterin waren alleen nog staanplaatsen. Het regende niet meer en het zonlicht dat door de glas-in-loodramen stroomde, wierp gekleurde ruiten licht op de houten vloer.

Parker stond voor in de kerk, in een urn van geglazuurd aardewerk.

Susan zat op de derde rij. Ze was vroeg. Ze was bijna nooit vroeg, maar ze was een uur voor de dienst op het parkeerterrein geweest, en nadat ze twintig minuten in haar auto had zitten huilen, was ze naar binnen gegaan en voorin gaan zitten.

Ze zag Derek, die met nog een paar stadsverslaggevers achterin zat. Hij probeerde haar blik te vangen, maar ze ontweek hem.

Toen zag ze Archie Sheridan met vrouw en kinderen binnenkomen. Ze gingen een paar rijen achter haar aan de andere kant van het gangpad zitten. Hij droeg een zwart pak en glimmende zwarte schoenen en hij zat met zijn arm om zijn ex-vrouw, die een zwarte, mouwloze jurk droeg die haar slanke gebruinde armen goed liet uitkomen. Zijn zoon droeg een grijs pak en het meisje een grijze jurk met broderie. Ze leken wel een fotoreportage over gepaste begrafeniskleding.

Susan keek naar haar eigen ensemble. Ze zag eruit alsof ze bij Mr. Steak werkte.

Howard Jenkins, de uitgever van de *Herald*, sprak de grafrede uit. Een paar oudgedienden van de krant zeiden iets. Er waren er niet veel meer. De meeste werknemers van boven de vijftig kregen de mogelijkheid zich te laten uitkopen en vervroegd uit te treden, wat de krant pensioenpremie bespaarde.

Parker was een instituut. Parker was verslaggever in hart en nieren. Parker wroette in schandalen, hij was een plaatselijke held, een strijder voor slachtoffers, een kampioen, een juweel, de werknemer van het jaar, verdomme.

God, wat een gelul allemaal. Susan stond op, wrong zich langs veertig knieën, voeten en tassen en liep zo snel ze kon door de deur naar de gang, over de traploper naar beneden en de kerk uit.

De oude stenen kerk had een hof die uitkeek over het park. Er waren een paar tafels met roze, papieren kleden klaargezet voor het samenzijn na de dienst. Er stond een grote zilveren koffieketel en een glazen schaal met punch. Gevulde eieren stonden te bederven in de zon. En de flessen Wild Turkey stonden vijf rijen dik klaar. Susan glimlachte.

Aan de andere kant van de straat, in het park, stroomden de wandelaars voorbij. Het middagverkeer verstopte de straat. Susans hand beefde.

Archie Sheridan dook op in de deuropening waar ze net doorheen was gevlucht. 'Gaat het?' vroeg hij zacht.

Susan keek gegeneerd om en wroette in haar tas. 'Ik moest gewoon even roken,' zei ze toen ze het gele pakje had opgediept.

Terwijl zij haar aansteker zocht, liep Archie de stenen treden af en leunde tegen de kerkmuur naast haar.

'Parker was naar wettelijke maatstaven dronken toen hij van de brug reed,' zei hij. 'Het wordt morgen openbaar gemaakt.'

Susan hield de aansteker onder de sigaret. De vlam flakkerde, sprong op en werd vlak toen ze inhaleerde. Het had erin gezeten, maar toch vond ze het jammer. 'Naar wettelijke maatstaven was Parker altijd dronken,' zei ze. 'Dat weet je.' Ze liet de aansteker in haar tas vallen. 'Hij was alcoholist.'

Archie stopte zijn handen in zijn zakken en keek naar de kinderkopjes. 'Zijn promillage was 2,4, Susan.'

In de kerk begon het orgel te spelen. 'When the Saints Go Marching In'. Susan had niet eens geweten dat Parker godsdienstig was.

Ze schudde haar hoofd. Dit was waanzin. Ze konden Parker de schuld niet geven. Het was Castles schuld. Hij was het roofdier, de klootzak, de perverseling; Parker was het slachtoffer. 'En Castle?' vroeg ze. 'Hij kan nog altijd een ruk aan het stuur hebben gegeven.'

'Castles bloed was schoon,' zei Archie. 'Er is geen labtest voor suïcidale neigingen.'

De orgelmuziek leek aan te zwellen doordat de zijdeur van de kerk openging. Een paar mensen liepen de trap af en de hof in. Toen nog een paar. Susan zag dat ze naar de gevulde eieren liepen en ervan aten, schijnbaar zonder zich om salmonella te bekommeren. Een vrouw van rond de zestig liep naar Archie toe. Hij gaf haar een zoen op haar wang.

'Margery,' zei hij. 'Ik vind het heel erg voor je.'

Het was Parkers vrouw. Susan had haar nooit ontmoet, maar ze had haar in de kerk gezien met haar twee dochters van in de dertig en begrepen wie ze was. Parker had gezegd dat zijn dochters op zijn vrouw leken, en hij had gelijk. Het waren allemaal vrouwen met dik haar, een lange hals, een rechte houding en grote ogen die heen en weer flitsten onder een zware pony. Margery's haar was zilvergrijs, dat van haar dochters bruin.

Margery veegde over haar mond, waar wat gevuld ei aan kleefde. 'Fijn dat je er bent,' zei ze tegen Archie. Ze pakte haar dikke vlecht, zwaaide hem over haar schouder en omhelsde Archie. Toen glimlachte ze naar Susan. Ze had lichtblauwe ogen, net als Parker, en met haar bleke huid en witte haar leek ze bijna een albino.

'Jij bent Susan,' zei ze.

'Hoe weet u dat?' vroeg Susan. Ze voelde aan haar turkooizen haar. 'O, natuurlijk.'

'Quentin vond je fantastisch.'

Susan voelde de tranen prikken. 'Ik mocht hem ook heel graag,' zei ze. Ze keek naar Archie in de hoop dat hij haar met een blik zou seinen dat hij Parkers nagedachtenis zou beschermen, zijn nabestaanden zou behoeden voor de suggestie dat Parker schuld had aan het ongeluk, maar Archie keek langs hen heen naar Debbie, die met de kinderen bij de poort van de hof stond.

'Ik moet ervandoor,' zei hij.

'Heb je het druk met een zaak?' vroeg Margery.

'Nee, mijn dochter is jarig,' zei Archie.

14

De kartonnen piratenhoedjes met een elastiekje onder de kin waren plat geleverd, dus moest Archie ze eerst in vorm vouwen voordat hij ze op de hoofden van de tien meisjes uit groep drie zette. Er waren kralenkettingen, piratenvlaggen en in goudfolie verpakte chocolademunten. De meeste meisjes wilden geen zwart ooglapje op. Archie had geen idee hoe Sara het in haar hoofd had gehaald haar verjaardagspartijtje een zeeroversthema te geven.

De meisjes hielden een bijzonder ingewikkeld zwaardgevecht in de woonkamer, waar de bank als schip leek te fungeren. Debbie voorzag de ouders in de keuken van wijn. Ben had zich in zijn kamer afgezonderd. Archie, die toezicht op de kinderen hield, stond met zijn armen over elkaar in de deuropening te kijken naar het kussengevecht van de meisjespiraten.

Sara fluisterde een andere piraat iets in haar oor, rende naar Archie toe en sloeg tegen zijn dijen. 'Pappie,' zei ze hijgend, 'jij moet de boze piraat zijn.'

Archie knielde om haar recht aan te kunnen kijken. 'Dus jullie zijn allemaal goede piraten?'

'Ja,' zei ze.

'En ik moet met jullie vechten?'

Sara leunde met een bezorgd gezicht naar hem over en fluisterde: 'Weet je wel hoe je een piraat moet spelen?'

Archie stond op, pakte een groot rubberen zeeroversmes van de tafel met hapjes, nam het in zijn mond, zei 'arr' en stortte zich op de bank. De meisjes gilden, vluchtten alle kanten op en schaarden zich toen giechelend rondom hem.

'Hier is Henry,' hoorde hij Debbie zeggen.

Hij keek nog steeds lachend op en zag Henry en Debbie in de deuropening staan. 'Wat ben je laat,' zei Archie met een glimlach. Toen zag hij dat zijn vriend zijn schouderholster nog om had. Henry wist dat vuurwapens verboden waren in huis, dus het kon maar één ding betekenen. 'En je blijft niet.'

Sara zag Henry, sprong van de bank, rende naar hem toe en sloeg haar armen om zijn middel. 'Henry!' riep ze opgetogen. Henry knuffelde haar, diepte een klein, slordig ingepakt cadeautje uit zijn zak op en gaf het haar. 'Ik kwam alleen dit even brengen,' zei hij. 'Gefeliciteerd.'

Sara, die straalde, sloeg haar armen om zijn nek, gaf hem een zoen en draafde terug naar het bankschip.

Henry keek Archie met opgetrokken wenkbrauwen aan. 'Kan ik je even spreken?' vroeg hij.

Archie zag aan Henry's ogen dat hij slecht nieuws had. Ik ben heel even gelukkig geweest, dacht hij. Dat was mijn fout.

Hij gaf het rubberen mes aan Sara en maakte zich los van de meisjes, die achter hem meteen een plankloop op touw begonnen te zetten.

Debbie stond naast Henry in de deuropening, met haar armen over elkaar. Toen Archie erheen liep, voelde hij de pijn onder zijn ribben bonzen.

'Wat is er aan de hand?' vroeg hij.

Henry aarzelde. 'Een incident in de gevangenis,' zei hij toen.

De pijn was weg. Archie rechtte zijn rug. 'Is ze ongedeerd?'

Henry leunde naar hem over en zei zo zacht dat Archie zich moest inspannen om hem boven de giechelende meisjes uit te horen: 'Ze ligt in de ziekenboeg. Ze is aangevallen. Het is erg, Archie. Het is een toestand.'

Archie werd zich opeens bewust van Debbies aanwezig-heid naast hem. Ze bleef even roerloos staan, stak toen lang-zaam haar hand uit en legde hem op Henry's arm. 'Niet doen,' zei ze tegen Henry. 'Doe dit niet. Niet vandaag.'

Henry zuchtte en schudde zijn hoofd. 'Het was een be-waarder,' verklaarde hij. 'Zij moet zeggen wie het was. Ze wil alleen met Archie praten.'

'Nee,' zei Debbie. Ze wendde zich tot Archie. 'Je dochter viert haar verjaardag. Henry kan het wel alleen.'

Archie nam haar handen in de zijne, keek haar in de ogen, de moeder van zijn kinderen, en probeerde het uit te leggen: 'Ze is mijn verantwoordelijkheid.'

Debbie deed haar ogen dicht. Toen liet ze haar handen uit de zijne vallen en richtte zich tot de meisjes. Ze klapte in haar handen.

'Wie heeft er zin in taart?' vroeg ze.

De penitentiaire inrichting van de staat Oregon bestond uit een verzameling reuzelkleurige gebouwen achter een ge-pleisterde bakstenen muur met scheermesdraad op een uur rijden ten zuiden van Portland, in Salem. Het complex naast de snelweg werd omringd door acht hectare groene akkers. Er zaten zowel mannelijke als vrouwelijke gedetineerden en het was de enige zwaar beveiligde gevangenis van de staat. Archie en Henry hadden er zoveel tijd doorgebracht sinds Gretchens opsluiting dat ze elke gang en iedere bewaarder kenden.

De ziekenboeg, een lange, raamloze zaal van ongeveer twaalf bij tien meter, bevond zich in het midden van het hoofdgebouw. De betonnen muren waren grijsgeverfd en op de vloer lag linoleum met spikkels. Het was er kaal. Er hin-gen geen schilderijen aan de muren waar je van kon op-knappen. Er stonden vier bedden, alle vier met een gordijn eromheen voor de privacy. Alles was doortrokken van een vage geur van zweet, bloed en uitwerpselen.

Een verpleegkundige in operatieschort zat achter het neus-hoge bureau bij de deur. Hij keek op, zag de identiteitsbewijzen die ze bij de gevangenispoort hadden gekregen en keek weer naar de status die hij zat te lezen. Archie liep naar het eind van de zaal, waar hij een bewaarder zag. Gretchen ging altijd vergezeld van een bewaarder.

Hij was niet voorbereid op wat hij achter het gordijn zag. Gretchen was met leren boeien om haar enkels en polsen aan het bed gekluisterd. Ze lag met haar hoofd opzij en haar ogen dicht. Ze droeg een ziekenhuispon en Archie zag grote kneuzingen op haar slanke armen. Inwendige bloedingen. De gezwollen huid zag paars van de gesprongen aderen. Zo hadden ze haar in haar cel gevonden, op de vloer, met opgetrokken knieën. Het verkrachtingssetje had uitgewezen dat er spermasporen waren. Archie werd misselijk als hij eraan dacht.

'Laat ons even,' zei Henry tegen de bewaarder.

Die schudde traag zijn hoofd. 'Ik moet bij haar blijven.'

Henry knikte naar Gretchen. 'Ze is aan dat bed vastgebonden, Andy. Laat ons even.'

De bewaarder wierp een blik op Gretchens languit liggende, gekneusde lichaam. 'Ik wacht bij de deur, als er iets is,' zei hij.

Archie liep om het bed heen naar een aluminium stoel en ging zitten. Gretchen verroerde zich niet. Hij pakte haar hand, die koel en teer aanvoelde.

Ze knipperde met haar ogen en glimlachte toen ze hem zag. 'Dus zo ver moet ik gaan om je aandacht te trekken?' zei ze krachteloos. Ze lag aan een morfine-infuus en articuleerde langzaam en zorgvuldig.

'Wie heeft je dit aangedaan?' vroeg Archie zacht.

Haar blauwe ogen vonden Henry. Archie wist dat ze hem weg wilde hebben, maar hem er niet om zou vragen. Hij wist ook dat Henry zou blijven.

'Zeg me wie het heeft gedaan,' zei hij weer.

Ze trok een wenkbrauw op. 'Dat is tegen de bajesetiquette.'

'O, godallemachtig,' zei Henry.

Archie wierp hem een waarschuwende blik toe. 'Laat dat maar aan mij over,' zei hij tegen Gretchen.

Ze nam hem taxerend op. 'Maak je je zorgen om me?' vroeg ze. 'Dat is lief van je, schat, maar het is niet jouw taak me te beschermen.' Ze vervolgde op zachte, gemaakt samenzweerderige toon: 'Het is jouw taak anderen tegen míj te beschermen.'

'Begrijp mijn belangstelling niet verkeerd,' zei Archie. 'Jij bent ter beschikking van de staat gesteld. Ik ben in dienst van de staat. Tot we iedereen hebben gevonden die je hebt vermoord, heeft de staat belang bij jouw welbevinden.'

'Hoe romantisch,' verzuchtte ze. Ze draaide haar hoofd Henry's kant op. Hem negeren had ze tot kunst verheven. Ze had nooit gereageerd op wat hij zei en hele conversaties met Archie gevoerd alsof Henry lucht was. 'Vertel eens, schat,' zei ze tegen Archie terwijl ze naar Henry bleef kijken, 'kun je voelen dat je milt eruit is? Doet het pijn?'

'Niet meer,' antwoordde Archie.

'Daar denk ik nog aan,' zei Gretchen dromerig. 'Dat ik met mijn handen in je zat. Hoe warm en plakkerig je was. Ik kan je nog ruiken, je bloed. Weet je nog?'

Archie streek met een hand over zijn gezicht. 'Ik raakte bewusteloos,' wees hij haar zacht terecht.

Ze glimlachte. 'Dat vind ik jammer. Ik had je wakker willen houden. Ik wilde dat je het je zou herinneren. Ik ben de enige die ooit zo diep in je is geweest.'

'Samen met de traumachirurgen van het Emanuel.'

'Ja.' Ze lachte en kromp in elkaar van de inspanning. 'Ik heb gehoord dat hij vier van je ribben heeft gebroken,' zei Archie. Zijn eigen ribben deden nog wel eens pijn op de plek waar Gretchen een spijker in zijn borst had geslagen.

'Ik denk bij elke ademtocht aan jou.'

'Wie was het?' zei hij.

'Je bent weer bij haar ingetrokken, hè?'

De vraag verraste Archie. Debbie praatte vaak over Gretchen alsof ze zijn minnares was, maar Archie had soms het gevoel dat het andersom was. Alsof hij Gretchen had bedrogen door weer bij zijn ex-vrouw te gaan wonen.

Dat was waarschijnlijk iets om in de therapie ter sprake te brengen.

Gretchen wachtte op zijn antwoord. Haar prachtige ogen blonken. Ze leek gekwetst. Het was allemaal toneel, natuurlijk. Alles wat Gretchen deed was gespeeld.

'Ja,' zei hij.

Ze deed haar ogen open, wierp hem een lome, valse blik toe en fluisterde: 'Maar je hebt haar nog steeds niet geneukt.'

Archie kreeg geen lucht meer.

'Nu is het genoeg,' zei Henry.

Archie hoorde de deur van de ziekenboeg opengaan, gevolgd door mannenstemmen en voetstappen op het linoleum.

'Archie,' zei Henry waarschuwend.

Archie deed zijn ogen open en zag hetzelfde als Henry: zijn vingers, verstrengeld met die van Gretchen. Maar hij kon zich niet bewegen. Hij zag Gretchen poeslief naar Henry glimlachen. Hij kende die glimlach. Die betekende: *val dood*. En hij kon zich nog steeds niet bewegen.

'Godverdomme, Archie,' fluisterde Henry schor.

Het was alsof er een schakelaar werd omgehaald. Archie trok zijn hand weg, schoof de stoel achteruit en vouwde zijn handen in zijn nek, net op het moment dat de gevangenisdirecteur met twee bewaarders achter het gordijn opdook.

'Heren,' zei de directeur, 'ik moet u iets laten zien.'

Henry wachtte tot Archie en de anderen door het gordijn waren. Toen maakte hij zich los van de muur waartegen hij had geleund en zette een stap in de richting van het bed.

'Vreemd,' zei hij tegen Gretchen. 'Hij heeft je finaal in elkaar geslagen, maar op de een of andere manier heeft hij je gezicht met geen vinger aangeraakt.'

Ze keek hem uitdrukkingsloos aan, alsof ze dwars door hem heen keek. Zo deed ze niet alleen tegen Henry. Ze had alleen oog voor Archie.

'Denk je dat je hem zo terug kunt krijgen?' zei Henry. 'Dat hij je straks weer op je wenken bedient? Je hebt het mis. Hij doorziet het wel.'

Ze knipperde alleen met haar ogen.

Hij draaide zich om en wilde achter de anderen aan lopen.

'Henry,' zei ze.

Hij verstijfde toen hij zijn naam uit haar mond hoorde en draaide zich weer om. Ze hield haar hoofd schuin en trok een wenkbrauw op. 'Het lijkt me boeiend erachter te komen wie van ons hem het beste kent,' zei ze.

God, wat was ze zelfingenomen. Henry had zichzelf jaren verwijten gemaakt omdat hij Gretchen niet had verdacht. Omdat hij Archie niet sneller had gevonden. Omdat hij die krankzinnige overeenkomst had gesteund die inhield dat zijn vriend week in, week uit aan haar was overgeleverd. Hij had Archie vóór die tijd gekend. Hij wist hoe hij was veranderd. Het akkoord was het niet waard, hoeveel vindplaatsen van slachtoffers ze ook prijsgaf. Gretchen Lowell was de beste reclame voor de doodstraf. Hij boog zich naar haar toe. 'Degene die jou dit heeft aangedaan,' zei hij effen, 'verdient een medaille.'

Archie stak zijn hoofd door het gordijn. 'Kom je nog?'

Henry rechtte betrapt zijn rug. 'Ja,' zei hij. Hij trok het gordijn open. Hij dacht vanuit zijn ooghoek te zien dat

Gretchen naar Archie knipoogde, maar hij wist het niet zeker.

15

De bewaarder was nog niet lang dood, maar het was lang genoeg. Hij had zich verhangen in de kleedkamer, een van de weinige plekken in de gevangenis waar geen bewakingscamera's hingen. Het was een pijpenla van een ruimte, die zich nu had gevuld met mensen die van dichtbij, maar niet te dichtbij, naar het slappe lichaam keken dat aan een afvoerbuis hing.

'Het is B.D. Cavanaugh,' zei de directeur tegen Archie. 'Hij werkte hier negen jaar. Zijn dossier is blanco.'

Ophanging was na vuurwapens de populairste zelfmoordmethode in Amerika. Archie zag er het aantrekkelijke niet van in. Het was te moeilijk beheersbaar. Goed, als je geluk had, brak je je nek en was je op slag dood. Ook zonder een fractuur, obstructie van de halsslagaders of collaps van de zwervende zenuw kon verhanging tot een betrekkelijk vredige dood leiden. Je raakte snel buiten bewustzijn en overleed aan de daaropvolgende hartaanval. Maar als je geen geluk had, brak je je nek niet, bleven je halsslagaders pompen en stierf je een langzame marteldood door verwurging.

De bewaarder had geen geluk gehad. Zijn gezicht was gezwollen en verkleurd, zijn ogen waren vol bloed gelopen, zijn tong stak tussen zijn blauwe lippen door en een stroom zurig ruikende urine liep langs zijn lichtbruine uniformbroek en vormde een plas op de plek waar zijn teen de vloerbedekking schampte.

'Is hij degene die Gretchen heeft verkracht?' vroeg Archie. De zwakke urinegeur vermengde zich met het penetrante bloemen- en mottenballenboeket van de roze wc-blokken.

'Hij had toegang tot haar cel,' zei de directeur. 'Hij had dienst. En moet je zijn handen zien.'

De vingertoppen van de bewaarder waren blauw en op zijn onderarmen zat een netwerk van fijne rode krassen.

De blik van de directeur zwierf naar de bobbel van de erectie van de bewaarder. Hij schraapte zijn keel. 'Heb je ooit zoiets gezien?'

'Het wordt veroorzaakt door het bloed dat zich in het onderlichaam ophoopt,' zei Archie nuchter. 'De weefsels zetten maximaal uit. Zodra hij horizontaal ligt, trekt het weg.'

'Het is dus geen stijve?'

'Neem een monster van zijn penis,' zei Archie. 'Ik wil zijn DNA vergelijken met het sperma dat is gevonden.'

Archie wist niet goed wat hij had verwacht te voelen wanneer hij tegenover Gretchens verkrachter stond, maar dit bungelende lijk schonk hem geen voldoening. Omdat hij de man niet meer tegen een muur kon rammen? Arresteren? Omdat hij niet Gretchens ridder op het witte paard kon zijn?

Hij kon het gevoel dat hij verantwoordelijk was voor het gebeurde niet afschudden. Gretchen zat niet in de vrouwengevangenis, maar op de isoleerafdeling, in het mannengedeelte, zodat ze voornamelijk mannelijke bewaarders had. Gretchen was tenger, maar gevaarlijk. Ze had wel honderd verschillende manieren ontdekt om mensen te vermoorden. De bewaarder was echter groot en woog minstens honderdtien kilo, en Archie begreep hoe hij haar had kunnen overweldigen.

'Hij heeft een wurggreep gebruikt,' zei de directeur. 'Haar sleutelbeen gebroken. De arts denkt dat ze het grootste deel van de tijd bewusteloos is geweest.'

'Jezus,' zei Archie.

'En dan maakt hij zichzelf van kant?' snoof Henry. 'Komt dat even goed uit.' Archie wierp hem een blik toe. 'Wat nou?'

zei Henry. 'Acht je haar er soms niet toe in staat zoiets in scène te zetten?'

'Tot het tegendeel is bewezen, is zij het slachtoffer.'

Henry knikte naar het lijk. 'Kortgeleden gescheiden?' vroeg hij aan de directeur.

Die knikte. 'Zijn vrouw is vorig jaar bij hem weggegaan.'

Henry keek naar Archie. 'Hij past in haar slachtofferprofiel.'

Gretchen loerde op internet op eenzame mannen die ze kon manipuleren. Ze ging een tijdje met ze om, liet ze voor haar moorden en maakte ze dan af. Ze had het minimaal drie keer gedaan. Het was niet onmogelijk dat ze deze man op de een of andere manier zover had gekregen dat hij voor haar was gestorven, of door haar. 'Is er een afscheidsbrief?' vroeg Archie.

De directeur keek met opgetrokken wenkbrauwen naar de doucheruimte naast de kleedkamer. Archie en Henry liepen met hem mee naar binnen. Er waren twee douches, drie wc-hokjes, een rij pisbakken, een blad met twee wasbakken en daarboven een spiegel waarop iemand met viltstift een hart had getekend.

Archie besefte dat hij onbewust zijn hand naar het hartvormige litteken op zijn borst had gebracht, de ribbelige huid onder het katoen van zijn overhemd. Hij stak met moeite zijn hand in zijn zak en stuitte daar op de pillendoos.

'Dat is toch haar handtekening?' zei de directeur. 'Een hart?'

'Ja,' zei Archie. Hij haalde de pillendoos uit zijn zak, maakte hem open, stopte drie tabletten in zijn mond en slikte ze door. Zijn hand beefde. 'Ze mag niet te lang dezelfde bewaarders hebben. Het was een vergissing om haar contact met mannen toe te staan. Voortaan wordt ze door vrouwen bewaakt.' Hij hield de directeur de pillendoos voor. 'Tic Tacs,' zei hij. 'Wilt u er een?'

De directeur keek Archie bevreemd aan en schudde zijn hoofd.

Archie keek naar zijn gezicht in de spiegel, omlijst door het hart. 'Het is mijn schuld,' zei hij. 'Ik had beter moeten opletten. Ik had hier vaker moeten komen.'

'Ze solt met je,' zei Henry zacht.

'Ik had een pauze nodig,' zei Archie tegen zijn spiegelbeeld om zichzelf te overtuigen. 'Ik kan het nu wel weer aan.' Hij richtte zich tot de directeur. 'Neem de logboeken van de bewaarders door. Bekijk de beelden van de camera's. Ondervraag uw personeel. Ik wil weten of ze een relatie hadden.'

Het blozende gezicht van de directeur werd nog roder toen hij besefte waar Archie naartoe wilde. 'Denkt u dat ze hem de hele tijd al naaide?' vroeg hij.

Archie voelde zijn maag verkrampen. Het had iets weg van jaloezie. 'U kunt maar beter hopen van niet,' zei hij.

16

Archie had de tv op zijn werkkamer aan, zonder geluid. Het was de eerste tv die Debbie en hij samen hadden gekocht, voor hun eerste flatje, toen ze nog studeerden. Een Panasonic, kleur, met een 27"-scherm. Toen had het een buitensporige aankoop geleken. Nu zag het toestel er alleen nog maar oud en lomp uit. Debbie had een flatscreen voor de woonkamer gekocht, maar Archie kon het niet over zijn hart verkrijgen de oude tv weg te doen. Hij had sentimentele waarde.

Hij had het plaatselijke nieuws aangezet in de hoop dat er iets over de resten in het park gemeld zou worden, maar alle tijd werd in beslag genomen door de berichtgeving over het circus rond de dood van de senator. Er werd al geopperd de luchthaven om te dopen tot Castle International.

Archie vroeg zich af hoe Molly Palmer dat zou vinden.

Hij had vier kartonnen archiefdozen met aangiftes van vermissing uit de kast gehaald en legde de inhoud van een ervan op zijn bureau. Het waren honderdacht dossiers, allemaal van mensen die tussen 1994 en 2005, de periode waarin Gretchen moordde, vermist waren geraakt in Pacific Northwest. Er zaten waarschijnlijk weglopers tussen, kinderen die na ruzie om de voogdij waren ontvoerd en nietsnutten, maar een aantal van die mensen was gemarteld en vermoord, en alleen Gretchen wist wie. Archie kende alle foto's, alle verhalen. Hij had veel naasten van de vermisten gesproken op zoek naar een aanwijzing, iets wat erop wees dat de vermiste Gretchens dodelijke aandacht zou kunnen hebben getrokken. Iets aan hun kledingstijl, hun houding of een plek waar ze regelmatig kwamen. Maar dat was het hem nu juist met Gretchen: er was geen slachtofferprofiel. Ze moordde in het wilde weg.

Het had iets bevredigends om weer naar de dossiers te kijken. Niemand kende ze beter dan Archie. Hij was niet in staat een dood meisje in een park te identificeren, maar dit kon hij wel. Hij had zijn hele loopbaan aan de zaak van de Beauty Killer gewerkt, op welke manier dan ook. Het voelde goed om terug te zijn.

Hij glimlachte in zichzelf. Zondag zou hij naar Gretchen gaan, ze zou hem de vindplaats van een lichaam geven en er zou weer een familie zijn die antwoorden had. Er zou weer een dossier afgelegd kunnen worden. Gretchen en hij konden de draad weer oppakken. Die gedachte maakte Archie... gelukkig.

Hij stopte twee tabletten Vicodin in zijn mond en stond op om ze in de badkamer aan de andere kant van de gang met water door te slikken. Toen hij met een leeg glas in zijn hand de deur opendeed, zag hij tot zijn verbazing Henry naast Debbie staan, alsof ze op het punt stonden zijn kamer binnen te lopen.

Archie bleef stokstijf staan. 'Ik wist niet dat je er was,' zei hij tegen Henry. Hij keek vragend naar Debbie, maar ze meed zijn blik.

'Ik wilde Debbie spreken,' zei Henry.

Archie draaide het lege glas in zijn hand rond. 'Wat is er aan de hand?' vroeg hij langzaam.

Henry leunde naar voren en keek over zijn schouder naar de woonkamer. Daar zaten de kinderen. Archie hoorde een video.

'Kunnen we op jouw kamer praten?' vroeg Henry.

Archie keek naar het glas, glad onder zijn handen. Hij voelde dat de pillen, een harde knoop in zijn keel, begonnen te branden. 'Ik wilde net water halen,' zei hij.

'Ik doe het wel,' zei Debbie. Ze stapte naar voren en pakte het glas.

'Gaan jullie trouwen?' vroeg Archie.

Henry glimlachte niet eens. Hij keek nog eens naar de woonkamer, naar de kinderen, en toen weer naar Archie. 'Laten we in je kamer gaan zitten,' zei hij.

'Goed,' zei Archie. Hij liep terug naar zijn bureau en ging zitten. Op de tv waren opnames in kleur te zien van Castle als jonge man, toen hij voor het eerst was gekozen. De dossiers van de vermiste personen lagen opgestapeld op zijn bureau, naast de lege doos. Archie had al een paar ideeën over hoe hij Gretchen deze keer wilde uithoren over haar misdrijven, maar hij had zo'n gevoel dat dit niet het moment was om het ter sprake te brengen.

Henry ging niet zitten, maar liep de kamer in en bleef in het midden staan. Hij haalde een hand over zijn kale kop. 'Ik heb Gretchen vandaag laten overplaatsen,' zei hij.

De pillen voelden als een vuist in Archies keel. 'Hè?'

Henry keek Archie recht aan. 'Ik heb vandaag opdracht gegeven Gretchen over te plaatsen naar Lawford.'

Archie keek Henry aan, zoekend naar een verklaring. 'Maar dat is in het oosten van Oregon.'

Henry vertrok geen spier. 'Je mag haar niet meer bezoeken,' zei hij plompverloren. 'Je bent van haar bezoekerslijst geschrapt. Geen contact. Geen inkomende of uitgaande brieven. Geen telefoongesprekken. Geen bezoekjes. Punt.'

Archie voelde de kamer deinen. Hij slikte moeizaam, de pillen naar beneden dwingend, en voelde het branden van zijn maagzuur, maar de pillen bleven steken. Hij schudde zijn hoofd. 'Dat kun je niet doen.'

'Ik heb het al gedaan,' zei Henry zacht.

'Ik bel de burgemeester,' zei Archie. Hij hoestte en drukte zijn hand tegen zijn borstbeen.

'Gaat het?' vroeg Henry.

'Ik heb gewoon een slok water nodig,' zei Archie met tranende ogen.

'Debbie,' riep Henry. 'Dat water?' Hij keek weer naar Archie en liet zijn brede schouders hangen. Archie had hem nog nooit zo spijtig gezien. Of zo vastberaden. 'Ik heb Buddy al gesproken,' zei hij. 'We zitten op één lijn.'

Burgemeester Buddy Anderson had vóór Archie het Beauty Killer-team aangevoerd. Hij was het als hoofdcommissaris blijven financieren en had er als burgemeester voor gezorgd dat Archie alles kreeg wat hij nodig had. Het was geen naastenliefde; Buddy wist wat gunstige publiciteit waard was.

'En het slachtofferidentificatieproject dan?'

'Ze praat maar met iemand anders,' zei Henry. 'Of niet. Het is dit niet waard.'

'Ik moet haar zien,' zei Archie. Hij verafschuwde de smekende klank van zijn stem. Radeloos klonk hij. Uitzinnig. Hij keek op en zag Debbie met het glas in haar hand in de deuropening staan. 'Alsjeblieft?' soebatte hij.

Henry was onvermurwbaar. 'Nee. Het is geregeld. Morgen verhuist ze. Tot die tijd zit ze in de cel. Het is afgelopen.'

Nee. Dit kon Henry niet maken. Archie had het Beauty Killer-team aangevoerd. Ze konden hem niet zomaar van de zaak halen. Archie pakte de telefoon van zijn bureau en toetste uit zijn hoofd het nummer van de gevangenis in. De pillen brandden in zijn borst. Hij kuchte. De tv dreinde door. Concentreer je. 'Hé, Tony, met Archie Sheridan. Ik moet Gretchen spreken. Ik ga nu de deur uit. Kun je zorgen dat ze klaarzit?'

Een lichte aarzeling. 'Ze zit in de cel. Geen bezoek.'

Archie deed zijn ogen dicht. 'Kun je haar een telefoon brengen?'

Weer een aarzeling. Archie had medelijden met hem. 'We hebben opdracht je niet met haar te laten praten,' zei Tony.

'Het geeft niet,' zei Archie. Hij verbrak de verbinding. 'Het geeft niet.' De pillen brandden als zuur. Het was een vertrouwde pijn. De gootsteenontstopper die Gretchen hem had laten drinken, had zijn slokdarm verbrand. Het had hem maanden gekost om van de operatie te herstellen. Hij bleef nog even met het toestel in zijn hand staan en smeet het toen zo hard hij kon tegen de witte wand van zijn kamer. Het sloeg tegen het gipsplaat en viel in twee stukken op de vloer. De batterijen rolden over het kleed. Debbie snakte naar adem en liet het glas water vallen. Het glas van een ingelijste eervolle vermelding brak en viel in twee scherpe scherven op de vloer. Debbie zakte door haar knieën om het waterglas op te rapen. Het was op het kleed gevallen en niet gebroken. Ze keek hulpeloos naar de drassige plas die in het kleed trok.

Op dat moment haatte Archie haar. 'Jij wist ervan,' zei hij.

Debbie keek geschrokken op. 'Henry heeft het me net verteld.'

Haar gekwetste gezichtsuitdrukking ging Archie door merg en been. Hij voelde zijn knieën knikken en zakte voor zijn bureau op de vloer. Hij liet zijn hoofd hangen en vouwde zijn handen in zijn nek. En toch kon hij alleen maar aan Gretchen denken. 'Ik weet dat ik hulp nodig heb,' zei hij. Hij voelde zich wanhopig en zijn hart ging tekeer alsof hij elk moment kon gaan hyperventileren. Hij probeerde uit alle macht iets te bedenken om Henry op andere gedachten te brengen. Het maakte niet uit wat. 'Zeg die overplaatsing af,' zei hij. 'Ik kan me beheersen. Je zegt het maar. Maar ik moet haar zien.'

Henry's stembuigingen waren volmaakt. Archie had hem duizenden keren op die toon tegen verdachten horen praten. 'Je had haar drie maanden niet gezien,' zei hij. 'Het ging beter met je.'

Archies hoofd bonsde. Hij kneep met zijn duim en wijsvinger in zijn neuswortel. 'Nee,' zei hij met een triest lachje. 'Het ging niet beter.'

Debbie liep naar hem toe en zakte naast hem op haar knieën. 'Archie, we doen dit voor jou.'

'Ik kan niet zonder haar,' zei Archie met een stem die nauwelijks boven een fluistering uitkwam. De pillen zaten nog steeds vast in zijn keel. 'Jullie denken me te helpen, maar zo maak je het alleen maar erger.'

Debbie nam zijn gezicht in haar handen. 'Ik mis je zo ontzettend.'

Hij keek haar in de ogen. Haar handen voelden vreemd aan op zijn wangen. Onbekend. 'Laat me met rust,' zei hij. Hij keek op naar Henry. 'Jullie allebei.'

Debbie liet haar handen zakken, stond op en ging achter Henry staan, met haar hand op zijn arm.

'Archie?' zei Henry.

Archie keek op. Hij zag het tv-scherm achter Henry en Debbie: de auto die uit de Willamette werd getakeld, de huilende weduwe van de senator.

'Ik moet je dienstwapen vannacht hebben,' zei Henry. 'Ik slaap op de bank. Morgenochtend krijg je het terug.'

'Mij best,' zei Archie. Hij stak zijn arm op, pakte zijn sleutels van het bureau en gooide ze naar Henry. Henry liep naar het bureau en ontsloot de la waarin Archie zijn dienstwapen bewaarde. Hij pakte het, haalde het magazijn eraf om te zien of het ongeladen was en sloot de la.

Henry legde zijn grote hand op Archies schouder. 'Het spijt me,' zei hij.

Archie wist niet of het hem speet van Gretchen, van het wapen of van zijn samenzwering met Debbie. Het deed er niet toe. Als Archie zelfmoord wilde plegen, zou hij het niet met zijn wapen doen. Hij zou voor de pillen kiezen. Dat zou Gretchen hebben geweten.

17

Archie werd stram wakker. Het gevolg van zowel de slaapbank in zijn werkkamer als het feit dat hij zijn eerste pillen van de dag nog niet had genomen. Het was elke dag alsof hij met griep wakker werd. Hij werd zich eerst bewust van de stijfheid in zijn benen en armen, de pijn in zijn ribben en zijn bonzende hoofd, en toen van Sara, die in een rode tuinbroek en een roze T-shirt naast de slaapbank stond, klaar om naar school te gaan.

De tv stond nog aan. Een luchtopname van een vlammenzee vulde het scherm. Het plaatselijke nieuws had de rouw om de senator onderbroken voor een bosbrand ergens in centraal Oregon. Zelfs het nieuws ging door.

'Henry bakt eieren,' zei Sara. Toen rook hij het ook, het zout en vet uit de keuken. Zijn maag draaide zich om.

'Je moet opstaan,' zei Sara.

Archie wreef over zijn gezicht en keek op zijn horloge. Het was halfzeven.

Sara pakte zijn hand en begon aan hem te sjorren.

Hij had de broek aan van een pyjama die hij een paar jaar geleden met Kerstmis van Debbie had gekregen, en geen shirt, en toen hij rechtop ging zitten gleed de deken weg en werd zijn gehavende borst zichtbaar. Hij voelde de koele lucht op zijn bovenlijf, zag Sara grote ogen opzetten en keek naar zijn verminkte lichaam. Hij bevrijdde zijn hand uit die van Sara en trok de deken tot onder zijn oksels op. Hij verwachtte dat ze achteruit zou deinzen, maar in plaats daarvan leunde ze tegen hem aan en sloeg haar armen om zijn nek. 'Ik heb ook littekens,' fluisterde ze. Ze streek het haar uit haar gezicht om hem het flinterdunne litteken bij haar haargrens te laten zien van toen ze op haar derde van een slee was gevallen. 'Zie je wel?' zei ze.

Archie streek met zijn vingers over het litteken op het voorhoofd van zijn dochter. Het was zo miniem dat hij het amper kon voelen onder zijn dikke vingers; niets vergeleken bij de striemen waarmee zijn eigen huid was getekend. Als hij met zijn handen over de landkaart van zijn eigen littekens gleed, kon hij zich voorstellen dat hij het oppervlak van een andere planeet voelde.

Archie zoende haar op haar voorhoofd en voelde het littekentje onder zijn lippen. 'Ga maar eieren eten,' zei hij. 'Ik sta zo op.'

Pas toen Sara de kamer uit was en de deur achter zich dicht had gedaan, trok hij de deken van zich af en ging op de rand van de bank zitten. Hij hief zijn hand en voelde het hartvormige litteken en het kloppen van zijn hart eronder. Hij vond het prettig hoe het nu voelde, en hij streelde het een tijdje voordat hij zijn broek pakte, en de pillen in de voorzak.

Hij keek op naar de ticker langs de onderrand van het scherm. Er waren twee bosbranden in elkaar overgegaan.

Archie douchte en schoor zich. De pillen begonnen onder de warme regen van de douche te werken en tegen de tijd dat hij klaar was met scheren, had hij een aangename Vicodin-roes. De pillen veroorzaakten een soort dof geraas in zijn hoofd dat het schuldgevoel dempte. Soms overwoog hij ermee te stoppen, maar alleen 's ochtends bij het ontwaken. Nooit als hij high was.

Hij trok een bruine broek en een bruin overhemd aan en liep naar de keuken. De kinderen hadden al ontbeten. Henry stond met Debbies witte koksschort om bij het fornuis roerei te bakken. Zijn hoofd was fris geschoren. Hij had andere kleren aan dan de vorige avond. Hij had zijn plannen gemaakt en een weekendtas meegebracht.

Henry keek op en glimlachte naar Archie. 'Je lijkt wel een UPS-koerier,' zei hij.

Sara rende van Debbie naar Archie en ramde haar metalen broodtrommeltje tegen zijn dij. Ben bleef naast Debbie staan.

Sara keek naar Archie op. 'Ik heb vandaag een dictee,' zei ze.

'Je zit pas in groep drie,' zei Archie.

'Henry heeft me overhoord,' zei ze.

'Ze kan beter spellen dan ik,' zei Henry.

Debbie liep naar hen toe, legde een hand op Sara's schouder en gaf hem een zoen op zijn wang. 'Tot vanavond,' zei ze. 'Henry wil wel op de kinderen passen. We kunnen uitgaan. Iets leuks doen.'

'Goed,' zei Archie.

Debbie knikte en pakte Sara's hand. 'Kom op,' zei ze. 'Ben, geef je vader een zoen.'

Ben sjokte naar Archie toe en Archie bukte zich, zodat

zijn zoon hem een afscheidszoen kon geven.

'Ik vind jou lief, pappie,' zei Sara. 'L-i-e-v.'

'F,' zei Archie.

En weg waren ze.

Archie nam een kop koffie en ging aan de keukentafel zitten. De borden van de kinderen stonden er nog, met broodkorsten, klef ei en vet.

'Mijn wapen?' zei Archie.

Henry liep naar een van de kasten boven het fornuis, haalde Archies wapen eruit, liep naar de tafel en legde het voor Archie neer. 'Het is niet geladen,' zei hij.

Archie pakte het pistool, hield het even in zijn handen en stopte het in de leren holster aan zijn riem.

'Wil je er nog over praten?' vroeg Henry.

'Wordt ze overgeplaatst?' vroeg Archie.

'Ja.'

'Dan valt er niets te zeggen,' zei Archie. Voordat Henry kon reageren, ging Archies mobieltje. Hij pakte het uit zijn zak, klikte het open en hield het bij zijn oor.

'Met mij,' zei Susan Ward in zijn oor. 'Ik weet wie je onbekende slachtoffer is.'

18

Het pathologisch lab van Portland bevond zich in de kelder van een beigegepleisterd gebouw in het noorden van de stad. De binnenmuren waren beige. Het linoleum was beige. De steriele papieren schorten die Susan en Archie moesten aantrekken waren beige. De snijzaal bevond zich in de kelder. Snijzalen bevonden zich altijd in een kelder, als je de tv-series mocht geloven. Er stond een rij stalen brancards en er waren veel weegschalen, duivels uitziende vaten en vier grote afvoeren in de vloer waar het bloed aan het eind van de dag naartoe kon worden gespoten. Een batterij matglazen ramen op een meter of drie hoogte liet een vreemd wit licht door, en iemand had de richel eronder vol kamerplanten gezet. Parapluplanten. Rubberplanten. Varens.

'Het ruikt hier naar nagellakremover,' zei Susan.

'Ga je me nog vertellen wie het volgens jou is?' vroeg Archie.

Susan had met Archie op het parkeerterrein bij het lab afgesproken. Toen ze er aankwam, een kwartier te laat, wat voor haar doen vroeg was, stond hij al op haar te wachten. Ze zag Henry nergens.

'Ik wil het gewoon zeker weten,' zei ze.

Het lichaam lag onder een zwart plastic zeil, zoiets als wat je over een houtstapel buiten zou kunnen gooien. Het was net door een laborante naar binnen gebracht. Hoewel het zomer was, droeg de laborante een ribfluwelen broek, een coltrui, wollen sokken en klompen onder haar steriele beige schort. Waarschijnlijk was het altijd koud hier beneden. Archie knikte naar haar en ze ritste de zak los en sloeg het stevige plastic open.

De dode vrouw had geen gezicht meer. Archie had Susan ervoor gewaarschuwd, maar toch was ze er niet op voorbereid. De onderkaak was slap, zodat de liploze tanden van elkaar weken en de donkere tong zichtbaar was, als gekwetst fruit. Het geronnen bloed op de jukbeenderen en in de oogkassen leek op druivenjam. Hoe patologen-anatomen nog konden eten, was iets waar Susan niet bij kon.

Ze keek naar beneden en zag dat ze haar hand stevig om Archies pols klemde. Haar hart bonsde en ze voelde een soort zwaarte in haar keel, maar ze dwong zichzelf te blijven kijken. Naar iets te zoeken. Een aanwijzing. Iets herkenbaars.

Toen zag ze het.

'O, god,' zei ze.

Ze voelde dat Archie zijn pols uit haar greep losmaakte, haar hand pakte en zijn vingers met de hare verstrengelde.

'Vertel,' zei hij.

Susan huilde niet. Niet echt. Het waren alleen maar tranen. Ze rolden over haar wang op de zwarte trui uit Peru die haar moeder bij de wereldwinkel had gekocht. De tranen trokken koude, zilte sporen in haar hals. Ze huiverde. Het is niet mijn schuld, hield ze zichzelf voor. Parker. De senator. Helemaal niets. Het was een verhaal. Zij was verslaggever. De mensen hadden het recht het te weten.

'Het is Molly Palmer,' zei ze.

19

Archie keek naar het lijk dat voor hem op de snijtafel lag. 'Wil je zeggen dat dit de bron is die je over Castle heeft verteld?' zei hij. 'Dat de dode vrouw die we hebben gevonden op de avond voordat Castle van de brug vloog, dezelfde vrouw is die op het punt stond hem in het openbaar aan de schandpaal te nagelen?'

Susan knikte.

Archie keek naar het carnavalsmasker van het ontvleesde gezicht en de gemarmerde, gezwollen huid van het lijk. 'Hoe weet je dat?'

Susan hief haar hand en draaide een lok turkooizen haar om haar vinger. 'Ik heb haar huisgenote gisteren eindelijk te pakken gekregen. Ze zei dat Molly weg was, dat ze een briefje had neergelegd en gewoon was vertrokken, maar dat ze eerst haar haar had geverfd. Ze werkte als stripper, en blondjes krijgen meer fooien, maar ze wilde ermee ophouden.' Ze liet haar haar los, maar het bleef opgedraaid zitten. 'Ze had haar haar roodgeverfd. Die kleur heet Cinnamon Glow. Haar huisgenote had de verpakking in de prullenbak in de badkamer gevonden.'

Slachtofferidentificatie op basis van haarkleur. Archie kon zich het gesprek met de officier van justitie al voorstellen. Vidal Sassoon als getuige-deskundige. 'Zou je je beledigd voelen als ik het nog een keer natrek aan de hand van de gebitsgegevens?' zei hij. Het was krankzinnig. Een gevoel. Gebaseerd op haarverf. Maar hij kon het controleren. Hij pakte zijn mobieltje en belde Lorenzo Robbins. Hij kreeg de voicemail en sprak in wat hij over Molly Palmer wist. Ze had in Portland op school gezeten. De kans was groot dat er ergens röntgenfoto's van haar gebit in een dossier zaten. 'Wanneer had je haar voor het laatst gesproken?' vroeg hij vriendelijk aan Susan.

Susan schudde haar hoofd. 'Ik kon haar niet te pakken krijgen, maar dat gebeurde wel vaker. Ik wist dat ze zenuwachtig was vanwege de publicatie van het artikel.' Ze trok aan de mouwen van haar trui. 'Ze was blond. Je zei dat de vrouw in het park rood haar had. Molly was blond.'

'Gebruikte Molly drugs?' De labuitslagen zouden nog een week of zes op zich laten wachten, maar de doodsoorzaak leek een overdosis te zijn.

'Ja,' zei Susan.

Ze had dus rood haar. Ze werd vermist. En ze gebruikte. 'Heroïne?' vroeg Archie.

'Dit heeft ze zichzelf niet aangedaan,' zei Susan beverig. 'Parker was niet dronken.' Ze glimlachte triest. 'Parker was altijd dronken, maar nooit zó dronken. Nooit zo lazarus dat hij van een brug af zou rijden.' Ze had haar handen helemaal in de mouwen van de trui gewerkt en haar armen over elkaar geslagen. 'Molly gebruikte geen versneden heroïne. Ze was verslaafd. Ze moet een vaste dealer hebben gehad, iemand die ze kon vertrouwen.' Ze keek Archie met grote, algengroene ogen aan. 'Ze is vermoord, Archie. Castle voelde zich vernederd. Hij moet Molly hebben overgehaald naar hem toe te komen en toen heeft hij haar giftige dope gegeven of zo, en hij heeft Parker meegenomen die brug af.'

Shit. Daar zat Archie net op te wachten. 'Ik moet al je aantekeningen van het artikel over Castle zien,' zei hij. 'Alles wat je hebt.'

Susan kromp in elkaar en schudde haar hoofd. 'Dat kan ik niet doen. Ik kan mijn aantekeningen niet zomaar aan de politie geven.' Ze keek hoofdschuddend naar de dode vrouw en balde haar vuisten in haar mouwen. 'Dat had Parker ook nooit gedaan.'

Archie keek op zijn horloge. Het was bijna negen uur. Ze zouden Gretchen waarschijnlijk over de 1-5 en de 84 Oost naar Lawford brengen, wat betekende dat ze door Portland zouden rijden. Hij voelde Gretchen. Dichterbij. 'Je bent met de auto, hè?' vroeg hij aan Susan.

'Ja,' zei ze.

'Kun je me een lift geven?' vroeg Archie. 'Ik wil je iets laten zien.'

Susan verroerde zich niet.

'Vertrouw me maar, Susan.'

Susan zweeg. Archie hoorde water door een buis boven zijn hoofd stromen, alsof iemand een wc had doorgetrokken of een vers lijk had afgespoeld voor een obductie. Toen liet Susan haar armen zakken en stroopte ze haar mouwen tot aan haar ellebogen op. 'Goed dan,' zei ze. 'We gaan.'

Archie toetste een nummer in. Toen Henry opnam, zei hij: 'Ik kom wat later vandaag. Ik ga Susan die doos van Parker laten zien.'

Ze waren bij Archies huis. Susan was er één keer eerder geweest om Debbie Sheridan te interviewen voor haar serie over Archie en het rechercheteam dat op de zaak van de

Beauty Killer zat. Susan zag Archie bij de voordeur staan. Hij keek even naar de sleutel in zijn hand, alsof die iets verdrietigs en kostbaars vertegenwoordigde, voordat hij hem in het slot stak en de voordeur openduwde.

Het huis rook nog een beetje naar ontbijt. Zout en vet. Eieren. Susan stelde zich voor hoe alle leden van het gezin Sheridan gezamenlijk aan de ontbijttafel zaten, gezamenlijk hun aderen verstopten en elkaar vol aanbidding aankeken. Toen Susan tien was, had Bliss op een dag besloten aan ontbijt te gaan doen. Ze was het hele weekend bezig geweest met het zelf maken van muesli en had het Susan de hele week daarna elke ochtend laten eten. Het had een maand geduurd voordat Susans stoelgang weer normaal was.

'Het is deze kant op,' zei Archie, die haar voorging door een gang met vloerbedekking.

'Wat?' vroeg Susan.

'Mijn werkkamer,' zei Archie.

Ze liep achter hem aan een grote kamer in met een bureau, kasten die uitpuilden van de boeken, een oude tv, ingelijste foto's en eervolle vermeldingen aan de wanden, prikborden met lagen papier erop en een slaapbank met beslapen beddengoed. Ze probeerde niet zichtbaar op het bed te reageren. Archie Sheridan sliep dus niet bij zijn vrouw. Of exvrouw. Of wat dan ook. Het ging haar niets aan. Niet echt.

Hij bood geen verklaring. Hij leek het niet eens op te merken. Hij liep naar de kast en maakte voorzichtig de vouwdeuren open. En trok aan een koordje om de lamp aan te doen.

Binnen, op de achterwand van de kast, hingen tientallen foto's. Er waren kiekjes bij, maar ook autopsiefoto's. Het waren allemaal slachtoffers van de Beauty Killer.

'Jezus christus,' zei ze.

Archie zei niets. Hij bukte zich, tilde een grote kartonnen archiefdoos op en zette hem in de kamer. Toen nog een. En nog een. De dozen waren van stevig wit karton met kartonnen deksels en ovale openingen in de zijkant om ze te kunnen dragen. Op de voorkant van elke doos had iemand met rode viltstift *Beauty Killer* geschreven. Susan kende die verkrampte hanenpoten. Het was Quentin Parkers handschrift.

'Dit zijn zijn aantekeningen,' zei Archie effen toen hij de derde doos met een klap op de tweede zette.

'Hoe ben je daaraan gekomen?' vroeg Susan.

Archie ging aan zijn bureau zitten, pakte een pen en draaide hem tussen zijn vingers rond. 'Die had hij me geleend.'

'Waarom?'

'Hij had veel mensen geïnterviewd. Ik vroeg of ik de transcripties mocht lezen.' Hij gooide de pen in de lucht en ving hem op. 'Als hulp bij het identificatieproject.'

Susan keek van de dozen naar Archie. 'Heeft hij jou zijn aantekeningen gegeven?'

'Geleend,' zei Archie. 'En nu leen ik ze aan jou.'

Susan liep naar de dozen en streek met haar hand over het deksel van de bovenste. Parkers aantekeningen. Bijna dertien jaar onderzoek naar de zaak van de Beauty Killer. Susan betrapte zichzelf erop dat er een glimlach over haar gezicht trok. God, wat was ze toch een loeder. Parker was dood en zij was een lijkenpikster. Ze was geen haar beter dan Ian en de rest. Toch haalde ze haar hand niet van de doos. 'Parker heeft een keer een maand moeten brommen omdat hij weigerde de identiteit prijs te geven van een dealer over wie hij een achtergrondartikel had geschreven.'

'Ik weet het,' zei Archie zo zacht dat ze hem bijna niet kon verstaan. 'Dit was iets anders. Gretchen was al aangehouden.' Hij legde de pen langs de rand van een fotolijstje op het bureau. Susan kon de foto niet zien, maar ze stelde zich voor dat zijn gezin erop stond, rond een kerstboom geschaard of op een rij voor een rustiek hek. 'Ik wilde haar laten toegeven dat ze Heather Gerber had vermoord,' vervolgde Archie. 'Het meisje in het park, dertien jaar geleden. Ze weigerde. Er was niemand die een reet om Heather gaf.' Hij verschoof het lijstje iets. 'Behalve Parker.'

'En jij,' zei Susan zacht.

Archie krabde aan zijn voorhoofd, vlak boven zijn wenkbrauw. Hij keek nog steeds naar de foto. 'Gretchen had Heathers hersenen met een haaknaald door haar neus naar buiten getrokken.' Hij klonk vermoeid, emotieloos. 'Het was niet te zien. Haar hoofd leek het enige te zijn wat Gretchen niet had verminkt. De patholoog-anatoom belde me 's avonds laat, ik ging naar het lab en hij tilde haar schedeldak op. Binnenin, waar de hersenen hoorden te zitten, zat alleen nog maar pap.' Hij krabde weer aan zijn wenkbrauw. 'Het leek op beslag,' besloot hij.

'Dat was toch je eerste moordzaak?' Susan ging op de rand van het bureau zitten, leunde naar voren en legde haar hand op de binnenkant van Archies pols. Het was een bespottelijke actie en volkomen ongepast, maar ze voelde plotseling de neiging hem aan te raken. Ze wilde contact. Ze voelde zijn polsslag in haar handpalm.

Ze bleven allebei even bewegingloos zitten. Toen draaide hij zijn hand om en pakte de hare. Ze voelde dat haar hart sneller begon te slaan, en de meisjesachtige neiging te giechelen was zo sterk dat ze hem bijna niet aan durfde te kijken. Het was al gênant genoeg om op zijn privéterrein te zijn, de plek waar hij sliep. Ze dwong zichzelf haar ogen op te slaan en zag dat hij met zoveel tederheid naar haar keek dat ze heel even dacht dat hij haar wilde kussen, maar hij zei: 'Ik moet al je aantekeningen over Castle hebben.'

Ze schoot in de lach. Ze kon het niet helpen. De tranen prikten in haar ogen. Haar gezicht gloeide.

'Archie...' zei ze.

'Susan...' zei hij. Hij kneep in haar hand tot ze haar ogen opende. 'Je wilt echt niets met mij beginnen.' Als om het te bewijzen draaide hij het fotolijstje om. De foto op zijn bureau waar hij elke dag naar keek, was niet van zijn gezin. Geen kerstboom, geen rustiek hek. Het was een schoolfoto van een tienermeisje. Susan herkende haar. Ze had haar gezicht vaak genoeg op foto's gezien. Het was het eerste slachtoffer van de Beauty Killer. Heather Gerber.

'Je aantekeningen over Castle?' zei Archie vragend.

Susan zag iets achter het raam en verstijfde.

'Wat is er?' vroeg Archie.

Er liepen politiemensen in de tuin. De kamer had twee ramen en de beige gordijnen waren half dicht, maar Susan zag heel duidelijk politiemensen in de tuin. Er stonden surveillanceauto's op straat, met de lichten aan en de sirenes uit. De politiemensen liepen naar het huis. Archie draaide zich in zijn stoel om, zag waar ze naar keek en stond op.

'Wat gebeurt er?' vroeg ze.

De bel ging. Hij ging niet gewoon over. Het leek meer alsof er iemand tegenaan leunde, zodat hij telkens opnieuw klingelde, een verwoed, aanhoudend klokgelui, gevolgd door het geluid van een vuist op de deur.

Archie tastte in zijn zak naar zijn mobieltje. Susan merkte nu pas dat het overging. Hij drukte het toestel tegen zijn oor terwijl hij door de kamer naar de gang beende. Susan zat nog op het bureau.

'Niet bewegen,' zei hij.

'Wees maar niet bang,' zei Susan.

Ze hoorde de voordeur opengaan, gevolgd door zware voetstappen die zich naar binnen haasten. Ze keek weer naar buiten en zag een politieman in uniform vlak achter de ruit staan. Hij zwaaide. Net toen Susan weer naar de deur keek, kwam Henry binnen, zo rood als een biet, met zijn telefoon bij zijn oor en zijn pistool in zijn hand. Hij werd gevolgd door vier geüniformeerde mannen.

'Wat krijgen we nou?' zei Archie.

Henry's gezicht glom van het zweet. Hij legde zijn wapen niet weg. 'Ongeveer een halfuur geleden is Gretchen Lowell ontsnapt,' zei hij. 'Ze is het laatst op een kilometer of vijftien hiervandaan gezien.'

Archie kuchte, boog zich voorover en braakte op het crèmekleurige kleed.

20

'Controleer het huis,' blafte Henry. 'De tuin. Alles.'

Archie hoorde mensen door het huis lopen. Er sloegen deuren dicht. Kamers werden veilig verklaard. Dit kon niet waar zijn. Hij proefde de zure smaak van braaksel in zijn mond en zijn maag keerde zich weer om. Ze wist waar hij woonde. Tijdens zijn gevangenschap hadden ze het huis vaak genoeg op het journaal laten zien. Ze wist hem te vinden. God, hij had uit haar buurt moeten blijven. Hij voelde een hand op zijn schouder. De aanraking joeg een elektrische schok door zijn arm en hij sprong geschrokken op en deed zijn ogen open. Het was Claire. Archie wist niet eens wanneer ze binnen was gekomen.

Haar gezicht stond kalm en beheerst, maar haar heen en weer flitsende ogen namen elk detail van de kamer op. Hij zag dat ze de slaapbank opmerkte, de Beauty Killer-dozen van Parker en de macabere collage van Gretchens slachtoffers in de kast. Ze had haar dienstwapen in haar hand, een 9mm met double action. Het was een groot, nauwkeurig wapen en Claire richtte het op de vloer, maar met haar arm uitgestrekt en licht gebogen, zodat ze zo nodig meteen kon vuren. 'We vinden haar wel,' zei ze.

Archie wendde zich af. Susan verscheen in de deuropening met een handdoek uit de badkamer. Ze liep naar hem toe, rood aangelopen, zakte door haar knieën en begon het braaksel van het kleed te deppen.

'Laat maar,' zei Archie. 'Het maakt niet uit.'

Susan bleef de grijze handdoek op het kleed drukken. Haar handen beefden. 'Ik doe het wel,' zei ze. Hij zag dat ze om zich heen keek en alle wapens en de uitzinnige energie van de politiemensen in zich opnam. Ze drukte de handdoek nog harder in het kleed. 'Ik doe het wel,' zei ze weer, nauwelijks hoorbaar,

'Susan,' zei Archie met stemverheffing, 'niet doen.'

Ze keek naar hem op, liet de handdoek los en knikte.

'Debbie en de kinderen?' vroeg Archie aan Henry.

'Er zijn nu eenheden op weg om ze te halen,' zei Henry.

Archie knikte. Zijn hartslag kwam iets tot bedaren. 'Wat is er gebeurd?'

'We hebben geen idee,' zei Henry. Hij werd rood en legde een hand in zijn nek.

'Ze moesten iets ten zuiden van de 205 tanken. Gretchen was zo ongeveer aan handen en voeten gebonden. Er reisden twee politiemensen met haar mee. Een bediende merkte dat de bus bij de pomp bleef staan en ging kijken. Hij trof een dode politievrouw aan. Gretchen en de politieman waren verdwenen.'

Archie schudde zijn hoofd. Ze had het allemaal voorbereid. Ze waren een stel idioten. Ze waren verdomme de grootste sullen van het heelal. Hij ging op de rand van zijn bureau zitten en begon langzaam en zacht te lachen.

'Vind je het grappig?' vroeg Henry, die er de humor niet van inzag.

'Ze heeft het voorgekookt,' legde Archie uit. 'Ze wílde overgeplaatst worden. Snap je het niet? De verkrachting in de gevangenis. Ze solde niet met mij.' Hij wees naar Henry, die alles voor hem overhad, die een gedetineerde zou overplaatsen en het identificatieproject zou beëindigen als hij vreesde dat het Archie labiel maakte. 'Ze solde met jou.'

Henry keek door zijn wimpers naar hem en Archie zag aan de ogen van zijn vriend dat het hem begon te dagen.

Henry haalde kwaad een hand over zijn kale kop. 'Ze wist hoe je zou reageren,' zei hij, 'en ze wist wat ik zou doen.'

'Maar natuurlijk,' zei Archie.

'Genoeg,' zei Claire. 'We moeten je in beschermende hechtenis nemen.'

Archie bewoog zich niet. 'Hoe heeft ze haar vermoord? Die politievrouw? Doorgaans doet ze het niet zo snel. Hoe heeft ze het gedaan?'

Claire keek even naar Henry. 'Ze heeft haar de keel doorgesneden,' zei ze toen.

'Had ze een mes?' zei Archie verbaasd.

'Weten we niet,' zei Henry.

Susan, die nog op het kleed zat, kwam overeind. Haar handen beefden niet meer en ze trok aan haar turkooizen haar. 'Ik wil geen aasgier lijken,' zei ze, 'maar is dit al vrijgegeven aan de media?'

'We houden het voorlopig stil,' zei Henry. 'De burgemeester wil geen paniek zaaien.'

'Ze gaat iemand vermoorden,' zei Archie. Hij keek van Henry naar Claire, aan wie hij het heel duidelijk wilde maken. 'Ze kickt op het vermoorden van mensen. Ze heeft al bijna drie jaar niemand meer langzaam kunnen doden, zoals zij het lekker vindt. We moeten de mensen waarschuwen.'

Claire keek op haar horloge. 'We moeten weg,' zei ze tegen Henry.

'Nee,' zei Archie, die zijn hoofd schudde en onwrikbaar op zijn bureau bleef zitten. 'Ze moet me kunnen vinden.'

'Integendeel,' zei Claire.

'Wil je haar pakken?' vroeg Archie.

'Ze zit waarschijnlijk nu al in het vliegtuig,' zei Henry.

Archies mobieltje ging. Hij pakte het uit zijn zak en keek op het schermpje. Daar stond alleen CALL. 'Nee,' zei Archie, 'ze is er nog.'

Hij nam op. 'Hallo?'

'Hallo, schat,' klonk Gretchens kattengespin.

De opluchting overspoelde hem als een vloedgolf die de spanning, de misselijkheid en de angst met zich mee sleurde. Hij gleed van het bureau op de vloer. Zijn vingers voelden koud om het toestel, maar zijn lichaam was warm en zijn nek was opeens nat van het zweet. Toen drong het tot hem door dat hij niet bang voor háár was.

Hij was alleen bang haar nooit meer te zien.

'Fijn dat je belt,' zei hij.

21

Archie probeerde zich af te sluiten voor iedereen in de kamer en zijn aandacht alleen te richten op het toestel dat hij tegen zijn gezicht gedrukt hield, alleen op Gretchen. Hij was zich bewust van Claires hand op zijn schouder. Hij zag dat Susan Ward haar notitieboekje opensloeg en een pen bij het papier hield. Hij zag Henry, die via zijn mobieltje doorgaf dat Gretchens toestel moest worden getraceerd. Daarvoor moest het gesprek minimaal twee minuten duren. Als Gretchen mobiel belde, zou het nog langer duren. Archie keek op zijn horloge en begon te tellen.

Het was veertien voor elf.

'Hebben ze je al in beschermende hechtenis genomen?' vroeg Gretchen.

Archie slikte moeizaam. 'Gretchen, je moet je aangeven.'

Hij hoorde haar glimlach bijna door de telefoon. 'Je zult me missen, hè? Zoals ik jou heb gemist.' Haar stem werd ijzig. 'Al die zondagen dat je niet kwam.'

'Ik zal je opzoeken,' zei Archie. Zijn maag brandde, hij had hoofdpijn. 'Ik wil het. Dat weet je best.'

'Loze beloftes.'

Archie zag dat Henry nog steeds telefoneerde. Hij moest Gretchen aan de praat houden. Hij viste de pillendoos uit zijn zak, haalde er vier tabletten uit en stopte ze in zijn mond. Claire reikte hem een glas water van zijn bureau aan en hij slikte ze door. 'Heb je de verkrachting in scène gezet?' vroeg hij aan Gretchen.

'Nee,' zei ze. 'Ik heb hem alleen laten zien waartoe hij in staat was.'

Archie dacht aan het op de wc-spiegel getekende hart in de gevangenis. 'Heb je hem vermoord?' vroeg hij. Hij gaf het glas terug aan Claire, die het naast de foto van Heather Gerber op het bureau zette. Het was dertien voor elf.

'Maakt het iets uit?'

Dit was nog maar het begin, wist Archie. Als Gretchen los rondliep, was dit nog maar het begin van de slachting. 'Die politievrouw?'

'Dood. Dood. Dood.'

'Geef je aan,' zei Archie. Hij drukte de vingers van zijn vrije hand tegen zijn slaap in een poging het bloed dat onder zijn huid klopte trager te laten stromen. Susan legde het allemaal vast in haar notitieboekje. Het kon hem niet schelen. 'Ik doe alles wat je wilt,' zei hij.

'Je weet wat ik wil.' Ze liet de woorden tussen hen in hangen.

'Zeg het maar,' zei hij.

'Ik wil jou,' zei ze. 'Ik heb je altijd gewild.'

Het warme kloppen onder zijn vingers versnelde zich. Hij drukte er harder tegenaan. 'Dat kan ik je niet geven.'

'Ik zou graag de hele dag met je blijven praten, schat, maar ik moet ophangen. Het is bijna tijd voor de ochtendpauze.'

Twaalf voor elf. Archie keek op. Henry telefoneerde nog en Archie zag hem rood worden. Ze hadden het toestel getraceerd. Henry verbrak de verbinding, toetste een nieuw nummer in en zei: 'Hier rechercheur Henry Sobol van de politie van Portland. Hebben jullie een afsluitprocedure? Oké. Sluit de school af.'

Archie richtte zijn aandacht weer op zijn mobieltje. 'Gretchen?' zei hij. 'Waar ben je?'

Hij hoorde dat Henry gespannen bevelen bleef geven. 'We hebben reden om aan te nemen dat Ben en Sara Sheridan in gevaar zijn. Kennen jullie Gretchen Lowell? We denken dat ze bij jullie in de school kan zijn.'

Archie voelde zich onthecht van zijn lichaam. Hij wist niet of het van de schrik kwam of doordat de pillen begonnen te werken, maar een vredige verdoving daalde neer over zijn brein en maakte zijn hoofd donker en zwaar. Het sloeg allemaal nergens op. Gretchen kon niet ontsnapt zijn. Dit kon niet echt zijn.

Hij hoorde Henry nog steeds. 'Ze is, en dat kan ik niet genoeg benadrukken, uiterst gevaarlijk. Benader haar niet. Sluit gewoon alle lokalen af. Niemand mag in de buurt van de kinderen komen. De politie is onderweg. Begrepen? Mooi.'

'Gretchen?' zei Archie weer. De verdoving trok weg en zijn verstand kwam terug. Hij klemde zijn hand om het toestel.

'Ik ben alleen in ze geïnteresseerd,' zei ze liefjes, 'omdat ze me aan jou doen denken.' Toen hoorde hij het, door de telefoon: de schoolbel die vijf keer achter elkaar twee keer overging. Het signaal voor een afsluiting. Ze was op de school van zijn kinderen. Ze ging ze vermoorden. Ze ging het laatste vermoorden wat er nog iets toe deed.

'Tot ziens, schat,' kirde ze en de verbinding werd verbroken.

Susan zag het mobieltje uit Archies hand vallen. Het was licht en het stuiterde een keer op het kleed voordat het op zijn kant bleef liggen. Het schermpje lichtte nog even blauw op en werd toen zwart. Het rook naar braaksel in de kamer. Alleen Susan leek het te merken.

Archie stond op.

Ze wist dat hij Gretchen aan de lijn had gehad. Ze had Henry met de school van de kinderen horen bellen. Ze had de optelsom gemaakt. Geheimhouding of niet, ze ging dit verhaal plaatsen. Afgestudeerd in creatief schrijven. Vijf jaar krantenjournalistiek. En toch was de enige vraag die ze eruit kon persen: 'Wat is er aan de hand?'

Henry liep in vier passen naar Archie toe en legde zijn grote handen op Archies bovenarmen. Archies knieën knikten en even dacht Susan dat hij alleen door Henry overeind werd gehouden. 'Er zijn eenheden op weg naar de school,' zei Henry tegen Archie.

'Ik moet erheen,' zei Archie. 'Nu.'

Henry leek te weifelen en zei toen: 'Goed.'

Susan klapte haar notitieboekje dicht en stapte naar voren. 'Ik ook,' zei ze.

Henry aarzelde niet eens. 'Nee,' zei hij.

Susan nam er geen genoegen mee. Ze zwaaide met haar notitieboekje. 'Daar gaat je geheimhouding,' zei ze. 'Je hebt een school afgesloten. Alle nieuwsploegen van de stad zijn al op weg. Het gaat nu al live de lucht in. Ik ben je beste kans om het verhaal binnen de perken te houden. Nu krijg je alleen hysterie. Wil je dat soms?' vroeg ze. 'Hysterie?'

Henry liet zijn stem dalen. 'Ik wil haar pakken voordat ze nog iemand vermoordt,' zei hij.

Susan liet haar notitieboekje zakken en keek hem recht aan. 'Daar kan ik je bij helpen.'

'Ze mag met mij meerijden,' zei Claire.

Henry bukte zich, raapte de telefoon op die Archie had

laten vallen en gaf hem terug. Archie nam hem aan, keek naar Henry en knikte.

Henry richtte zich weer tot Susan. Hij kneep zijn ogen dicht en veegde met zijn vlakke hand het zweet van zijn voorhoofd. Susan proefde braaksel achter in haar mond.

'Laat je niet neerschieten,' zei Henry.

22

De William Henry Clark Basisschool stond op 2250 meter van het huis. Archie had het een keer met de dagteller nagemeten. Ben had erop gestaan. Hij had met een vriendje gewed wie er het dichtst bij de school woonde of zoiets. Twee en een kwart kilometer. Het leek verder. Het was twintig minuten lopen. 's Ochtends was het een rit van acht minuten en 's middags van zes, want dan was er minder verkeer. Met zwaailichten en sirenes was het vier minuten. Dat kreeg je voor zwaailichten en sirenes: twee minuten. Honderdtwintig seconden.

Het kon verschil maken.

Archie kende het protocol voor het afsluiten van een school. De leerlingen kregen opdracht in hun lokaal te blijven, de tafels naar het midden te schuiven en uit de buurt van de ramen te blijven. De gangen werden leeggemaakt. Alle deuren werden afgesloten, behalve de voordeur, om te controleren wie er kwamen en gingen. Het onderwijzend personeel deed de verlichting in het lokaal uit en liet de leerlingen op handen en knieën zitten. Gewoon weer een dag openbaar onderwijs. Het duiken-en-dekking-zoeken van vroeger stak er ouderwets bij af.

Archie stelde zich Ben en Sara voor, ieder in hun eigen lokaal, doodsbang, en vervloekte zichzelf. Zijn mobieltje ging en hij klapte het open. Toen hij het nummer zag, voelde hij zich een beetje teleurgesteld. Hij had gehoopt dat het Gretchen zou zijn.

Het was Debbie.

'Ben je veilig?' vroeg hij.

'Ik zit op je kamer op het bureau,' zei ze met een stem van staal. 'Ben je al bij de school?'

Hij keek naar buiten. Een verkeersbord maande automobilisten hun snelheid tot dertig kilometer per uur te minderen. Henry lette er niet op. 'Bijna.'

'Je moet ze beschermen, Archie,' zei Debbie met verstikte stem. 'Maak haar dood,' fluisterde ze radeloos. 'Beloof het.'

'Ik zal ze beschermen,' zei Archie.

'Maak haar dood,' smeekte Debbie.

De auto remde met gierende banden half op de stoeprand voor school. Er waren al acht surveillancewagens met brandende zwaailichten en griezelig stille sirenes. 'We zijn er,' zei Archie.

De basisschool, die in de jaren negentig was gebouwd, was een modern gebouw van steen en glas dat meer weg had van een middelbare school. Hij stond in een welvarende buitenwijk, een toevluchtsoord voor ouders die de in geldnood verkerende scholen in het centrum van Portland wilden mijden. Een veilig, benijdenswaardig alternatief.

Tot vandaag.

Archie klapte zijn mobieltje dicht en haalde zijn pistool uit de holster. Henry was al uitgestapt en stond met zijn penning in zijn hand bevelen naar de mensen van de uniformdienst te blaffen.

Archie ontgrendelde zijn wapen en stapte uit. Door de adrenaline werkten de pillen sneller, en hij voelde het sussende tintelen van de codeïne in zijn schouders en armen.

Net op tijd, dacht hij.

23

Toen hij naar de school liep, herinnerde Archie zich niet dat hij het kogelwerende vest uit de kofferbak van de auto had aangetrokken, maar het moest wel, want Henry en hij droegen er allebei een. Hij hield niet van het gevoel van zo'n vest, het gewicht dat op zijn beurse ribben drukte, maar vandaag merkte hij het niet.

Wanneer een school wordt afgesloten, stelt de politie het gebouw veilig en gaat pas naar binnen wanneer de verdachte is getraceerd en het risico ingeschat. Op een school zitten per definitie een paar honderd mogelijke gijzelaars, en je wilt niet dat er kinderen om het leven komen doordat je overhaast te werk bent gegaan. Er werd dan natuurlijk wel van uitgegaan dat de gestoorde schutter ook een leerling was. Kinderen zijn onvoorspelbaar. Kinderen met een wapen zijn extreem onvoorspelbaar. Niemand wilde een kind moeten neerschieten, zelfs niet als het gewapend was. Daarom was het eerst veiligstellen, dan de situatie inschatten en dan afwachten.

Die procedure was niet berekend op Gretchen Lowell. Die was voorspelbaar. Ze zou moorden tot iemand haar een halt toeriep.

'We gaan naar binnen,' zei Archie.

'Ja,' zei Henry.

De surveillanten uit Hillsboro die op de melding waren afgekomen, hadden contact met iemand van de administratie. Ze was bang, maar kalm. Het was stil in de school. De afsluitprocedure was in werking.

Op een plaquette boven de voordeur stond: ONDERWIJS IS NIET HET VULLEN VAN EEN EMMER, MAAR HET AANSTEKEN VAN EEN VLAM.

'Yeats,' zei Archie.

'Hè?' zei Henry.

'Laat maar.'

Ze trokken hun wapen en liepen, met zes opgewonden, onzekere surveillanten uit de buitenwijk in hun kielzog, de school binnen.

De voordeuren kwamen uit op een grote hal met vloerbedekking. Een levensgrote tijger van papier-maché, de mascotte van de school, stond met zijn kop naar de deuren, alsof hij aan kwam lopen. Hij was donkerrood met oranje strepen. NIET OP ME KLIMMEN, stond er op het bordje naast hem.

Archie was een paar honderd keer op die school geweest. Ben zat in groep vier, Sara in groep drie. Ze waren er allebei hun schoolloopbaan begonnen. Er waren ouderavonden geweest, tentoonstellingen, geldinzamelingsacties, besprekingen van de ouderraad met het bestuur en basketbalwedstrijden, en Archie had zijn kinderen er vaak naartoe gebracht en weer opgehaald.

Dat was gelogen.

Debbie was een paar honderd keer op die school geweest. Archies werk hield hem er weg. Hij begon vroeg en was laat klaar, dus Debbie haalde en bracht de kinderen. Debbie ging naar de vergaderingen van de ouderraad. Archie deed zijn best. Hij bezocht zo veel mogelijk evenementen. Hij had nog nooit een ouderavond gemist. Toch had hij niet hard genoeg zijn best gedaan. Hij zou meer moeite doen, nam hij zich nu voor. Als ze nog leefden, zou hij meer moeite doen.

'Ben zit in lokaal 6,' zei Archie tegen Henry. 'Die kant op.' Hij wees achter de tijger. 'Aan het eind van de gang. Ik ga Sara halen.' Hij draaide zich om naar de politiemensen. 'Jullie vormen paren en stellen een zo groot mogelijk deel van de school veilig.'

De surveillanten bleven bewegingloos staan en keken van de een naar de ander. De enige vrouw in hun gezelschap schraapte haar keel. Ze was jong. Waarschijnlijk zat ze pas een jaar of twee bij de politie. 'Wat moeten we doen als we haar vinden?' vroeg ze.

'Schieten,' zei Henry.

'Nee,' zei Archie snel. 'Ze is gevaarlijk. Ga de confrontatie niet aan. Als je haar ziet, waarschuw je mij.' Hij legde zijn hand op de portofoon op zijn heup.

Henry wenkte twee surveillanten, de vrouw en een man die gezien zijn leeftijd een uitgesproken gebrek aan ambitie moest hebben. 'Jullie gaan met hem mee,' zei Henry. 'En als je haar ziet, schiet je.'

Ze gingen uit elkaar. Archie leidde zijn clubje weg van de grijnzende tijger, linksaf de gang in, terwijl Henry rechtsaf ging naar Bens lokaal. Sara zat in lokaal 2. Het was niet ver. Net voorbij de kartonnen kijkdozen met strandballen, zeilboten en zon die aan de muur hingen. Het was nog maar een paar dagen tot de zomervakantie en Sara smeekte al of ze naar een ponykamp mocht. Ze waren bij de deur van het lokaal. Archie keek door het raam en zag een drinkfonteintje aan een van de muren. Op de grond ernaast slingerde een vergeten Spiderman-rugzakje.

God, wat was het stil.

Archie voelde aan de deurknop. De deur zat op slot. Hij bonkte twee keer met zijn vuist op de deur. 'Politie,' zei hij. Zijn stem klonk hard in de stilte. 'Doe open.'

Hij hoorde beweging in het lokaal en de deur ging open. Sara's juf, mevrouw Hardy, stond in de deuropening. Ze was al dertig jaar onderwijzeres en haar haar begon sinds kort te verfletsen tot lichtgrijs. Ze hield *Groene eieren met ham* van Dr. Seuss tegen haar trui gedrukt.

Archie liet zijn pistool zakken, maar hield zijn vinger in de trekkerbeugel. Hij verplaatste zijn gewicht naar de ballen van zijn voeten. Hij was ontspannen. Dat leerden ze je. Rustig ademhalen. Als je ontspannen bent, schiet je beter. Er was een moment, wanneer twee derde van de longinhoud was uitgeademd, dat je de meest vaste hand had. Dat werd 'de natuurlijke adempauze' genoemd. Als je normaal ademhaalde, had je twee à drie seconden, maar die kon je tot acht seconden rekken om te richten en de trekker over te halen voordat het zuurstofgebrek je ging belemmeren.

Als je langzaam genoeg ademde. Als je niet aan je kinderen dacht. Als je ontspannen bleef.

'Ik ben rechercheur Sheridan,' zei hij, langs de onderwijzeres heen kijkend. 'Sara, mijn dochter, waar is ze?'

'Ik ken u wel, meneer Sheridan,' zei mevrouw Hardy. Ze stapte opzij en deed de verlichting aan. Archie zag de kinderen in een kring midden in het lokaal zitten. Ze zaten er roerloos bij en keken hem met bleke gezichtjes aan.

Archie zag Sara niet. Hij liep verder het lokaal in, naar de kinderen toe. 'Sara?' riep hij. De paniek waartegen hij zich had verzet, laaide nu op. Zijn hart ging tekeer. Hij voelde de hitte onder zijn huid oprijzen. Zijn keel werd dichtgeknepen. Hij zette nog een stap naar de kinderen toe.

Rustig blijven.

Hij voelde dat mevrouw Hardy hem met haar hand op zijn elleboog tegenhield. 'Het hoofd heeft haar opgehaald,' zei ze. 'Voor de zekerheid.'

Archie slaakte een verstikte zucht van verlichting en klapte bijna dubbel.

Mevrouw Hardy verstevigde haar greep op zijn arm. 'Meneer Sheridan, u maakt de kinderen bang,' zei ze.

Toen zag hij zichzelf. Het kogelwerende vest. Het wapen. De surveillanten bij de deur. De klasgenootjes van zijn dochter namen hem zwijgend op. Hier en daar trilde een onderlip. Ze waren niet bang voor de afsluiting. Of voor Gretchen Lowell.

Ze waren bang voor hem.

Hij liet zijn wapen zakken.

'Is hier nog iemand geweest?' vroeg hij aan de onderwijzeres. 'Een blonde vrouw?' Hij zocht naar nog een woord om Gretchen te beschrijven, maar vond niets. 'Mooi?'

'Nee,' zei mevrouw Hardy.

Archie zette een pas achteruit naar de deur. 'Neem me niet kwalijk,' zei hij stompzinnig.

Een jochie in een Elmo-sweatshirt liep naar hem toe en stak zijn hand uit. 'Mag ik uw pistool even vasthouden?' vroeg hij.

Jezus christus, dacht Archie. 'Niets aan de hand,' zei hij. 'Niets aan de hand, mensen. Neem me niet kwalijk.'

De surveillanten volgden Archie terug naar de gang, waar hij onmiddellijk zijn vest losmaakte en op de vloer liet vallen. Het kwam met een bons op de vloerbedekking terecht.

'Wat doe je nou?' vroeg de oudere surveillant.

'Het is een school,' zei Archie. 'We zijn op een school, godbetert.'

Henry kwam met getrokken pistool de hoek om. Zijn ogen flitsten door de gang en zijn kale kop glom van het zweet. 'Het hoofd heeft Ben uit de klas gehaald,' zei hij.

'Sara ook,' zei Archie. 'Het kantoor is die kant op.' Archie stak zijn pistool in de holster en richtte zich tot de surveillanten. 'Stop je wapen weg. Ga alle lokalen af.' Ze keken hem niet-begrijpend aan. 'Om iedereen te kalmeren.'

De oudste van de twee keek naar zijn collega. 'Maar als de Beauty Killer er nog is?' zei hij.

'Ze moet mij hebben,' zei Archie. 'Of mijn kinderen.' Hij haalde een hand door zijn haar. 'Vooruit.'

Archie liep op een drafje naar het kantoor van het hoofd, op de voet gevolgd door Henry. 'Ze zit met ons te kloten,' zei hij onder het rennen. 'Dit hele gedoe. Het klopt niet.'

Op de deur van de administratie hing een poster van een kikker met de tekst DUIK IN DE KENNIS. Archie sloeg de kikker drie keer met zijn vuist op zijn kop. 'Politie,' riep hij. 'Opendoen.'

De deur ging open en de secretaresse stond tegenover hem, met grote ogen achter dikke brillenglazen.

'Ben en Sara Sheridan?' zei Archie vragend.

Ze knikte naar een deur waar HOOFD op stond.

Net toen Archie naar de klink reikte, ging de deur open. Archie had Hill, het schoolhoofd, maar één keer eerder ontmoet, bij een geldinzamelingsactie. Het was een zwarte man van in de veertig, doctorandus pedagogie. Het schoolbestuur had hem uit Philadelphia gehaald en iedereen was enthousiast geweest omdat hij ooit een jaar in de eerste divisie had gehonkbald. Hij kwam met een zware houten knuppel in zijn hand naar de deur. Zijn vrije arm had hij om de schouders van Archies dochter geslagen. Ben stond naast haar.

Archie zakte op zijn knieën. Ben en Sara renden op hem af en hij omhelsde hen.

'Wat is hier in vredesnaam aan de hand?' vroeg Hill, die de knuppel naar de vloer liet zakken.

Archie drukte zijn kinderen tegen zich aan. Hij snoof de geur van hun haar op en proefde hun huid onder zijn kussen. 'Het is goed,' zei hij. 'Het is goed, ik beloof het.'

Vanuit zijn ooghoek zag hij de knuppel op de vloer vallen. Hij keek op en zag Hill zijn handen opsteken en een halve pas achteruit zetten. Hij keek naar een punt achter Archie.

Archie hoorde het wapen vlak voordat hij het achter in zijn nek voelde. Een metalige klik. Het geluid waarmee je een halfautomatisch wapen ontgrendelt.

'Laat de kinderen los,' zei een gebiedende stem. 'Nu.'

24

De zon voelde lekker aan.

Vreemd om dat op te merken, besefte Susan, gezien de

huidige situatie, maar zo ging dat in Oregon. Het regende bijna het hele jaar, dus als de zon zich liet zien, viel het je op. Gretchen Lowell was ontsnapt. Archie Sheridans kinderen liepen gevaar. En zij genoot van de zon.

Niet dat ze ook maar iets kon doen. De school was omsingeld door de politie. Susan telde vijf brandweerwagens. Hoezo? Waren ze bang dat de school in vlammen zou opgaan?

Susan zag Claire nergens meer. Ze was uit de auto gesprongen zodra ze aankwamen, en Susan kon niet bij de school in de buurt komen zonder politiebegeleiding. Daar zat ze dan, de eerste verslaggever ter plekke, en niet alleen kon ze niet bij het nieuws komen, ze was haar pen ook nog eens vergeten.

Ze zat dus op de kap van Claires Ford Festiva aantekeningen te maken met een Chanel-oogpotlood. Het kon wel eens het duurste schrijfgerei zijn dat ze ooit had gebruikt. De ochtendzon was gigantisch en eidooiergeel. Dat was leuk gevonden. 'Eidooiergeel', noteerde ze, en ze zette er een streep onder.

Ze tuurde naar de school. Vijf minuten eerder was er een arrestatieteam naar binnen gestormd en daar gebleven. Wanneer je naar een gebouw keek, konden vijf minuten heel lang duren. Susan voelde dat haar maag verkrampte van de spanning. Ze zag een potige man in het uniform van de politie van Hillsboro aan de andere kant van het lint langslopen en gleed met haar notitieboekje van de kap.

'Hé!' riep ze, 'Susan Ward. Van de *Herald*. Wat gebeurt er binnen?'

De politieman liep langs haar heen zonder haar zelfs maar de gebruikelijke minachtende blik waardig te keuren.

De tv-ploegen kwamen aan. Charlene Wood van Channel 8 was als eerste uit een opnamebus gesprongen en eiste nu de eerste livebeelden op. Ze was lang en mager, en had spichtige benen en zwart haar met een zijscheiding dat ze altijd naar binnen gekruld op haar schouders droeg. Iedereen was dol op Charlene. Ian beweerde dat ze hem ooit op een feestje van Channel 8 had gekust, maar Susan geloofde hem niet.

Een man van het arrestatieteam draafde langs met een portofoon in elke hand.

'Susan Ward,' riep Susan naar hem. 'Van de *Oregon Herald*. Kunt u me zeggen wat er aan de hand is?'

Hij keek haar recht aan en liep door naar de commandopost die de politie van Hillsboro recht voor de school had ingericht.

Susans mobieltje ging. Ze keek op het scherm. Het was Ian. Voor de vierde keer in tien minuten. Hij zou niet blij zijn.

'Nieuws?' vroeg hij. 'We moeten de website actualiseren.'

'Het arrestatieteam is gekomen,' zei Susan. 'Ze zijn binnen.'

'Weet ik,' zei Ian. 'Dat heeft Charlene Wood net live op Channel 8 verteld. Verder nog iets?'

'Je neemt me in de maling,' zei Susan met een blik op Charlene, die voor de commandopost in haar microfoon stond te praten, met haar in zwarte hoge hakken gestoken spillebenen. 'Ze is er nog maar net.'

'Nou, ze is je voor geweest,' zei Ian. 'Zoek maar iets. Ik wil elke tien minuten een update voor de website. Er is al een fototeam onderweg.'

'Elke tien minuten?' herhaalde Susan.

'Bel het maar door. Laat me niet wachten. Welkom in het informatietijdperk, snoes.'

Er gebeurde iets in de school. Susan verbrak de verbinding en drong zich naar voren. Er stroomden meer politiemensen de school in. Van Portland. Van Hillsboro. Staatspolitie. De FBI. Hoe kwamen ze hier allemaal zo snel?

Susan stond vlak achter het dunne politielint en probeerde alles te noteren wat ze zag. Er was een ouderpaar naar de school gekomen dat bij een politievrouw stond te snikken. Ze waren jong. Van Susans leeftijd. De tranen stroomden de vader over de wangen, maar de moeder stond er onaangedaan bij, robuust, met haar arm om de schouder van haar man. Susan had medelijden met het stel. Hun leventje in de buitenwijk, op zo'n manier bedreigd. Ze wist dat het verliezen van een kind de ergste nachtmerrie van ouders was. Ze kon zich niet met het stel identificeren, maar hun angst was zo naakt dat ze heel even blij was dat ze geen kinderen had. Dat soort machteloosheid bleef haar tenminste bespaard.

Ze hoorde kinderen voordat ze ze zag. De stemmen zweefden als vogels in de lucht. En daar waren ze plotseling, een hele stroom die om het gebouw heen kwam, in rijen, jongen-meisje, glimlachend om de drukte. Alsof het een gewone brandoefening was.

De politie evacueerde de school via de achterdeur. Dat was toch een goed teken? Susan zocht in de massa naar een spoor van Archie, maar kon hem nergens ontdekken. Ze had foto's van zijn kinderen gezien, en die leken er evenmin tussen te zitten.

Haar mobieltje ging weer. Shit, liet Ian haar maar eens met rust. Ze nam op.

'Dag lieverd,' zei haar moeder.

'Bliss,' zei Susan geërgerd. 'Ik ben aan het werk.'

'Je hebt bonbons van Archie gekregen.'

'Hè?' zei Susan, die hoofdschuddend probeerde de mededeling van haar moeder te begrijpen.

'Bonbons. Met een kaartje van Archie Sheridan.'

Susan giechelde tegen wil en dank en sloeg een hand voor haar mond. 'Echt?'

De ouders naar wie ze had gekeken, riepen iets. Maar één woord: 'Max.' Een jongetje op het schoolplein keek op en rende naar hen toe.

'In een hartvormige doos,' zei Bliss.

Het jongetje werd door zijn nog steeds huilende vader opgetild. Normaal gesproken had Susan zich op zo'n verhaal gestort: ouders en kind herenigd. Daar smulden de lezers van de *Herald* van. Goed nieuws. Gelukkig gezinnetje. Tragedie afgewend.

Maar haar notitieboekje was uit haar hand in het gras gevallen.

Ze wilde iets zeggen, maar het was alsof er een bankschroef om haar borst werd geklemd. Ze dwong zichzelf adem te halen en probeerde het nog eens. 'Bliss, je hebt er toch niet van gegeten?'

Geen antwoord.

'Mam?' zei Susan.

25

Archie strekte zijn armen recht voor zich, boog ze en verstrengelde zijn vingers achter zijn hoofd. Ben en Sara lieten hem los. Ze beefden van angst en keken strak naar iets achter hem. Sara's rode tuinbroek kleurde donker door een stroompje urine. Ze bloosde.

'Het spijt me, pappie,' zei ze met neergeslagen ogen.

'Het geeft niet,' zei Archie vlak voordat hij met zijn gezicht op de vloer smakte. Hij voelde een grote hand die zijn wang in de vloerbedekking wreef en er werd een onderarm tussen zijn schouderbladen gedrukt. Hij kende de greep. Het was een tactiek die ze je op de politieacademie leerden om een verdachte te overmeesteren.

Het arrestatieteam van Hillsboro.

'We zijn van de politie,' zei Archie.

'Ja, eikels,' hoorde hij Henry zeggen. 'Heb je mijn vest niet gezien?'

Er knetterde een portofoon. Buiten loeiden sirenes. Archie dacht minstens één helikopter te horen. Als Gretchen hier was geweest, was ze nu allang weg.

'Shit,' hoorde hij iemand anders zeggen.

'Hij hangt om mijn nek,' zei Archie. Hij voelde dat de onderarm van zijn rug verschoof en toen werd er zo hard aan de ketting met zijn penning eraan getrokken dat zijn nek ervan gloeide. Toen lieten de hand en de arm los en kon Archie rechtop gaan zitten.

Hij schoof meteen naar Ben en Sara toe, maar nu renden ze niet op hem af. Sara schaamde zich voor haar natte broek en Ben trok haar dicht tegen zich aan. Archie bleef zitten. Hill knielde achter Sara en sloeg beschermend een arm om haar heen. Ze schrok ervan, zo gefascineerd keek ze naar de AT'ers.

Het waren er vijf, allemaal in een zwarte jumpsuit met handschoenen, een dijholster, een strak petje op en getrokken wapen. Henry, die op zijn knieën was gedwongen, kwam overeind. Hij pakte de penning die om zijn eigen nek hing, op zijn kogelwerende vest, en hield hem een AT'er voor. 'Wat moet dit godver...' Hij keek naar Ben en Sara en aarzelde. 'Voorstellen?'

'Neem ons niet kwalijk, rechercheurs.'

'Hebben jullie haar?' vroeg Henry. Iedereen wist wie hij bedoelde.

'Nee. We hebben het grootste deel van de school veiliggesteld. Ik denk niet dat ze hier is.'

Archie keek weer naar zijn kinderen. Hij stak zijn hand naar Sara uit, maar Ben trok haar dichter tegen zich aan. Hun kleine borstkassen rezen en daalden en hun adem was hoorbaar. Ben veegde met zijn pols langs zijn neus. 'Je maakt haar bang,' zei hij.

Archie liet zijn hand zakken en voelde zijn kinderen verder tussen zijn vingers door glippen. Gretchen zou ze nooit vermoorden. Niet zolang ze ze nog kon gebruiken om hem pijn te doen. 'Gretchen is hier niet,' zei hij zacht.

De vrouw achter de balie, de secretaresse van de school, bracht een bevende hand naar haar mond. 'Ze zei dat ze uw vrouw was.'

Archie draaide zich naar haar om. 'Wat?'

De secretaresse was in de vijftig. Ze had blond gepermanent haar en droeg een schort over haar coltrui, als een bovenmaatse kleuter. Ze was al secretaresse zolang Archie zich kon heugen, maar hij wist niet hoe ze heette. 'Ze zei dat ze uw vrouw was,' vervolgde ze. 'Ik wist dat u gescheiden was van hun moeder.' Ze maakte een vaag gebaar naar de kinderen, met haar andere hand nog voor haar mond. 'Ze zei dat ze hun stiefmoeder was. Dat ze hun lunch waren vergeten. Ze vroeg of ze dat toestel daar mocht gebruiken om te bellen. Ik stond bij de kopieermachine, dus ik kon haar niet horen, en ze heeft zich uit de voeten gemaakt in de consternatie rond de afsluiting.' Ze keek van de ene politieman naar de andere en haalde toen hulpeloos haar schouders op. 'Ze had een korte bruine pruik op. Ik herkende haar niet.' Toen liet ze haar hand zakken en wees ermee naar het eind van de balie, waar twee broodtrommeltjes naast elkaar stonden, als boekensteunen.

Archie stond op en liep erheen. De trommeltjes waren allebei van plastic. Op het ene stond Dora the Explorer, het andere had een Batman-thema.

'Moeten we de explosievendienst erbij halen?' vroeg een van de AT'ers.

Archie reikte zonder iets terug te zeggen naar het Dora-trommeltje en maakte het open. Toen hij de inhoud zag, verkrampte zijn maag. Hij reikte naar het tweede trommeltje en maakte het open. Hij dwong zichzelf zijn gezicht in de plooi te houden, zijn kinderen zijn reactie niet te laten zien. Hij had ze vandaag al te veel bang gemaakt.

'Wat zit erin?' vroeg Henry.

De trommeltjes stonden open onder het tl-licht in het kantoor. De donkere, vlezige inhoud glom onder het tl-licht. Het bloed vormde plasjes op de vrolijk gekleurde bodems. Archie rook het, de koperachtige, weeïge geur. Nu wist hij wat er met de mannelijke bewaarder was gebeurd, die arme sukkel die Gretchen had helpen ontsnappen en die waarschijnlijk zelfs die kloterige broodtrommeltjes voor haar had gekocht.

'Het is een menselijk hart,' zei hij met vaste stem. 'Ik denk dat het doormidden is gesneden.'

En naar de geur te oordelen was het nog vers.

26

'Mam?' zei Susan weer.

Het bleef even stil. 'Misschien heb ik er een genomen.'

Susan kreeg geen lucht. 'Mam,' zei ze zo kalm als ze kon, 'je moet hem uitbraken.'

'Hè?'

'Luister,' zei Susan met stemverheffing. 'Die bonbons zijn vergiftigd. Steek je vinger in je keel. Ik ga nu het alarmnummer bellen.' Ze kneep haar ogen dicht. 'Zul je dat doen?'

'Maar ik ben niet ongepast.'

Onpasselijk, dacht Susan, maar ze zei het niet. Ze deed haar ogen weer open. 'Beloof je dat, Bliss?'

'Goed dan,' gaf Bliss aarzelend toe.

Susan verbrak de verbinding en belde het alarmnummer. 'Ik denk dat mijn moeder vergiftigd is.' Ze dreunde Bliss' adres op. 'Ze heeft een bonbon gegeten. Ik denk dat Gretchen Lowell me vergiftigde bonbons heeft gestuurd.'

'O,' zei de meldkamermedewerker. Ze klonk niet overtuigd.

'Ik ben niet gek. Ik ben Susan Ward. Ik schrijf voor de *Herald*. Stuur alstublieft een ambulance naar haar toe.'

Ze hing op en keek panisch om zich heen. Er stroomden nog steeds kinderen de school uit. Allerlei soorten politiemensen draafden naar binnen. Er was iets gebeurd daarbinnen. De hel was losgebroken.

Het kon Susan niets schelen. 'Ik heb hulp nodig,' riep ze. 'Help.'

Ze dook onder het lint door en liep naar de school.

'Achter het lint blijven,' blafte iemand.

Susan voelde de tranen uit haar ogen rollen. 'Gretchen Lowell,' riep ze. 'Ze heeft me bonbons gestuurd.' Ze keek radeloos om zich heen, zoekend naar iemand die haar kon helpen, maar iedereen had alleen aandacht voor de school. 'Mijn moeder heeft ervan gegeten,' gilde ze. 'Ik heb hulp nodig.' Ze zocht naar Archie, naar Henry, iemand die ze kende. 'Ik moet Archie spreken,' riep ze naar een surveillant van de politie van Hillsboro. 'Waar is Archie?' De surveillant keek haar wezenloos aan. 'Alstublieft,' smeekte Susan. Ze zette het op een rennen. 'Help me dan toch.'

Claire Masland dook op, zomaar, uit het niets, en sloeg een arm om Susans schouders.

'Susan?' zei ze. Net voordat Susan door haar knieën kon zakken, pakte ze haar stevig beet. 'Kalmeer. Wat is er aan de hand?'

Susan moest diep ademhalen voordat ze iets kon zeggen. 'Mijn moeder heeft net gebeld. Er was een hartvormige doos bonbons voor me bezorgd. Van Archie, stond er op het kaartje. Ze heeft er een opgegeten. Mijn moeder heeft er een opgegeten.' Ze pakte Claires schouder en keek haar strak aan om het tot haar te laten doordringen. 'Archie zou me nooit bonbons sturen.'

'Is je moeder thuis?' vroeg Claire.

'Ik heb tegen haar gezegd dat ze moest overgeven,' zei Susan. Dat zou moeten helpen. Dat lieten ze mensen op tv ook altijd doen. 'Maar ze doet nooit wat ik zeg.'

Claire bracht haar portofoon naar haar mond. 'Er moet een ambulance naar... Waar woont je moeder?' Susan gaf haar het adres en Claire herhaalde het in de portofoon. 'Een vrouw van in de vijftig. Mogelijk vergiftigd.' Ze wendde zich tot Susan. 'Kom mee.' Ze wees naar een blanke surveillant met een donkerblond afrokapsel. 'Jij daar,' brulde ze. 'Art Garfunkel!' Ze riep Bliss' adres. 'Achter mij aan.'

Ze stapten in Claires Festiva en Claire zette de sirene op de kap aan. Het krioelde bij de school van de ouders, politiemensen, brandweer- en ziekenwagens en tv-busjes, maar zodra die sirene begon te loeien, werd er een pad vrij gemaakt en kon Claire zich een weg uit de chaos banen. Susan belde het vaste toestel van haar moeder, maar kreeg geen gehoor. Misschien had Bliss het druk met overgeven. Misschien lag ze bewusteloos op de vloer. Susan was het doelwit. Als er iets met Bliss gebeurde, was het haar schuld.

Ze liet de telefoon overgaan, met het toestel dicht tegen haar oor gedrukt en haar ogen dicht, zodat ze verder niets hoorde, voelde of zag. Misschien kon haar moeder dat horen; misschien voelde ze dat Susan eraan kwam. God, wat vond Susan zichzelf stom. 'Ik dacht dat hij me bonbons had gestuurd,' zei ze zonder Claire aan te kijken. Ze veegde met haar mouw de tranen van haar wangen. Haar huid voelde klam en kil aan. Ze wilde naar haar moeder. Ze deed haar ogen open en keek naar Claire, die de auto om het vastzittende verkeer op de 205 heen loodste, langs de autoshowrooms, de winkelcentra en de hypotheekadviseurs. Haar wapen lag op haar schoot. Waarschijnlijk kon ze stuken, in de roos schieten en haar olie verversen. 'Heb je iemand?' vroeg Susan.

'Ja,' zei Claire.

Iedereen had iemand. 'Ik heb alleen mijn moeder,' zei Susan.

'We zijn er zo, lieverd,' zei Claire. 'Echt.'

De telefoon ging niet meer over. Susan dacht even dat Bliss had opgenomen, maar toen hoorde ze een ingeblikte stem. 'Het nummer dat u wilt bereiken, is niet beschikbaar...' Goh. Ze verbrak de verbinding. Haar mobieltje ging prompt over. Ze bracht het naar haar oor in de verwachting Bliss aan de lijn te krijgen.

'De tien minuten zijn om,' zei Ian. 'Wat heb je voor me?'

'Niets,' zei Susan.

27

Archie liep met Sara dicht tegen zich aangedrukt de school uit. Henry, die Ben droeg, liep achter hen. Ze werden geflankeerd door acht AT'ers van Hillsboro, vier aan elke kant. Ze liepen met hun wapen getrokken, hun vinger om de trekker en hun knieën gebogen. Archie wist dat Gretchen allang weg was, maar ze namen geen enkel risico. Ze waren klaar om te schieten. Archie hoorde kinderstemmen uit een lokaal komen. Ze zongen. 'De kop van de kat was jarig, zijn pootjes vierden feest. Het staartje kon niet meedoen, dat was pas ziek geweest.' Een lerares probeerde haar leerlingen bezig te houden. Die stemmen en de voetstappen van de politiemensen waren de enige geluiden. Archie hield zijn hand op Sara's hoofd. Haar natte broek voelde koud aan op zijn arm. 'Het kwam pas uit het ziekenhuis, het had zo'n pijn in zijn keel. En al dat dansen en dat springen was hem veel te veel.' Toen hoorde hij Sara, die haar ogen nog stijf dichtgeknepen hield en haar gezicht tegen zijn overhemd drukte. Ze zong mee. 'Het had zo'n pijn in zijn keel.' De voordeuren gingen open en ze stapten het licht in.

De school was omringd door surveillanceauto's, ambulances en brandweerwagens. Daarachter stonden de bussen van de media. Er cirkelden twee helikopters boven hen. De leerlingen, die door de achterdeuren waren geëvacueerd, stonden in groepen voor de school. Er arriveerden al ouders, maar de meesten zouden nog maar net over de belegering hebben gehoord. Ze haastten zich van hun werk naar de school, met hun grootste angst brandend in hun borst. Bij aankomst zouden ze hun kinderen ongedeerd aantreffen. Ze zouden ze in hun armen nemen, ze naar huis brengen, huilen van opluchting en verdergaan met hun leven.

Archie benijdde die ouders.

Jeff Heil, een rechercheur uit Archies team, kwam naast hem lopen en begeleidde hem naar de straat. Heil was lichtblond. Zijn partner, Mike Flannigan, had donker haar. Ze hadden allebei een gemiddeld postuur, een vierkante kin en een gave huid. Archie noemde ze 'de Hardy Boys'.

Heil zei niets. Hij leidde Archie alleen met een lichte hand op zijn elleboog en hield gelijke tred met hem, zodat ze elkaar bijna raakten. Heil gebruikte zijn lichaam, besefte Archie, om zijn kinderen en hem tegen de nieuwscamera's te beschermen.

Archie hoorde de burgemeester voordat hij hem zag. Buddy blafte naar een paar surveillanten dat de pers verder naar achteren moest. Hij haastte zich met fladderende gele das naar Archie toe.

'Alles goed?' vroeg hij.

'Ik wil Debbie zien,' zei Archie.

'Ze zit in de auto,' zei Buddy. Hij liep met hen over het gras naar een zwarte Lincoln Town Car van de gemeente. De AT'ers liepen mee. Archie hoorde vaag journalisten zijn naam roepen. Hij drukte Sara tegen zich aan en keek om naar Henry en Ben. Ben zag bleek, maar keek met geheven hoofd naar de drukte om hen heen. Archie hoorde Sara nog zingen. 'Al dat dansen en dat springen was hem veel te veel.'

Een lange Japanse man maakte het achterportier van de dienstauto open. Archie herkende hem als een van de lijfwachten van de burgemeester.

Debbie sprong met haar handen voor haar mond de auto uit. Toen ze hen zag, barstte ze in tranen uit, liet haar handen zakken en spreidde haar armen. Sara stortte zich uit Archies armen in die van Debbie.

Debbie zakte op haar knieën, sloeg haar armen om Sara heen en drukte haar tegen zich aan. Henry maakte Bens dunne, sproetige armen los van zijn nek en zette hem neer. Debbie stak een arm naar hem uit en hij liet zich in de omhelzing opnemen.

Debbie keek op naar Archie. Haar ogen waren rood in haar bleke gezicht. 'Hebben jullie haar?' vroeg ze.

'Het spijt me,' zei Archie. Debbie deed haar ogen even dicht en liet de kinderen toen achter in de auto stappen. Archie wendde zich tot Heil. 'Zorg dat al mijn lijnen worden getapt,' zei hij.

Heil wierp een blik op Henry.

'Dat hebben we geregeld zodra we hoorden dat ze vrij was,' zei Henry.

Natuurlijk. 'Goed,' zei Archie. Hij stapte naast Ben in de auto. Debbie zat aan de andere kant, met Sara op schoot. Ben had Sara's hand in zijn beide handen genomen. Sara keek door het getinte glas naar de tv-camera's in de verte.

'We moeten weg,' zei Heil, die voorin ging zitten.

Henry stak zijn hoofd door het open portier. 'Op wie zou Gretchen het voorzien hebben?' vroeg hij.

Archie probeerde zich emotioneel van de vraag te distantiëren en dacht even na. 'Debbie,' zei hij. 'De kinderen. Iedereen die belangrijk voor me is.' Hij keek langs Henry heen naar de politiewagens, de kinderen en de school. Zoveel mensen liet hij niet meer in zijn leven toe, maar Gretchen kende hem goed genoeg om aan te voelen wie het waren.

Hij had het haar makkelijker gemaakt door een van hen mee te nemen naar de gevangenis. Nu zocht hij Susan in de menigte, haar opvallende blauwe haar, maar hij zag haar niet.

'Waar is ze?' vroeg hij aan Henry.

'Wie?'

'Susan,' zei Archie. 'Ga haar zoeken. Zorg dat ze veilig is.'

Sara's iele stemmetje klonk in de auto. 'Dat was hem veel te veel.' Ze keek op naar haar moeder en glimlachte kuiltjes in haar appelwangen. 'Jij vindt Gretchen mooi, hè?' zei ze.

Debbie wierp Archie een vernietigende blik toe en liet haar hoofd in haar hand rusten alsof ze hoofdpijn had. 'Sara,' zei ze bedaard, 'hou je mond.'

28

'Ik ben blij dat het goed met je is, Bliss,' zei Susan, die over de voorstoel van Henry's Crown Victoria hing om haar moeder te kunnen zien. Bliss had weinig gezegd sinds Henry hen bij het ziekenhuis had afgehaald. Susan en Claire waren na de ambulance bij het huis aangekomen. De enige ingrediënten in de bonbons bleken dingen te zijn waar je bonbons van maakt. Gretchen had niet willen doden, maar terreur willen uitoefenen.

'Hadden we dat maar geweten voordat ze mijn maag leegpompten,' zei Bliss. 'Met een slang. In de tuin.' Ze trok aan een van haar geblondeerde dreadlocks. 'Waar de buren bij stonden.'

Susan keek door de voorruit en sloeg haar armen over elkaar. 'Dat zal je leren van mijn post af te blijven,' zei ze.

Henry zuchtte hoorbaar toen hij de auto liet uitrijden bij een bakstenen gebouw van rond de eeuwwisseling in de culturele buurt van het centrum van Portland. Aan weerszijden van de voordeur stonden zuilen in Korinthische stijl en op de mosgroene luifel prijkte een wit schild met de letters AC erin.

'Dit kun je niet menen,' zei Susan.

'Het is veilig,' zei Henry terwijl hij uitstapte. Hij liep om de auto heen en hield het portier voor Susan open.

'Dit is het Arlington,' zei Susan. 'Een sociëteit voor kapitalisten.'

'De burgemeester is lid,' zei Henry, die het achterportier voor Bliss opende.

'Ik geloof dat ik tegen deze club heb gedemonstreerd,' zei Bliss, die uitstapte en langs de gevel omhoogkeek. 'Moeten vrouwen hier nog steeds een rok dragen?'

Henry's gezicht verhardde zich. 'We kunnen de in- en uitgangen controleren. Jullie vinden het er vast prettig.'

'Ik ga er niet heen,' zei Susan, die nog met haar armen over elkaar in de auto zat.

Henry hurkte bij haar en pakte haar stevig bij haar bovenarm. 'Dit is geen grap. Geloof je niet dat ze je niet zal vermoorden?'

'Dat is een dubbele ontkenning,' zei Susan. 'Je kunt het beter simpel houden. "Ze vermoordt je." Direct. Eng.'

Henry keek haar kwaad aan. 'Archie maakt zich ongerust om je. Als jij in de buurt bent, hoeft hij minder te tobben.' Hij haalde een hand over zijn geschoren kop. 'En dan hoef ik minder te tobben.'

'Zit Archie hier?' vroeg Susan.

'Ja,' zei Henry.

Ze maakte haar veiligheidsgordel los. 'Had dat dan meteen gezegd!'

Henry zuchtte weer en vergezelde Susan en haar moeder door de dubbele eiken deuren van de club. De lambrisering en het lijstwerk waren wit, maar de muren waren gek genoeg lichtzalmroze. De verf was erop gesponst in een poging textuur te creëren. Een siertafeltje met een grote bos bloemen erop stond midden in de hal onder een enorme, glimmende messing lamp. Een voorname trap met een blauwe loper voerde naar boven. In de ooit statige open haard stond nu een gaskachel en de oosterse tapijten waren tot op de draad versleten. Susan had wel eens van de Arlington Club gehoord, maar dit was de eerste keer dat ze er binnen was. Het was een beetje een teleurstelling.

Ze keek om zich heen, zoekend naar machtige mannen, maar zag alleen een oude man die op een bank bij de gashaard *The Wall Street Journal* zat te lezen, onder een schilderij van Mount Hood in een oude vergulde lijst.

Het enige geluid was afkomstig van het geroezemoes en het tinkelende bestek in het restaurant boven.

Een lange, graatmagere man dook op vanachter een bureau achter in de ruimte. Hij had zwart haar en droeg een pak. Zijn das was met een zilveren speld aan zijn overhemd bevestigd. Henry liet hem zijn penning zien. De man wuifde hem weg. 'Berg dat op, alstublieft.' Hij keek tersluiks naar de oude man met de krant. 'De leden.'

Henry klapte het hoesje dicht en neeg zijn hoofd naar Susan en Bliss. 'Dit zijn Susan Ward en haar moeder, Bliss Mountain.'

Bliss leunde naar de man over. 'Ik heette eigenlijk Pitt,' legde ze uit.

De man keek naar Bliss' Indiase tuniek, haar rode Crocs en de borsten die vrijelijk bewogen onder het *Question Everything*-T-shirt met kotsvlekken.

'Ze logeren op de vijfde verdieping,' vervolgde Henry.

Het gezicht van de man was verstijfd in een half radeloze, half gastvrije uitdrukking. 'Ja, meneer. Goedemiddag, mevrouw, mevrouw. Deze kant op.'

'Ik ben achtentwintig,' zei Susan. 'En ik ben vrijgezel. U hoeft me dus geen mevrouw te noemen.'

'Tja, ach.' Hij drukte op de knop voor de lift en kreeg een rimpel in zijn voorhoofd. 'Zolang u bij ons verblijft, bent u een mevrouw.'

Susan keek met venijnig toegeknepen ogen naar Henry.

29

De pijn in Archies flank was zo'n gegeven geworden dat hij zich er bijna voor kon afsluiten, als voor het tikken van een klok. Bijna. Dan ademde hij in, de pijn werd bijtend en hij moest zich vermannen om niet in elkaar te krimpen. Hij nam dus meer pillen. Het was ironisch, wist hij, dat juist de chemicaliën die de pijn veroorzaakten, het enige middel waren dat hem enig respijt kon bieden.

Ze hadden een babystrontgele suite met twee slaapkamers gekregen. Pompoen, noemde Debbie die kleur. Ze was de kinderen nu in bed aan het stoppen in hun nieuwe babystrontgele slaapkamer. Ze was bang. En bovendien, zo wist Archie, was ze razend.

'Wil je tv-kijken?' vroeg Claire, die meteen vanuit het ziekenhuis naar het Arlington was gekomen en nu al een uur zat te doen alsof ze geïnteresseerd een boek over de Portlandse bruggen doornam dat ze ergens in de kamer had gevonden.

'Je hoeft niet te blijven, hoor,' zei Archie.

'Ik moet jullie bewaken,' zei Claire.

Twee lijken in het park. Gretchen op vrije voeten. En zijn mensen pasten op hém in plaats van buiten hun werk te doen. 'Er staat een surveillant op de gang,' zei Archie.

Claire sloeg weer een bladzij van het boek om. 'Ik ben meedogenlozer dan hij. Wist je dat de Hawthornebrug uit 1910 stamt?'

Er werd geklopt. Claire sprong op en liep naar de deur.

'Ik ben het,' hoorden ze Henry zeggen. Claire deed open en Henry kwam met een grote koffer op wieltjes achter zich aan de kamer in. Hij rolde hem tegen de wand en wreef over zijn schouder.

'Heb je alles?' vroeg Archie. Henry en hij wisten allebei dat hij het over de pillen had.

'Ik heb wat kleren voor de kinderen, Debbie en jou gepakt. We kunnen een dezer dagen met Debbie of jou langs je huis rijden als je meer nodig hebt. De toiletspullen zitten in het vak aan de buitenkant.'

'Susan?' zei Archie vragend.

'Die heb ik hier net geïnstalleerd,' zei Henry. 'Met haar moeder.' Hij wreef nog eens over zijn schouder. 'Ik moest vijf keer op en neer voordat ik al hun zooi boven had.'

'Is er nog nieuws?' vroeg Archie.

Henry leunde tegen de babystrontgele muur en sloeg zijn armen over elkaar. 'De klopjacht van de eeuw. Vijf instanties. Wij. De staatspolitie. De FBI. De kustwacht. En de National Guard.'

'Wie coördineert de FBI'ers?' vroeg Archie.

'Sanchez.' Er stonden wat half leeggegeten verpakkingen Thais eten op de salontafel. '*Pad kee mao?*' vroeg Henry aan Claire.

'Met tofoe,' zei Claire.

'Je weet toch dat ik van kip hou?' zei Henry.

'Ik had het voor mezelf besteld,' zei Claire.

'Ik zeg niet dat ik het hoef,' zei Henry. Hij pakte een doos met noedels en een paar gebruikte eetstokjes om een paar happen naar binnen te harken. 'Sanchez komt later,' zei hij met zijn mond vol. 'Hij is alles in het veld aan het regelen. Haar gezicht is overal te zien. De hele wereld weet hoe ze eruitziet. We pakken haar wel.'

'Hoe zit het met het hart?' vroeg Archie. Het beeld van

het doormidden gesneden hart in de diepvrieszakjes op de bodem van die ellendige lunchtrommeltjes liet hem niet los.

Henry veegde wat vet van zijn snor. 'Ze denken dat het van een man is,' zei hij.

Claire keek op van het boek. 'Hoe kunnen ze dat weten?'

'Het had een piepklein pikje,' zei Henry.

Niemand lachte.

'Ik probeer alleen maar de stemming wat luchtiger te maken,' zei Henry.

Archie zag dat Claire hem een waarschuwende blik toewierp.

Henry sloeg zijn ogen neer en nam nog een hap. Nu wachtte hij tot zijn mond leeg was voordat hij weer iets zei. 'Hoe is het met de kids?' vroeg hij aan Archie.

Archie kon er geen antwoord op geven. De kinderen hadden de hele middag aan Debbie gehangen. Sara wilde niet eens alleen naar de wc. Tegen hem daarentegen hadden ze amper iets gezegd.

Archie schraapte zijn keel. 'Ik moet weer aan het werk,' zei hij. 'Volgens Susan is het eerste lichaam in het park Molly Palmer.'

Henry leunde naar voren, met zijn eetstokjes boven de doos noedels. 'Jezus christus.'

'Ja,' zei Archie, die zijn ogen sloot en over zijn neus wreef. 'Hou het nog even stil.'

'Wie is Molly Palmer?' vroeg Claire.

Er werd weer geklopt, drie aarzelende tikjes met regelmatige tussenpozen. 'Agent Bennett hier,' zei een stem.

Henry deed de deur open en het hoofd van agent Bennett werd zichtbaar. Hij was niet zo vies meer als toen hij op de plaats delict van Molly Palmer in het ravijn was gegleden, maar hij had nog steeds die geschrokken, angstige uitdrukking op zijn gezicht. Hij keek Archie aan. 'Susan Ward wil u spreken, rechercheur.'

'Beschouw haar maar als aangekondigd,' zei Archie.

Susan liep de kamer in. Haar turkooizen haar was nat en strak achter haar oren gekamd, waardoor ze een stuk jonger leek. Ze droeg een joggingbroek en een sweatshirt van de Universiteit van Oregon en ze zeulde een grote doos met zich mee.

'Alles goed met je moeder en jou?' vroeg Archie.

Susan zei niets, maar zette de doos op de salontafel bij Archie.

'Wat is dat?' vroeg Archie.

'Al mijn aantekeningen en opnames in verband met Castle,' zei Susan. 'Iemand heeft hem vermoord. Hem en Parker. En Molly. En die blonde vrouw in het park waarschijnlijk ook.' Ze keek naar de drie misdaadbestrijders in de kamer. 'Zoek uit wie.'

30

Het was twee uur 's nachts en Henry en Claire waren eindelijk naar huis gegaan. Overdag was het stil in het Arlington; 's nachts leek het een grafkelder. Archie nam de inhoud van Susans doos door. Er waren schijfjes met digitale opnames van interviews van Susan met Molly Palmer, mensen die haar als tiener hadden gekend en verschillende mensen die iets met de zaak te maken hadden, onder wie voormalige en huidige werknemers van de senator en zelfs de burgemeester. Susans verhaal zou veel stof doen opwaaien. En veel mensen wisten dat het eraan zat te komen.

Terwijl Archie een opname via zijn laptop beluisterde, bladerde hij in de twaalf notitieboekjes die Susan in de doos had gestopt. Haar gekrabbel was vrijwel onleesbaar en doorspekt met willekeurige aantekeningen over wat voor eten ze wilde laten bezorgen en namen van bands die ze wilde onthouden.

Toen zag hij een onderstreepte naam met een vraagteken erachter. *John Bannon?*

Het was een naam uit het verleden.

Wat wist Susan van John Bannon? En wat wist John Bannon van Molly Palmer?

De deur van de slaapkamer ging open en Debbie kwam tevoorschijn, gehuld in een ochtendjas van het Arlington. Ze ging naast Archie op de armleuning van de bank zitten. 'Kom je nog naar bed?' vroeg ze.

'Straks,' zei Archie.

Hij zag dat ze zijn mobiele telefoon opmerkte, die binnen handbereik op de salontafel lag. Haar gezicht betrok.

'Verwacht je een telefoontje?' vroeg ze.

In feite keek Archie om de paar minuten naar het toestel in de hoop dat Gretchen weer zou bellen. 'Misschien,' zei hij.

Debbie boog zich naar voren en hield de uit-toets ingedrukt tot het schermpje op zwart ging. 'Laat die trut maar inspreken,' zei ze en ze gooide het mobieltje naast hem op de bank. Toen keek ze Archie aan en legde haar hand, die naar *shea butter* rook, zacht op zijn wang. 'Je hebt rust nodig,' zei ze.

Archie knikte. 'Goed dan,' zei hij. Hij legde zijn hand op de welving van haar heup en kuste haar licht maar lang op haar mond. Intussen reikte hij achter zich naar zijn mobieltje en zette het weer aan. Toen ze hem meetrok naar de slaapkamer keek hij achterom en zag het geruststellende blauwe licht van het schermpje in het donker knipperen.

Archie werd wakker van Debbies stem en haar hand op zijn blote schouder. Ze hadden naakt naast elkaar in hetzelfde bed geslapen. Het was fijn geweest om naast haar in slaap te vallen, met haar adem als een gestage hartslag in zijn oor. Het had bijna normaal gevoeld, behalve dan dat ze elkaar niet hadden aangeraakt. Ze hadden allebei omzichtig met hun armen langs hun zij geslapen om te voorkomen dat ze langs elkaar zouden strijken.

'Buddy is hier,' zei ze.

Archie moest moeite doen om boven te komen uit de diepte van zijn slaap. De zon stroomde door de houten blinden en wierp strepen licht op de babystrontgele muren. 'Hoe laat is het?' vroeg hij.

'Over negenen.'

'Jezus.' Archie had sinds de geboorte van Ben niet meer tot na achten geslapen. Hij probeerde zich een droom te herinneren, maar vond alleen duisternis. Toch voelde hij zich niet uitgerust. Debbie had zich al aangekleed. Ze droeg een spijkerbroek en een wit T-shirt met lange mouwen dat ze in de door Henry gepakte koffer moest hebben gevonden. Ze zag er fris en wakker uit, met een fijn sproetenwaas op haar onopgemaakte gezicht.

'Ik kom zo,' zei Archie.

Debbie liep de kamer uit. Archie richtte zich op en zette zijn voeten op de vloer. Zijn rechterzij bonsde telkens als hij inademde, en hij drukte zijn hand ertegen toen hij opstond om naar de badkamer te gaan. Terwijl hij behoedzaam over de vloerbedekking schuifelde, werd hij zich bewust van een verdoofd gevoel in zijn handen. Hij keek ernaar en zag dat zijn vingers dik waren en witte nagelbedden hadden. Hij ritste het buitenvak van de koffer open, haalde er een supermarkttas vol medicijnen uit en wroette erin tot hij Vicodin en plaspillen had gevonden. De Vicodin hielp tegen de pijn, de plaspillen zouden de zwelling in zijn handen doen afnemen. Hij nam vier tabletten Vicodin en twee plaspillen. Hij was geminderd tot twee Vicodin bij het opstaan, maar die zelfbeheersing leek nu minder noodzakelijk.

Hij deed zijn horloge af, zag de rode striem die het in zijn gezwollen pols had gemaakt en stapte onder de douche. Hij werd een paar keer per week wakker met een erectie die verried dat hij van Gretchen had gedroomd, maar vandaag niet. Vandaag was hij alleen maar uitgeput.

Na het douchen poetste hij zijn tanden, schoor hij zich en trok hij de broek van de vorige dag aan, met een overhemd dat Henry in de koffer had gestopt. Het was van zo'n synthetische stof die niet kreukte. Debbie had er vijf voor hem gekocht in verschillende aardetinten. Toen hij het aanhad, zag hij er bijna ordentelijk uit. Als je niet op dat opgewarmde-lijk-gezicht lette.

'Nieuws?' vroeg Archie zodra hij de woonkamer van de suite binnenkwam. Buddy zat naast Debbie op de bank, Henry in een leunstoel. Hij hoorde het geluid van een tekenfilm uit de kamer van Ben en Sara komen. Het scherm van de tv in de woonkamer toonde links een foto van Gretchen en rechts een van hem, zonder geluid. Toen vulde de school van zijn kinderen het beeld, met de kop BEAUTY KILLER ZAAIT PANIEK.

'Nog niet,' zei Henry.

Buddy schoof iets naar voren op de bank. Hij had zijn onberispelijk opgevouwen bruine jasje naast zich over de rugleuning van de bank gehangen. 'De mensen maken zich zorgen om je. Ze willen zien dat het goed met je gaat.'

Archie had er nooit aan kunnen wennen, het idee dat de mensen iets van hem wilden. 'Moet ik een verklaring afleggen?' vroeg hij.

'Ik wil dat je op tv komt,' zei Buddy.

Archie zag Debbie en Henry verstrakken. 'Op tv,' herhaalde hij.

'Charlene Wood zit beneden te wachten. Ze is in tien minuten klaar. Ik denk dat het ons wat rust op de markt zou gunnen.' Buddy had altijd al gepraat als een politicus, ook toen hij het Beauty Killer-team nog aanvoerde. Het was alsof hij net opkeek van Plato's *Republiek*.

Archie wierp een blik op zijn mobieltje, dat stil op de salontafel lag, naast een dienblad van de roomservice met een pot koffie erop. Hij leunde naar voren, waarbij hij probeerde niet aan de pijn onder zijn ribben te denken, en schonk zichzelf een kop lauwe koffie in. De zware witte kop voelde onhandig en vreemd aan in zijn gezwollen hand, maar niemand leek het op te merken.

'Dat lijkt me geen goed idee,' zei Debbie.

Archie nam een slok koffie. Het smaakte bitter, maar dat kon ook door de Vicodin komen. Hij wilde niet op tv. Hij wilde Buddy zijn zin niet geven; het verzoek moest ingegeven zijn door zijn herverkiezingsdrang. Hij wilde zijn exvrouw niet pissig maken.

Daar stond tegenover dat als hij het goed speelde, hij Gretchen zou kunnen dwingen haar kaarten op tafel te leggen.

'Goed,' zei Archie. 'Laat haar maar boven komen.'

31

Charlene Wood ging met haar knieën bij elkaar zitten, kruiste haar enkels en keek naar Archie en Buddy, die nu naast elkaar op de bank zaten. Buddy had zijn jasje aangetrokken. Twee jonge medewerkers van Channel 8 met KGW-petjes op hadden een scherm achter de bank gezet om de locatie niet te verraden aan de paar kijkers die de Arlington Founders Suite zouden kunnen herkennen.

'Zijn jullie zover?' vroeg Charlene, die dunner leek dan op tv, en hongeriger.

'Absoluut,' antwoordde Buddy voordat Archie zijn mond open kon doen. Buddy was geschminkt, gepoederd en in de lak gezet, en nu zag Archie hem langs zijn boventanden likken. Het was een trucje dat Buddy hem had geleerd toen Archie al die jaren geleden de leiding van het Beauty Killerteam had overgenomen; je voorkwam ermee dat je lip aan je tanden bleef plakken wanneer je in de camera praatte. Archie had gedacht dat Buddy een grapje maakte.

'We gaan live de lucht in,' zei Charlene.

Archie keek naar zijn handen. Ze waren iets minder gezwollen, maar de pijn bonsde nog in zijn zij, ondanks de vier tabletten Vicodin bij het opstaan en de twee die hij net had geslikt. Hij wilde nog higher worden. Hij moest eruitzien alsof hij ziek was. Hij wás ziek.

Nu moest hij dat te gelde maken.

Charlene keek in de camera, liet bedachtzaam haar kin zakken en zei zacht: 'Dank je wel, Jim. Ik zit hier bij burgemeester Bud Anderson en Gretchen Lowells vermeende laatste slachtoffer, haar voormalige achtervolger, rechercheur Archie Sheridan.' Ze wendde zich tot Archie en legde haar hand even op zijn knie. 'Rechercheur, kunt u ons vertellen wat er door u heen ging toen u hoorde dat de Beauty Killer was ontsnapt?'

Hoe bespottelijk de vraag ook was, Archie hield zijn gezicht in de plooi. 'Het maakte me ziek,' zei hij. 'Ik was bezorgd om de gemeenschap.' Hij wilde iets met zijn handen doen en legde ze uiteindelijk gevouwen op zijn schoot. 'Gretchen is uiterst gevaarlijk. Ze mag niet worden benaderd. Het is belangrijk dat ze levend en wel teruggaat naar de gevangenis, zodat we verder kunnen gaan met het identificeren van haar slachtoffers.'

'Ik wil nog eens herhalen,' zei Buddy, 'dat we alles doen wat in onze macht ligt om Gretchen Lowell aan te houden. We zullen haar te pakken krijgen.'

Charlene legde haar hand weer even op Archies knie. Debbie stond achter haar, buiten het bereik van de camera, en Archie dacht dat hij haar haar ogen ten hemel zag slaan.

'Hoe maken uw kinderen het na de traumatische gebeurtenissen van gisteren?' vroeg Charlene.

'Goed,' zei Archie. 'Alles in aanmerking genomen. Maar,' vervolgde hij, en hij voelde dat Buddy ongedurig ging verzitten, 'het doet me verdriet dat dit me afleidt van mijn onderzoek naar de moorden in Forest Park.' Hij keek op, recht in de camera. 'Kent u een blonde vrouw die sinds twee of drie jaar wordt vermist, bel dan alstublieft naar de plaatselijke politie.'

Charlene trok verwonderd haar wenkbrauwen op bij die plotselinge wending, maar ze beheerste haar vak goed genoeg om tenminste de voor de hand liggende volgende vraag te stellen. 'En het eerste lichaam?'

'Dat hebben we geïdentificeerd,' zei Archie. De pijn in zijn zij brandde nu. 'Het gaat om Molly Palmer.'

Archie had Molly's ouders die ochtend na zijn douche vanuit de slaapkamer gebeld om ze het nieuws te vertellen. Molly's vader had opgenomen. 'Wat ons betreft is ze al vijftien jaar dood,' had hij gezegd. Ze hadden nog een dochter, had hij verteld, die juriste was. Heel geslaagd. Twee kinderen. Getrouwd met een investeringsbankier. Het was altijd slim om een reserve te hebben.

Buddy verstrakte helemaal. Hij schraapte zijn keel met een kuchje. 'Om bij het onderwerp te blijven,' zei hij, 'ik wil de kijkers nogmaals verzekeren dat we al het mogelijke doen om de burgers te beschermen.'

Archie bracht zijn hand naar zijn bonzende zij en drukte hem tegen zijn overhemd. Zijn maag keerde zich bijna om. Hij keek op. De camera draaide nog. Buddy wauwelde door. Archie probeerde zich te vermannen en leunde op de rand van de salontafel om het echter te laten lijken. Het was niet moeilijk. De pijn en de misselijkheid waren er al; hij hoefde zich er alleen maar aan over te geven. Hij keek weer naar de camera en wachtte tot Buddy zijn mond even hield om de cameraman genoeg tijd te gunnen om te reageren. Toen Buddy eindelijk adem moest halen, gleed Archie van de bank en kwam op zijn knieën op de vloer terecht.

'O, mijn god,' zei Buddy.

'Blijf draaien,' hoorde Archie Charlene blaffen.

Debbie was meteen bij hem en omvatte zijn gezicht met haar handen. 'Archie?' zei ze. Ze legde hem languit. 'Archie?' zei ze weer. Ze leunde over hem heen, met haar gespannen gezicht vlak boven het zijne.

Archie pakte haar hand en gaf er een kneepje in. 'Wacht even,' fluisterde hij.

Ze hield niet-begrijpend haar hoofd schuin.

Henry dook tussen Archie en de camera in. 'Het interview is afgelopen,' zei hij.

'Archie Sheridan is ingestort,' hoorde Archie Charlene zeggen. 'Zodra we meer informatie hebben, brengen we u op de hoogte. Jim, terug naar jou.' De camera draaide waarschijnlijk niet meer, want ze besloot met: 'Godverdekut.'

'Weg,' zei Henry. 'Nu. Allemaal de kamer uit.'

'Moet ik een ambulance laten komen?' vroeg Buddy.

'Nee,' zei Archie vanaf de vloer. 'Dokter Fergus.'

Henry werkte Charlene Wood en haar ploeg hardhandig de kamer uit. Het scherm bleef achter de bank staan.

Archie hoorde de deur van de kinderkamer opengaan en even later zat Sara naast hem. 'Pappie?' zei ze.

'Ik heb niets,' zei Archie. Hij tilde zijn vrije hand op en veegde een traan van Sara's rode, natte wang. 'Echt niet.'

Sara keek naar beneden en zag onmiddellijk wat verder iedereen was ontgaan. 'Pappie, wat is er met je hand?'

Archie hees zich in zittende houding. Ben stond aan het

eind van de bank. 'Breng je zusje terug naar jullie kamer,' zei Archie tegen hem. Ben stak zijn hand uit en Sara wierp nog een blik op haar vader voordat ze gehoorzaam opstond en met Ben meeliep naar de tweede slaapkamer van de suite.

'Wat is er aan de hand?' vroeg Debbie toonloos.

'Sst,' zei Archie. 'Stil allemaal, alsjeblieft.'

'Archie?' zei Henry.

'Wacht maar af,' zei Archie.

Hij deed zijn ogen dicht in de hoop het te horen.

En daar was het. Het geluid van zijn mobieltje.

Gretchen had naar het nieuws gekeken.

32

'Gaat het?' vroeg Gretchen.

Archie wuifde naar Henry, die meteen zijn mobieltje pakte om het inkomende gesprek te laten traceren.

Archies hart bonsde tegen zijn ribben en hij moest zich inspannen om normaal te praten. 'Maak je je ongerust om me?' vroeg hij.

'Je ziet er pafferig uit, schat,' zei ze. 'Dat is het oedeem. Je lever begeeft het.'

Hij keek naar zijn vrije hand. De binnenkant was knalrood; de huid van zijn vingers stond strak van het vocht. Hij maakte een vuist en verstopte hem onder zijn oksel. 'Ik wil je zien.'

Hij hoorde haar ademen. Door haar lange, lichte ademtochten leek zijn eigen ademhaling nog amechtiger. 'Binnenkort,' zei ze.

'Dus je bent nog in de omgeving?' zei Archie. Hij keek op naar Henry om te zien of die het had gehoord.

Ze ademde nog eens in en blies uit. 'Ik wil dicht bij je zijn.'

'Waar ben je?' vroeg Archie.

'Waar ben jij?'

Henry keek Archie aan en schudde zijn hoofd. Archie wist wat dat betekende: Gretchen belde met een prepaid kaart. Niet te traceren. Ze zou ophangen en vrolijk haar gang gaan zonder dat ze iets konden doen om haar tegen te houden.

'Gretchen,' zei Archie, 'niemand meer vermoorden, goed?'

'Doet het pijn?' vroeg ze.

Archies hand tastte naar zijn flank, de doffe, brandende pijn achter zijn ribben. 'Ja.'

Hij hoorde haar bijna glimlachen. 'Mooi zo.'

De verbinding werd verbroken en Archie bleef met het toestel in zijn hand zitten. Hij merkte nu pas dat hij er zo hard in had geknepen dat zijn vingers pijn deden. Hij legde het toestel op tafel en dwong zijn verkrampte vingers zich te strekken. Hij droeg al bijna twee jaar geen trouwring meer, maar zijn hand leek nog steeds naakt.

Henry, die met zijn handen gevouwen op zijn rug had lopen ijsberen, bleef staan en stompte tegen de babystrontgele muur. Iedereen keek op toen zijn hand tegen het gipsplaat sloeg. 'Shit,' zei Henry, die zijn hand terugtrok en ermee schudde. Een haarscheurtje in het gipsplaat gaf aan waar hij het had geraakt.

Buddy ging op de armleuning van een stoel zitten. 'Niemand weet van die gesprekjes.' Hij keek van de een naar de ander. 'Het blijft binnen deze muren.'

Debbie, die op de bank had gezeten, met haar vuisten in haar schoot, stond op en liep zonder iets te zeggen naar de kamer van de kinderen.

Archie had haar veel te zeggen, veel uit te leggen, maar het zou moeten wachten.

De deur van de suite vloog open en Archie en Henry keken om. Susan Ward stond in de deuropening, helemaal in het zwart gekleed. Haar turkooizen haar gloeide als een vlam om haar rood aangelopen, boze gezicht. 'Heb jij die kut-Charlene Wood een interview gegeven?'

33

'Wanneer hebben jullie dat lichaam geïdentificeerd?' vroeg Buddy zacht.

Susan was ziedend. 'Dat was mijn primeur. Ik heb haar geïdentificeerd. Het was mijn verhaal.' Ze keek van Archie, die nog op de vloer zat, naar Henry, die zijn hand vasthield, en het scheurtje in de muur naast hem. 'Wat is hier gaande?' vroeg ze.

Archie hees zich overeind en ging op de bank zitten. Het kussen was nog warm van Debbie. 'Het moest op tv komen,' zei hij tegen Susan.

'Weet je zeker dat ze het is?' vroeg Buddy aan Archie.

Susans mond viel open. 'Wist je het?' zei ze. Haar ogen vernauwden zich tot spleetjes. 'Wist je het van Castle en Molly?'

Buddy haalde afwerend zijn schouders op. 'Ik heb in de loop der jaren dezelfde geruchten gehoord als iedereen.'

'Maar je kent haar naam,' zei Archie zacht.

'Het was een verhouding,' zei Buddy tegen Archie. 'Jezus, wees niet zo'n heilig boontje. Heb jij in al die tijd dat je met Debbie samen was nooit zin gehad om vreemd te gaan?'

De adrenaline van het gesprek met Gretchen zakte en Archie werd weer misselijk. Hij voelde het maagzuur in zijn keel opwellen.

'Ze was veertien,' zei Susan.

Buddy werd rood. 'Ik dacht dat ze ouder was,' zei hij. 'Achttien.'

Er ging een telefoon. Archie dacht een fractie van een seconde dat het Gretchen weer was, maar zijn toestel klonk anders. Hij leunde met zijn hoofd tegen de bank en deed zijn ogen dicht. Hij had pijn in zijn hoofd. Zijn zij bonsde. Zijn huid voelde alsof er mieren onder krioelden. 'Susan heeft haar geïdentificeerd. We hebben gebitsgegevens vergeleken. Ze is het.' Hij keek over zijn schouder naar de tweede slaapkamer, waar Debbie met de kinderen zat. De deur was nog dicht. Hij keek weer naar de anderen.

De telefoon ging nog steeds.

'Neemt er nog iemand op?' vroeg Archie mat.

Buddy tikte tegen het leren telefoonhoesje aan zijn riem. 'Het kan wel wachten,' zei hij. Hij stond op. 'Stront aan de politieke knikker, vrienden,' zei hij. 'Als die verhouding uitlekt.'

'Als de man vijftig is en het meisje veertien, is het geen "verhouding",' zei Susan. 'Dan is het verkrachting van een minderjarige.'

Archie zuchtte. Moest hij het spellen? 'Het is nog meer, Buddy,' zei hij. Het was een motief voor moord.

Susan zette een pasje de kamer in en zei bijna fluisterend: 'Denk je dat Castle Molly heeft vermoord?'

Henry, die op zijn pijnlijke knokkels had staan zuigen, liet zijn hand zakken en zei: 'Jezus.'

'Nee,' zei Buddy. 'Ik heb voor hem gewerkt. Daar was hij niet toe in staat.'

Susan beet op haar onderlip. 'Hij was anders wel in staat een veertienjarige te neuken en dat vijftien jaar lang geheim te houden,' zei ze.

Buddy hield een priemende, gemanicuurde vinger vlak bij Susans gezicht. 'Dit is jouw schuld,' zei hij. 'Had het toch laten rusten.' Hij bedwong zich, balde zijn vuist en trok zijn hand terug. 'Maar goed, het verhaal is nog niet geplaatst.' Hij knikte een paar keer peinzend. 'Met een beetje geluk legt niemand het verband tussen Molly Palmer en de senator.'

'Ze was de oppas van zijn kinderen,' merkte Susan op. 'Bovendien sta ik hier.' Ze wuifde. 'Hallo. Journalist.'

Buddy zwaaide met zijn hand in de lucht alsof hij een bij verjoeg. 'Het zal de pers toch een paar dagen kosten.' Hij keek Susan aan. 'Hou het tot die tijd voor je.'

Susan keek beledigd terug. 'Je kunt me niet dwingen iets voor me te houden.'

'Dat heb ik al gedaan. Denk je dat de *Herald* zelf het stuk niet wilde plaatsen na de dood van de senator?'

'Dat is censuur.' Susan keek hulpeloos naar Archie. 'Dat is overheidscensuur.'

Archie leunde iets naar voren in de hoop de zwart brandende pijn die zich onder zijn ribben ophoopte te verzachten, maar het hielp niet. Hij werd gek van Buddy's rinkelende telefoon.

'Archie, gaat het wel?' vroeg Henry.

Archie keek naar Buddy. 'Heb je Fergus gebeld?' Fergus was Archies arts geweest vanaf het moment dat ze hem het Emanuel binnen hadden gereden, na zijn tien dagen met Gretchen. Hij was een van de beste traumachirurgen van het land. En hij was discreet.

'Zijn antwoorddienst zou hem sturen,' zei Buddy.

'Ik dacht dat je deed alsof,' zei Henry, die om de bank heen liep en bij Archie knielde. 'Om haar te laten bellen.'

Archie keek naar de muur achter Henry. Het haarscheurtje verspreidde zich over het babystrontgele gipsplaat en werd een hartvormige barst. 'Half,' zei hij.

34

Fergus streek met zijn koele hand langs Archies ribben. Archie zat met zijn overhemd open op het bed. Buddy was met

Debbie en de kinderen naar beneden gegaan om iets te eten te halen. Henry en Susan zaten in de woonkamer.

Fergus drukte zijn vingers in Archies gehavende huid. 'Je lever begeeft het,' zei hij.

Gretchen moest gelijk hebben.

Fergus gleed met zijn handen naar boven en voelde aan de lymfklieren onder Archies kaaklijn. Zijn handen werden niet warmer. Meestal droeg hij een vlinderdasje, maar vandaag liep hij in een kakibroek en een polo. 'Cirrose,' zei Fergus. 'Ik weet pas hoe erg het is als ik je bloed heb onderzocht.'

Dat was het dan. Op zaterdag was er boerenmarkt in het park aan de overkant van de straat en Archie hoorde vaag mensen en een bandje dat nummers van de Grateful Dead speelde. 'De pillen?' zei hij vragend.

Fergus keek over zijn bril naar Archie. 'Je moet ermee stoppen.'

'Ik heb pijn,' zei Archie.

'Als je er nu acuut mee stopt,' zei Fergus terwijl hij zijn bril afzette en de glazen met zijn polo poetste, 'is er een kans dat je lever zich herstelt.' Hij hield de bril in het licht dat door de houten blinden viel, inspecteerde de glazen en poetste verder. 'Als je niet stopt, moet je óf een levertransplantatie ondergaan, óf je gaat dood.' Hij zette zijn bril op en keek Archie ernstig aan. 'En je komt pas in aanmerking voor een levertransplantatie als je een halfjaar clean bent.'

Archie knoopte zijn overhemd dicht. 'Dat klinkt redelijk.'

'Het is geen grapje.'

Archie keek op naar Fergus. Hij had medelijden met hem. Fergus had hem van meet af aan behandeld. Zijn leven gered. De regels aan zijn laars gelapt. Het ene recept na het andere voor hem uitgeschreven. 'Leg het me uit,' zei hij.

'Stop met de pillen,' zei Fergus. 'Stop met drinken. Blijf plaspillen slikken voor het oedeem. Mijd zout. Als je een zwelling in de buikholte opmerkt, kunnen we een naald door de buikwand steken om het vocht te verwijderen.'

'Hoe erg wordt het?' vroeg Archie.

Fergus rolde Archies mouw op, pakte een rubberen tourniquet uit zijn dokterskoffertje en bond hem om Archies onderarm. 'Als je bloed spuugt of veranderingen in je mentale functioneren opmerkt, moet je mij bellen of naar de spoedeisende hulp gaan.'

Archie knikte.

Fergus klopte op een ader in Archies arm. 'Ik kan je geen medicijn voorschrijven waarvan ik weet dat het je dood wordt,' vervolgde hij. 'Ik zal nog een paar recepten voor je schrijven, zodat je geleidelijk kunt afkicken. En ik kan je de namen van een paar klinieken geven.' Hij pakte een injectiespuit uit zijn koffertje, wipte het rubberen dopje van de naald en stak hem in Archies arm.

Archie zag hoe het bloed langzaam in de spuit liep. Hij had de afgelopen paar jaar meer bloed gezien dan hij ooit voor mogelijk had gehouden. 'Ik wil niet dat iemand dit te weten komt.'

Fergus trok de naald terug en drukte een watje op het wondje van de naald. 'Er zal iemand voor je moeten zorgen,' zei hij.

Archie gunde zichzelf een wrange glimlach, maar toen Fergus opkeek, stond zijn gezicht weer ernstig. 'Ik heb wel iemand in gedachten,' zei hij. Eigenlijk was het een opluchting, want als hij toch doodging, had hij niets te verliezen. Als hij toch doodging, kon hij haar pakken.

35

Susan stond aan het eind van de gang. Ze keek naar een bij die tegen de buitenkant van het raam tikte. Buiten zag ze mensen met groente en fruit van de markt komen, honden uitlaten, fietsen en rondjes rijden op zoek naar een parkeer- plaats. De bij stortte zich weer op het glas. De magere agent met flaporen van de vorige avond zat op een stoel onder een schilderij van een lelijke oude man. Hij keek op en glim- lachte. 'Hij is al een uur bezig,' zei hij. 'Die bij. Het is een oud raam.' Hij krabde aan een van zijn flaporen. 'Bijen zien door middel van uv-stralen. Nieuwe ruiten hebben uv-be- scherming, maar die oude? Het ultraviolet gaat zó door het glas. Daarom kan de bij het niet zien.'

Susan bood hem haar hand aan. 'Susan,' zei ze.

'Todd Bennett,' zei de agent. 'Zeg maar Bennett,' voegde hij eraan toe. 'Dat doet iedereen.'

'Je weet veel van bijen, Bennett,' zei Susan, die haar mo- bieltje openklapte.

'Ik weet veel van ruiten,' zei Bennett.

Susan was niet in de stemming om over glas te praten, of over bijen, of zelfs maar over vrouwelijke protopunk singer- songwriters uit de jaren zeventig, hoewel ze bijna altijd in de stemming was om die te bespreken.

Ze toetste een doorkiesnummer bij de *Herald* in.

Ian nam de telefoon op zijn bureau op. 'Hoofdartikelen,' zei hij. Susan kreeg de kriebels van zijn stem. Ze kon hem proeven in het gladde timbre, zijn huid, zijn zeep. Niet sla- pen met de mensen met wie je werkt, had haar moeder te- gen haar gezegd. In feite had ze 'niet schijten waar je slaapt' gezegd, maar Susan had begrepen wat ze bedoelde.

Ze probeerde haar leven in dat opzicht te beteren. Het was een van de redenen waarom ze met Derek had gebro- ken.

Ze wendde zich van Bennett af. 'Ian,' zei ze op gedemp- te toon, 'wanneer plaats je mijn stuk over Castle en Molly Palmer?'

Ian zweeg even. 'Als de tijd rijp is.'

De bij tikte weer tegen het raam. 'En dat is?'

'De mensen rouwen nog,' zei Ian.

Susan wilde in lachen uitbarsten of misschien de muis van haar hand in Ians zwaardvormig aanhangsel rammen zodat het zijn hart doorboorde. 'Eikel,' zei ze. 'Je gaat het helemaal niet plaatsen, hè?'

Zijn stem werd nog gladder. 'Geduld, snoes.'

'Ik ben je snoes niet,' zei ze. De bij zat zich inmiddels op de vensterbank aan de buitenkant klaar te maken voor nog een uitval. Hij fladderde met zijn vleugels. 'Ik bied het wel ergens anders aan. Er is wel iemand die het wil plaatsen.'

'Je hebt een contract met ons,' zei Ian. 'Bij contractbreuk ben je je baan kwijt. Wij zijn het enige dagblad van de stad.' Hij lachte en Susan stelde vast dat ze hem beter op de brug van zijn neus kon slaan, zodat hij blind werd. Dan zou hij de rest van zijn leven de dag betreuren dat hij haar de voet dwars had gezet. 'Waar wil je dan werken?' vervolgde Ian gnuivend. 'De *Autodealer*?'

Au. 'Je laat het verhaal dus zomaar de nek omdraaien? Zonder slag of stoot?'

'Hij is dood. Wat doet het ertoe? Je bent geniaal. Castles verhaal is ouwe koek. Iedereen snakt nu naar Gretchen Lowell. En jij zit ermiddenin.'

'Ik zit opgesloten in dat kloterige Arlington,' zei Susan harder dan ze had bedoeld. De bij tikte weer tegen het raam. 'Geef het toch op,' zei Susan. 'Vort, jij.'

'Hè?' zei Ian.

Susan hield haar hand voor haar gezicht. 'Ik had het tegen een bij,' zei ze.

'O,' zei Ian. Hij klakte met zijn tong. 'Ik versla de klopjacht, maar we zullen een blog voor je op de website zetten. Die kun je elke dag vanuit het Arlington bijwerken.'

'Een blog?' Wat Susan betrof, was de website van de *Herald* onbewoonbaar gebied. Ze wierp een blik op Bennett, die een *Portland Monthly* zat te lezen. Op het omslag stond een foto van de woestijn in Oregon met de kop DE MOOISTE EXO-TISCHE BESTEMMINGEN. Misschien stond er ook een artikel over ruiten in.

Gretchen Lowell of niet, Susan wilde weg. Ze ging geen blog bijhouden. Niet als ze haar verhaal over Castle in de doofpot stopten. Dat was wel het minste wat ze Molly Palmer schuldig was.

'Hoor eens, snoes,' zei Ian. Ze hoorde zijn vertrouwde ge-rammel op het toetsenbord. 'Ik moet rennen. Ik moet kopij over de belegering van de school inleveren.'

De bij was er niet meer. Misschien was hij dood. Mis-schien had hij het opgegeven en was hij naar het een of andere stuifmeelparadijs ver weg gevlogen. Susan wist het niet. 'Weet je nog dat ik zei dat je penis gemiddeld van formaat was?' zei ze. 'Dat was gelogen.'

Ze klapte haar mobieltje dicht. Ze miste Parker. Parker had wel raad geweten. Parker had wel gezorgd dat het ver-haal in de krant kwam. Parker had het op de voorpagina ge-kregen, boven de vouw. Ze liet het toestel in haar tas vallen en liep langs Bennett terug naar haar kamer. Het viel haar op dat hij geen oogcontact maakte, wat betekende dat hij elk woord van haar gesprek had gevolgd. Hij zat recht tegen-over Archies suite, nummer 502, en naast de kamer van Su-san en Bliss, 503. Archie en zijn gezin hadden een suite. Bliss en zij deelden een kamer. Twee bedden. Een bureau. Een tv. En een badkamer met alleen een douche.

Susan had zin om een bad te nemen. Ze wilde niets lie-ver.

Ze deed de deur van haar kamer open en daar, in de smal-le ruimte tussen de voeteneindes van de bedden en de ach-termuur, stond haar zesenvijftig jaar oude moeder met haar benen naast elkaar, haar armen geheven en de handpalmen tegen elkaar. Haar met moedervlekken bezaaide huid was bleek en het vel hing los om haar middel en bovenarmen. Haar borsten zwaaiden naar voren toen ze zich bukte en haar tenen aanraakte. Haar geblondeerde dreadlocks zwiepten als een bundel touw tegen de vloerbedekking.

Susan deed snel de deur dicht. 'Bliss, wat doe je?' zei ze.

Susans moeder sprong in de plankhouding, met haar onderarmen en tenen op de vloer. Haar tepels schampten het kleed. 'Zonnegroeten.'

'Je bent bloot. Je bent bloot in het Arlington.'

Bliss strekte haar armen, zodat ze in de hondhouding kwam en Susan kon aankijken. 'Ik doe mijn yogaoefeningen altijd bloot,' zei ze. Ze stak haar billen met putjes in de lucht, kromde haar rug, trok een been op tussen haar handen, boog haar knie en zakte in de krijger, met haar armen boven haar hoofd. 'Het werkt heel bevrijdend.'

Susans moeder had een tatoeage van klimopranken die onder haar ene borst begon en vandaar tot haar bovendij kronkelde. Susan volgde de tatoeage met haar ogen en haar mond zakte open. 'Wat heb je met je schaamhaar gedaan?'

Bliss liet haar armen zakken naar de trotse krijger, met een arm voor zich uit en de andere achter zich. 'Ik heb het laten harsen,' zei ze. Ze liet haar armen zakken en trok haar buik strak, zodat Susan het patroon in het rondje grijs schaamhaar goed kon zien. 'Het is het vredesteken. Bodhi heeft het in de salon gedaan.'

'O, mijn god.'

Bliss hief haar armen weer, zakte iets dieper door haar achterste knie en deed haar ogen dicht. 'Die oorlog is illegaal, lieverd,' zei ze.

Susan draaide zich om en maakte de deur naar de gang open. Daar was Henry. En Debbie. En daar waren Archies twee kinderen. Ze keken allemaal naar Susan. En naar Susans naakte moeder in de krijgershouding, duidelijk zichtbaar door de open deur.

'*Namaste*,' groette Bliss, en ze wuifde. Ze zette haar knie naar voren en boog zich helemaal voorover, zodat haar dreadlocks zich weer op de vloer opstapelden.

Henry, Debbie, Ben en Sara bleven als aan de grond genageld staan.

'Mooie tatoeage,' zei Ben tegen Bliss.

'Dank je!' zei Bliss, die de plankhouding weer aannam.

Susan liep de gang in en trok de deur achter zich dicht. Bennett zat nog op de stoel, met de *Portland Monthly* open op schoot. Ben en Sara hadden allebei een hand van Debbie gepakt. Henry trok een wenkbrauw op.

'Lekker geluncht?' vroeg Susan als terloops.

'Je moet de salade met gerookte zalm proeven,' zei Debbie. 'Heerlijk.'

Het was stil in de gang. Het enige geluid kwam van Bennett, die de bladzijden van zijn tijdschrift te snel omsloeg om echt iets te kunnen lezen.

'Waar ga jij naartoe?' vroeg Henry aan Susan.

Susan droeg een zwarte skinny jeans, een zwart hemdje en een zwarte ceintuur. Haar tas en schoenen waren van rood lakleer. 'Naar mijn werk,' antwoordde ze.

Henry schudde zijn hoofd. 'Je mag hier niet weg. Je zit hier in beschermende hechtenis.'

'Ik moet stukken schrijven,' zei Susan. Haar stem klonk te wanhopig, dus probeerde ze het gewichtiger te laten klinken. 'Journalistiek. Dagbladjournalistiek.'

'Ga maar in je kamer schrijven,' zei Henry. 'Daar ben je veilig.'

Susan keek van de dichte deur die haar van haar naakte moeder scheidde naar Henry. 'Ik moet daar weg,' zei ze knarsetandend.

Henry zuchtte. 'Ik zal het met Archie bespreken.'

Super. Opgesloten in het Arlington. Gretchen ontsnapt en Susan gaat achter slot en grendel. Dat was eerlijk. Susan wierp nog een heimelijke blik op Bennett. Ze kon niet langs Henry komen, maar misschien wel langs hem. 'Graag,' zei ze.

Henry keek haar even strak aan, haalde een hand over zijn geschoren kop en knikte. Hij legde een hand op Debbies onderrug en leidde haar en de beide kinderen door de deur van Archies suite.

'Was dat een vredesteken?' hoorde Susan Debbie aan Henry vragen toen ze achter de deur verdwenen.

36

Archie zat met zijn arm om Sara heen op het bed, omringd door een verzameling knuffels. Henry had ze van huis meegebracht en ze waren op alle mogelijke plekken geprop, als een glooiende landkaart van pluche, poten en staarten. Hij voelde zich licht en ontspannen door de pillen en moest moeite doen om niet naast Sara in slaap te vallen.

'Nog een keer,' zei ze.

Hij had haar net *Nu we al zes zijn* van Winnie de Poeh voorgelezen.

'Het is bedtijd,' zei hij.

Ben lag in het andere bed een boek uit de Ellendige Avonturen-serie te lezen.

Archie kuste Sara op haar kruin. Ze had dezelfde haarkleur als haar moeder. Hij was dol op haar geur en hield zijn gezicht even bij haar hoofd om ervan te genieten. Hij kon zich niet heugen wanneer hij Ben voor het laatst welterusten had mogen zoenen.

'Ik hou van je,' zei hij. Er waren momenten, zoals dit, dat hij zich volmaakt, schitterend gelukkig voelde. En hij wist nog steeds niet of het echt was. Of dat het door de Vicodin kwam.

Hij zette zijn voeten op de vloer en keek waar zijn schoenen lagen.

Sara's handje omklemde zijn arm. 'Je moet bij me blijven,' zei ze. 'Tot ik slaap.'

'Goed,' zei Archie, blij dat hij het moment kon rekken. Hij leunde achterover op het bed, sloeg zijn sokkenvoeten over elkaar en sloeg zijn arm weer om zijn dochter. De plastic neus van een verstopt knuffelbeest porde in zijn rug.

Ze bleef hem aankijken terwijl ze in slaap viel. Haar oogleden werden steeds zwaarder, tot ze de strijd ten slotte met een laatste sikkeltje oogwit opgaf.

Archie wachtte nog een paar minuten, maakte zich van haar los en trok zijn schoenen aan.

Ben legde zijn boek op het nachtkastje en rolde zich om. 'Welterusten, pap,' zei hij met zijn gezicht naar de muur.

'Welterusten,' zei Archie.

Hij verwachtte dat Henry en Debbie nog in de woonkamer van de suite zouden zitten, maar ze waren er niet meer.

'Ik ben hier,' riep Debbie vanuit de slaapkamer.

Ze verscheen in de deuropening in de witte ochtendjas van het Arlington waar ze zo ongeveer in woonde. Archie wilde wedden dat als ze weer naar huis gingen, die ochtendjas in haar koffer zou belanden.

'Wanneer is Henry weggegaan?' vroeg hij terwijl hij de kamer in liep en op het bed ging zitten.

Ze ging naar de badkamer om haar tanden te poetsen. 'Een kwartiertje geleden,' zei ze met de tandenborstel in haar mond. Ze nam een slok water uit de kraan, spoelde en spuugde in de wasbak. 'Ik moest je de groeten doen.'

Hij keek vanaf het bed naar haar spiegelbeeld. Ze was mooi. Sara zou ook zo mooi worden, later. Het bruine haar, de sproeten, de ogen die alles zagen. Debbie hield haar tandenborstel onder de kraan en droogde haar mond af met een witte handdoek. Toen zag ze hem kijken, ze draaide zich om en leunde tegen de wastafel.

'Wat is er?' zei ze.

'Niets.'

'Ik ben blij dat het weer goed met je gaat,' zei ze zacht.

Archie schokschouderde. 'Het zal de stress wel geweest zijn,' zei hij.

'Je hebt me laten schrikken,' zei ze.

'Het spijt me,' zei hij. Hij maakte de zin in zijn hoofd af: van alles.

Ze wierp hem een van haar bezorgde halve glimlachjes toe. Debbie zou hem overleven. Het zou zwaar worden, maar ze redde het wel. De kinderen zouden het wel redden. Uiteindelijk zouden ze waarschijnlijk beter af zijn.

'Waarom kijk je me zo aan?' vroeg Debbie.

Hij stak zijn armen naar haar uit. 'Kom hier,' zei hij. Misschien lag het niet aan de pillen. Misschien was hij echt gelukkig.

Ze liep op haar blote voeten naar hem toe, trok het koord van de ochtendjas los en liet hem openvallen. Hij stak zijn hand erin en gleed over de hobbeltjes van haar ribben naar de ronding van haar heup.

Ze ademde hoorbaar in en beet op haar onderlip. 'Het is lang geleden,' zei ze.

Archie kuste haar in haar hals en snoof haar geur op. 'Vertel mij wat,' zei hij. Hij duwde de ochtendjas van haar schouders. Hij viel achter haar op de vloer en zij stapte eruit, zijn armen in.

Hij kende haar. Haar borsten, de linker net iets groter dan de rechter. Het patroon van moedervlekken op haar bleke buik. Het kussentje zwangerschapsvet erboven.

Hij kuste haar op de mond, zakte achterover op het bed en trok haar boven op zich. Ze smaakte naar pepermunttandpasta. Ze kreunde en tastte naar zijn riem. Hij hield haar tegen door haar bij haar pols te pakken en haar hand naar zijn mond te brengen om haar vingers te kussen. Hij dwong zichzelf te reageren. Hij wilde echt met haar vrijen. Hij hield echt van haar, maar zijn lichaam kwam in verzet. Zo was het sinds Gretchen. Hij wist niet of het kwam door het lichamelijke trauma van wat hij had doorstaan, of doordat hij zo vergiftigd was door zijn verlangen naar Gretchen dat zijn lichaam haar niet wilde bedriegen, niet opgewonden wilde raken voor een ander.

Hij zou met zijn vrouw vrijen. Hij zou het een laatste keer doen, ook al moest hij een beetje vals spelen. Hij besloot dus Gretchen heel even in zijn geest toe te laten. Hij deed zijn ogen dicht en daar was ze. God, wat was ze mooi, met haar blonde haar en melkwitte huid, haar mond open, verlangend naar hem. Hij proefde Debbies oorlelletje, en het was Gretchens oorlelletje. Hij woelde door Debbies haar en het was Gretchens haar. Hij kreeg prompt een stijve. Hij voelde hoe Gretchen zijn gulp openmaakte, haar hand in zijn onderbroek stak en hem beetpakte. Het was lekker. Hij vroeg zich af waarom hij dit niet eerder had gedaan. Ze bedekte zijn hals met vlinderkusjes, net als Debbie vroeger, maar dat was niet wat hij wilde. Hij stak zijn tong in haar mond, stroopte zijn broek af, draaide haar om en stootte in haar. Hij was ruw, ze hijgde onder zijn kracht en dat wond hem nog meer op. Hij stootte zo hard en diep als hij kon. Hij kon er niets tegen doen. Hij wilde haar harder neuken dan ze ooit door iemand was geneukt. Al die mannen die ze had gehad. Die mannen die voor haar hadden gemoord. De mannen die zij had vermoord. Hij wilde haar kern raken.

'Je doet me pijn,' hoorde hij zijn vrouw van heel ver weg zeggen.

Toen kwam hij klaar. Zijn hele lijf schokte ervan, de spieren in zijn rug verkrampten. De woede, de stress en het verdriet die hij had opgekropt, verwrongen zijn gezicht. Hij deed zijn ogen open.

'Jezus christus, Archie,' zei Debbie. Ze beefde en haar ogen waren groot.

Archie trok zich terug en rolde van haar af. Hij proefde nog een zwakke pepermuntsmaak in zijn mond. 'Het spijt me,' zei hij, walgend van zichzelf.

Debbie ging rechtop zitten, met het laken strak om haar lichaam. Ze hield het zo stevig vast dat haar knokkels wit uitsloegen. 'Jij gaat naar je therapeut,' zei ze ten slotte. 'Morgen.' Ze stond op en liep met laken en al naar de badkamer. Ze zette de kraan open en keek in de spiegel naar Archie, die naar haar spiegelbeeld keek. 'Al moet ik je er verdomme zelf naartoe slepen.'

37

'Rook je?' vroeg Susan.

Het was donker in de kamer. Susan had geslapen tot de geur van sigarettenrook haar uit een heerlijke droom had gerukt waarin ze samen met Archie Sheridan een avontuur beleefde in een stad die veel weg had van Atlantis. Ze bleef stil liggen en snoof het belastende bewijs van de nachtelijke rookpauze van haar moeder op.

'Mam?' zei ze.

Haar moeder gaf geen antwoord.

Susan knipte de lamp op het nachtkastje aan. In de driehoek van licht zag ze Bliss in elkaar gedoken bij haar bed zitten, met haar blote rug naar Susan toe en de sigaret net onder de matras om het verraderlijke gloeiende puntje te verbergen.

Bliss' bijeengebonden bundel blonde dreadlocks reikte bijna tot haar middel. Ze keek over haar schouder naar Susan en hield de sigaret in de lucht. 'Een paar trekjes maar,' zei ze. 'Ik kon niet slapen.'

Susan ging rechtop zitten. 'Nee,' zei ze. 'Je mag hier niet roken. Het is hier niet-roken. Straks gaat het brandalarm nog af. Hou hem buiten het raam.'

Bliss bracht de sigaret naar haar mond en nam een trek. 'De ramen kunnen niet open,' zei ze.

Susan legde gefrustreerd haar hoofd in haar nek. 'Mam...' kreunde ze.

Bliss zuchtte en reikte over het bed naar een leeg glas op het nachtkastje om haar sigaret in te doven. Ze had een zwarte katoenen onderbroek en rood met oranje gestreepte kniekousen aan. 'Politieagent,' zei ze.

Susan keek op haar horloge. Het was net drie uur geweest. Dit kon haar kans zijn om hem te smeren. Ze stond op en sloop naar de deur. Ze had haar *I smell bullshit*-T-shirt en een onderbroek aan. Niet wat je noemt vluchtkleding, maar ze ging alleen op verkenning uit. Ze zette de deur op een kier en keek de gang in. Bennett keek meteen op en wuifde naar haar.

Shit, ging die vent dan nooit naar huis? Hij zat niet eens te knikkebollen.

Susan wuifde terug en probeerde niet al te teleurgesteld te kijken. 'Ik kan niet slapen,' verklaarde ze. Toen dook ze de kamer weer in en plofte op het bed.

'Ik word misschien ontslagen,' zei ze. 'Dat meisje over wie ik had geschreven, Molly Palmer? Die is dood. Ze hebben háár gevonden, zaterdag in het park.'

Bliss keek geboeid op. 'Hoe is ze aan haar eind gekomen?' vroeg ze.

'Dat weten ze nog niet,' zei Susan. 'Ze dachten dat het een overdosis was, maar de senator is ook dood. En Parker. Ook een tragisch ongeval, maar er moet een verband zijn.

En de *Herald* wil mijn stuk niet plaatsen. Ian zei eerst dat Castle net dood was en dat ze een paar dagen wilden wachten voordat ze hem aanvielen, en nu zegt hij dat ze het niet kunnen plaatsen omdat Molly het niet meer kan bevestigen.' Susan had Molly bezworen dat het allemaal goed zou komen. Ze had haar van alles beloofd. Ze had alles willen zeggen om haar aan de praat te krijgen. 'Ik denk dat hij onder druk wordt gezet,' zei ze.

'Heb je aantekeningen?' vroeg Bliss. 'Opnames van interviews?'

'Ik heb al mijn materiaal aan Archie gegeven,' zei Susan.

Bliss trok een wenkbrauw op. 'Je hebt het enige bewijs dat je hebt om je verhaal te schragen aan de politie gegeven?'

Susan beet op haar onderlip. Zo had ze het nog niet bekeken. 'Ja,' gaf ze toe.

Bliss deed het nachtlampje uit en het was weer donker in de kamer. 'Soms,' zei ze, 'denk ik dat je helemaal niets hebt geleerd van al die demonstraties waar ik je als kind mee naartoe heb genomen.'

38

'Is dit allemaal echt nodig?' vroeg Sarah Rosenberg. Ze was bereid geweest Archie die ochtend vroeg te ontvangen en haar haar was nog nat van de douche, een massa bruine krullen die donkere vlekken op de schouders van haar grijze coltrui maakte. Geen make-up. Op het bijzettafeltje naast haar gestreepte stoel stond een mok koffie op een onderzetter. De beker was voorzien van een groot rood hart en de tekst *De beste moeder van de wereld*.

Archie nam een slok uit zijn eigen kartonnen bekertje koffie. Henry zat achter de deur van Rosenbergs praktijk aan huis. Voor de woning stonden twee surveillancewagens. Er zat een agent op de veranda. 'Voor het geval je me wilt vermoorden,' zei hij. De groene fluwelen gordijnen waren dicht. Hij kon de kersenbomen niet zien.

Rosenberg fronste bezorgd haar wenkbrauwen. 'Gaat het wel?' vroeg ze.

Hij kon de schijn niet ophouden. Hij had zichzelf die ochtend in de spiegel gezien. Zijn huid was wasachtig. Hij had donkere kringen onder zijn ogen. Zijn handen trilden. 'Nee,' zei hij.

'En je gezin?' vroeg Rosenberg.

Archie keek naar de staande klok. Nog steeds halfvier. Op een dag zou hij die klok nog eens persoonlijk laten repareren. 'Nog een beetje van slag,' zei hij.

Rosenberg zweeg. Ze pakte de mok met het hart, nam een slokje en zette hem weer neer. Het was thee, rook Archie. Geen koffie. 'Ik heb gelezen wat er op de school is gebeurd,' zei ze. 'Dat moet heel zwaar voor je zijn geweest.'

Hij wilde niet geloven dat Gretchen zijn kinderen kon vermoorden. Ze de stuipen op het lijf jagen, oké, maar zou ze in staat zijn Archies eigen vlees en bloed te doden? 'Ze heeft een keer een jongetje vermoord,' zei hij. 'Het was opmerkelijk, want ze heeft maar een paar kinderen vermoord.' Wie wilde hij in de maling nemen? 'Voor zover we weten.' Hij zette zijn elleboog op de armleuning van de stoel en liet zijn kin in zijn hand rusten. Rosenberg zat hem met rechte rug en hals aan te kijken. 'Tien jaar oud,' vervolgde Archie. 'Hij had in het park gespeeld en verdween op weg naar huis. Ze liet hem gootsteenontstopper drinken en vilde hem met een scalpel.' Dat was in de staat Washington geweest. Hij was erheen gereden voor de autopsie. 'Vervolgens bond ze zijn handen en voeten aan elkaar en legde hem zo in zijn eigen achtertuin, zodat zijn moeder hem daar zou vinden.'

Rosenberg bleef kaarsrecht zitten. 'Je hebt veel geweld gezien,' zei ze eenvoudigweg.

Archie nam een slok koffie. Na zijn tien dagen met Gretchen had het lang geduurd voordat hij iets kon doorslikken zonder zijn verwoeste slokdarm te branden. 'Gootsteenontstopper drinken is moeilijk,' zei hij. 'Je braakt uiteindelijk het grootste gedeelte weer uit. Gezien de hoeveelheid die in zijn lichaam werd aangetroffen, moet ze hem hebben vastgehouden, het door zijn strot hebben gedwongen.' Archie pakte de pillendoos uit zijn zak. Hij probeerde niet eens het te verbergen. Hij maakte hem open en tikte een paar tabletten in zijn hand. 'Ik heb geboft,' zei hij. Hij wipte de pillen in zijn mond. 'Ze voerde mij maar een paar theelepels tegelijk.'

'Je hebt niet geboft, Archie,' zei Rosenberg. 'En je hebt niets gedaan om het te verdienen.'

Dat was het hem nou juist. Dat had hij wél.

'Ik moet haar pakken,' zei Archie. Hij kon zijn gezin niet gelukkig maken, maar wel behoeden.

'Hoe?' vroeg Rosenberg.

Archie glimlachte bij de herinnering aan de plaquette bij de school van Ben en Sara. '"Onderwijs is niet het vullen van een emmer, maar het aansteken van een vlam",' zei hij.

Rosenberg zei niets.

'Yeats,' verduidelijkte Archie.

'Ik weet wel wie het heeft gezegd,' zei Rosenberg. 'Ik weet alleen niet goed hoe het hier van toepassing is.'

'Ze blijft moorden,' legde Archie uit. Hij kon zichzelf er steeds beter van overtuigen dat zijn plan niet krankzinnig was. 'Ze kan er niets aan doen. Ze verbrandt alles wat ze aanraakt. Hoe maak je een eind aan brand? Je voedt het vuur en laat het zichzelf opbranden.'

'Of je zet het op een lopen en belt het alarmnummer,' zei Rosenberg.

'Dat kan ook,' zei Archie.

39

Debbie Sheridan deed open in een witte badstof ochtendjas met de woorden *Arlington Club* in gouddraad op de borst. Bij Susans kamer was geen ochtendjas geleverd. Niet eens shampoo.

'Archie is er niet,' zei Debbie.

Susan probeerde reikhalzend langs Debbie te kijken om te zien of de doos die ze aan Archie had gegeven er nog stond. Ze hoorde de kinderen binnen praten. 'Ik heb hem een doos met aantekeningen gegeven die ik even moet bekijken,' zei ze.

Debbie leek niet onder de indruk van Susans probleem. 'Kom later maar terug,' zei ze en ze deed de deur dicht.

Susan knipperde met haar ogen naar de deur op tien centimeter van haar neus. 'Goed,' zei ze. Ze wilde teruggaan naar haar kamer, maar met haar hand al op de deurknop bedacht ze zich, maakte rechtsomkeert en liep naar de deur van het trappenhuis.

'Waar ga je naartoe?' riep een stem. Bennett.

Susan draaide zich naar hem om. 'Heb jij nooit eens vrij?'

'Ik heb zelf aangeboden dubbele diensten te draaien,' zei Bennett. Hij zat op een stoel. Hij zag er niet eens moe uit. 'Waar ga je naartoe?'

'Naar buiten?' zei ze vragend.

Bennett stond op, maakte zorgvuldig een vouwtje in zijn tijdschrift op de plek waar hij was gebleven en liep op haar af. Zijn ogen vernauwden zich tot spleetjes. 'Je moet boven blijven,' zei hij.

Susan spreidde getergd haar vingers. 'Ik moet roken,' zei ze.

'Slechte gewoonte,' vond Bennett.

Susan glimlachte. 'Ben je wel eens geïnterviewd? Ik zou een artikel over je kunnen schrijven. Voor de krant.' Ze fladderde met haar wimpers. 'Iets heldhaftigs.'

Bennett sloeg zijn armen over elkaar. 'Ik heb maar één opdracht,' zei hij. 'Hier op de gang zitten en zorgen dat rechercheur Sheridan en jij veilig zijn.'

Susan diepte een pakje sigaretten uit haar zak op en zwaaide ermee. 'We kunnen delen,' zei ze.

'Ik rook niet,' zei Bennett.

'Wat moet ik dan?' vroeg Susan.

Bennett stak zijn hand in zijn eigen zak en haalde er een verweerd ogend pakje Big Red uit. 'Kauwgompje?'

'Archie is er niet,' vertelde Susan aan Bliss toen ze weer op hun kamer was.

'Je bent anders lang genoeg weggebleven. Hoe kom je aan die kauwgom?'

Susans mobieltje ging. Het was de *Herald*. Ze nam op.

'Ik heb de redactie net gesproken,' zei Ian. 'Ze zijn enthousiast over de blog.' Hij zweeg even theatraal. 'Ik heb de kop al: BERICHTEN VAN EEN ONDERDUIKER. Heb je al iets te melden?'

'Wordt de krant onder druk gezet om het verhaal over Molly Palmer in de doofpot te stoppen?' vroeg Susan.

Ian zei niets. Ze hoorde hem opstaan en de deur van zijn kamer dichtdoen. 'Ja,' zei hij toen.

'Vecht je wel voor me?' vroeg ze. 'Achter de schermen?'

'Ik weet dat je me niet gelooft,' zei Ian, 'maar dat doe ik inderdaad.'

Ze geloofde hem. Niet omdat hij geen klootzak was, maar omdat hij in de eerste plaats journalist was. En dan pas een klootzak. 'Ik zal die berichten schrijven,' zei Susan, 'maar dan in druk. Niet dat gelul op de website. En ik doe het alleen omdat ik wil dat je het stuk over Castle plaatst.'

'De website wordt beter gelezen dan de krant,' zei Ian.

'O,' zei Susan. 'Ik zal er binnen een halfuur iets op zetten.'

Tegen de tijd dat Susan de laatste blog van die dag plaatste, was het donker. De politie had vastgesteld dat Gretchen een verhouding had gehad met B.D. Cavanaugh, de bewaarder die zich had verhangen. En Gretchen had de vrouwelijke bewaarder tijdens haar transport vermoord en was er met de man vandoor gegaan. Als hij nog leefde. Aangezien Susan opgesloten zat, moest ze alles via de telefoon en e-mail doen. Terwijl haar moeder op het bed naast het hare tv lag te kijken. Bliss had thuis uit principe geen tv, en als ze er een zag, raakte ze helemaal in de ban.

Uiteraard werd er constant nieuws gebracht over de klopjacht op Gretchen. De tv-verslaggevers praatten er op zo'n manier over dat je bijna ging denken dat ze wilden dat ze zou ontsnappen.

Susan sloot haar laptop. Gretchen Lowell op vrije voeten. Archie Sheridan even verderop in de gang. Daar zat ze dan, midden in het belangrijkste nieuws van het jaar. Haar blog had meer dan een miljoen bezoekers getrokken. Ze zou in de wolken moeten zijn, maar ze kon Molly Palmer niet van zich afzetten.

Susan legde de laptop naast zich op het bed. Haar benen waren er nog warm van.

'Je krijgt nog dijkanker van dat ding,' zei Bliss zonder haar ogen van het tv-scherm af te wenden.

Susan rekte zich uit. 'Dat bestaat niet eens,' zei ze.

'Nóg niet,' zei Bliss.

Susan voelde zich stram, gespannen en een beetje suf door de opsluiting. 'Ik moet roken,' verkondigde ze. 'Kun jij Nurse Ratched afleiden?'

Bliss richtte haar aandacht van het scherm op Susan. 'Wie?'

'Die smeris op de gang,' zei Susan.

'Hoe?'

Susan trok haar sweatshirt aan. 'Praat met hem,' zei ze.

Er verschenen zorgelijke rimpels in Bliss' gezicht. 'Wat

moet ik dan zeggen?' vroeg ze.

Susan haalde haar schouders op. 'Vraag hem iets over ramen,' zei ze.

Charlene Wood rebbelde erop los terwijl op het scherm beelden werden getoond van slachtoffers van de Beauty Killer.

'Weet je zeker dat je buiten veilig bent?' vroeg Bliss.

Susan stopte haar sigaretten en een aansteker in de zak van haar sweatshirt. 'Leg je oor maar te luisteren,' zei ze terwijl ze de capuchon opzette. 'Als Gretchen Lowell me wil pakken, geef ik wel een gil.'

Het was niet eens moeilijk. Terwijl Bliss met Bennett praatte, glipte Susan de trap af. Bennett ging te zeer in het gesprek op om er iets van te merken. Misschien had hij het gehoord van het vredesteken.

Susan was vrij en ze had niets te doen. Ze had haar aantekeningen niet. Ian wilde haar in het Arlington hebben voor de blog, en zolang hij over het lot van het verhaal over Castle beschikte, wilde ze hem tevreden houden.

Ze stak een sigaret op en inhaleerde. De eerste trek was het lekkerst. Haar hele lichaam ontspande zich een beetje. In dat opzicht leek het een beetje op seks: altijd een bevrijding. Ze probeerde zichzelf wijs te maken dat ze rookte omdat ze van rookpauzes hield, die gedwongen intermezzo's van solitaire meditatie, maar in werkelijkheid hield ze gewoon van nicotine.

De sierlantaarns waren net aangefloept en een paar zeemeeuwen die van de kust waren afgedwaald krijsten in het park. Het was een uur rijden van Portland naar de Pacific en Susan wist niet waarom die meeuwen zich zo diep in het binnenland waagden, maar ze waren er altijd, trippelend langs de rivier, schijtend op de boulevard en zwervend in de parken. Een jongen vol tatoeages en piercings racete langs op een skateboard, maar de meeuwen keurden hem nauwelijks een blik waardig.

Het was rond de twintig graden, warm voor 's avonds, en mooi. De avondlucht boven het noordwesten van de Verenigde Staten was een mengeling van pasteltinten. In sommige gebouwen brandde nog licht voor overwerkers, schoonmakers of stiekeme kantoorliefdes.

Susan nam nog een trek van haar sigaret. Misschien had ze het mis. Misschien was de tweede trek wel het lekkerst.

Molly had Kool gerookt. Susan vroeg zich af of de ouders die ze van zich had vervreemd nog een uitvaartdienst zouden regelen. Zo ja, nam Susan zich heilig voor, dan zou ze een pakje Kool in de kist leggen.

'U mag hier niet roken, mevrouw,' zei een stem. Susan keek op en zag de uitgemergelde receptionist van het Arlington naderen, met zijn hand zwaaiend alsof het een waaier was.

Ze keek achter zich om te zien of hij het tegen een ander had. Ze stond tenslotte buiten. Op de openbare stoep. Ze viel geen mens lastig. En ze had tegen hem gezegd dat hij geen 'mevrouw' tegen haar moest zeggen.

Hij bleef zwaaien. 'Mevrouw?' zei hij.

Susan nam nog een trek. 'Waarom niet?'

'U hindert de gasten,' zei hij op een toon alsof het vanzelfsprekend was.

Ze gebaarde met de sigaret naar de donkere stenen gevel van het gebouw, de groene luifel, het park en de auto's op straat. 'Ik sta buiten.'

'Maar ze moeten langs u heen,' zei hij. Hij opende de grote glazen deuren ter illustratie. 'Bij het komen en gaan.'

Susan keek naar haar sigaret. Ze moest de as aftikken, maar dat durfde ze niet waar die vent bij was. Hij zou haar waarschijnlijk dwingen de stoep te vegen. 'Waar moet ik dan heen?'

Hij wees naar het park aan de overkant.

Susan zwichtte, rende naar de overkant en ging op een houten bank met uitzicht op het Arlington zitten. In dit deel van het park stonden een decoratief drinkfonteintje en een lage betonnen muur met een medaillon met het profiel van Simon Benson erop. Die fonteintjes, de zogeheten Benson Bubbles, stonden overal in het centrum van Portland. Het verhaal wilde dat Simon Benson, een houtbaron van rond de eeuwwisseling, ze had laten plaatsen om zijn arbeiders ervan te weerhouden overdag bier te drinken. Susan wist niet of het plan had gewerkt, maar nu, een eeuw later, stonden er overal in het park borden met de waarschuwing dat alcohol verboden was.

Susan tikte haar as af op de zeshoekige keitjes onder haar voeten. Zij rookte American Spirit. Molly was dood. En Susan zat te roken. Ze moest terug naar Molly Palmer. De blog kon wachten. Het boek over Gretchen kon wachten. Ze moest haar kop erbij houden. Ze moest een manier vinden om te zorgen dat de *Herald* het verhaal over Molly publiceerde. Ze raakte er steeds sterker van overtuigd dat Molly's dood niet was veroorzaakt door een onopzettelijke overdosis. Ze moest uitzoeken wie haar had vermoord. En ze moest uitzoeken wie probeerde het allemaal stil te houden.

Ze was er vrij zeker van dat het een naar het ander zou leiden.

Een dakloze met een ruige bos haar en een bundel straatkranten kwam naast haar zitten. Hij stonk naar vuil en lichaamsgeur, maar Susan was vastbesloten er niet op te reageren. Hij legde de kranten tussen hen in op de bank, snoof, trok een lelijk gezicht en wendde zich tot Susan.

'Pardon?' zei hij.

'Ja?' zei Susan.

'Wilt u niet roken?'

40

De opgezette bever was een meter lang en stond op zijn ach-
terpoten, met zijn staart als een bord op de vloer en zijn kop
gedraaid, alsof hij net vanuit zijn ooghoek een bedreiging
had opgemerkt. Hij was een jaar of honderd dood en zijn
vacht viel uit, maar de angstige vonk in zijn zwarte glazen
ogen maakte hem bijna levensecht. Archie kon zich er iets
bij voorstellen.

De bever stond naast de post van de gerant in het restaurant van de Arlington Club. Archie had medelijden met de
gerant, want het restaurant was alleen toegankelijk voor leden en hun gasten, en Archie had er nooit meer dan zeven
mensen tegelijk gezien. De gerant bladerde het grootste deel
van zijn tijd in het in leer gebonden reserveringsboek, en als
hij dat niet deed raapte hij de veertjes op die van de opgezette fazant op de schoorsteenmantel naar het kleed waren
gedwarreld.

Debbie keek naar de hertenkop boven de deur van de eet-
zaal. 'Ik krijg hier de griezels,' zei ze. Er was maar één andere tafel bezet, en het gekletter van het bestek droeg verder dan de stemmen.

'Het duurt niet lang meer,' zei Henry. 'Nog een paar dagen.'

Debbie keek naar Archie alsof ze een soort bevestiging
van hem wilde, een knikje, wat dan ook. Ze hadden niet over
die nacht gepraat. Wat kon hij zeggen? Sorry?

Archie keek naar zijn bord.

Na zijn bezoek aan Rosenberg was hij een paar uur bij het
team geweest om te helpen de klopjacht te coördineren, en
de rest van de dag had hij in het Arlington zijn best gedaan
zich normaal voor te doen tegenover zijn kinderen. Claire
paste nu boven op hen, zodat Archie en Debbie even samen
konden zijn, maar zelfs dat mocht niet zonder Henry.

Het eten kon ermee door. Archie nam nog een hap zalm die droop van de korianderpesto en bleef Debbies blik ontwijken. Zalm was zo'n beetje het enige wat er werd geserveerd. Zalmkoekjes. Zalmsalade. Zalmfilet. Zalmbiefstuk. Het was het Copperseizoen, wanneer honderden vissers naar de monding van de vijfhonderd kilometer lange, onstuimige rivier de Copper in Alaska trekken om de zalm te vangen die stroomopwaarts zwemt om te paaien. Dan waren de vissen nog vet. Hoe verder ze op hun reis zijn wanneer je ze vangt, hoe gehavender en smakelozer ze worden.

Archies maag kwam in opstand en verkrampte. Hij had vaker geminderd. Hij kende de eerste ontwenningsverschijnselen. Hij legde zijn zilveren vork en witte linnen servet neer, schoof zijn stoel naar achteren en stond op. 'Ik ga naar de wc,' zei hij.

Henry stond op om met hem mee te gaan.

Ze maakten zich te veel zorgen om hem, en niet genoeg om het vangen van Gretchen. Als Archie het voor het zeggen had, had hij het leger ingeschakeld, maar Archie had het niet voor het zeggen. Met uitzondering van zijn uitstapje naar de therapeut en het bureau had hij de hele dag achter slot en grendel gezeten in het Arlington, zonder Debbie aan te kijken.

Hij zuchtte. 'Ga je kijken hoe ik schijt?' zei hij.

Henry keek om zich heen in het lege restaurant, zag de deur naar de wc's aan de andere kant van de zaal, haalde zijn schouders op en ging weer zitten.

'Dank je,' zei Archie.

De mannen-wc had cabines met deuren die op slot konden. Chic. Archie was klaar en waste zijn handen. De vloeibare zeep rook naar seringen. Of misschien verbeeldde hij het zich maar. Hij voelde zich wazig door het slaapgebrek. Zijn ogen leken geel in de spiegel. Hij droogde zijn handen met een echte handdoek en gooide hem in een rieten mand onder het marmeren blad.

De jongen stond achter de deur naar de wc's op hem te wachten. Het was niet echt een jongen meer. Waarschijnlijk was hij al twintig. Archie zag het gaatje in zijn lip waar hij een piercing door haalde wanneer hij niet aan het werk was. Zijn witte oberjasje was gesteven en toen hij dichter bij Archie kwam, rook die de scherpe geur van verse sigarettenrook.

De jongen praatte met zijn lippen op elkaar, alsof hij een geheim vertelde. 'Uw vriendin zoekt u,' zei hij. 'Ze zei dat ik het aan u moest doorgeven wanneer u alleen was.'

De jongen had een nieuwe piercing in het kraakbeen boven in zijn oor. Het was maar een zilveren knopje dat door zijn haar werd bedekt en zo klein was dat de bedrijfsleiding van het restaurant het vermoedelijk niet had opgemerkt. Archie zou het ook niet hebben opgemerkt als er geen bloed langs de buitenste plooi van het oor van de jongen had gesijpeld.

Het duurde heel lang voor zulke piercings waren geheeld.

'Waar is ze?' vroeg Archie.

'In haar auto in het steegje.' De jongen wees naar een stalen klapdeur achter zijn rug alsof het niets was, alsof hij Archie de weg wees naar het winkelcentrum. 'Daar. Door de keuken.'

Toen zag Archie aan de sluwe twinkeling in de ogen van de jongen dat hij dacht dat Gretchen zijn minnares was.

'Je bloedt,' zei hij.

De wenkbrauwen van de jongen vlogen naar elkaar toe en hij stak zijn linkerhand op, voelde aan zijn oor en kromp in elkaar. Hij liet zijn hand zakken en keek naar de vegen bloed op zijn vingertoppen. 'Gadver,' zei hij.

'Heb je plannen voor vanavond?' vroeg Archie aan de jongen. Hij dacht aan het urenlange verhoor door Henry dat de jongen te wachten stond.

'Nee,' zei de jongen.

Archie liep weg, naar de deur naar de keuken, weg van Henry, weg van Debbie, weg van alles. 'Gelukkig maar.'

41

Susan Ward was wel de laatste die Archie aan de andere kant van de deur naar het steegje verwachtte te zien. Ze stond naast een groene container, keek op, plukte de sigaret tussen haar lippen vandaan en zei hallo, alsof ze helemaal niet verbaasd was hem te zien. Archie stond even perplex, maar toen zag hij verderop de remlichten van een zilverkleurige Jaguar in de schemering, als slaperige, sinistere ogen.

'Alles goed?' vroeg hij.

Susan tikte haar as af in een groot horecablik waar ooit gestoofde tomaten in hadden gezeten, maar dat nu de as van duizend rookpauzes bevatte. 'Ja. Dit is verdomme de enige plek waar ik kan roken.' Ze wees naar de container, die naar etensresten stonk. 'Pas op voor de pies.'

Dat Susan hier was, was toeval. Archie struikelde, duizelig van opwinding, en moest de container vastpakken om zich in evenwicht te houden.

'Jemig, heb je zoveel gedronken?' zei Susan. Ze glimlachte haar tanden met rode lippenstiftvlekken bloot en zoog haar longen nog eens vol tabaksrook. Het asfalt lag bezaaid met peuken, als lucifers die tijdens een kinderspelletje waren gevallen. Sigarettenpeuken waren uitstekende bronnen van DNA.

'Geef mij er een,' zei Archie.

Susan aarzelde. 'Echt?'

Archie stak zijn hand uit. Die beefde, maar niet zo erg dat een ander dan hij het zou merken. Susan haalde een sigaret uit haar gele pakje en gaf hem aan hem.

'Heb je ooit gerookt?' vroeg ze.

Archie nam haar zwarte plastic aansteker aan, stak de sigaret op en inhaleerde. De rook brandde in zijn longen, maar hij hoestte niet. Hij keek naar de Jaguar, die nog steeds met een vrijwel geruisloos draaiende motor stond te wachten. Het was de enige goede auto die de Britten ooit hadden geproduceerd. 'Nee,' zei hij. 'Ik heb het een paar keer geprobeerd, maar het was niets voor mij. De eerste herinner ik me nog wel. Die herinner je je altijd. De eerste sigaret. De eerste kus. Het eerste lijk in het park.'

Susan trok haar wenkbrauwen op. 'Oké.' Ze droeg een zwarte legging, bruine laarzen, een T-shirt met opdruk van een band die Archie niet kende en een sweatshirt met capuchon, en ze had staartjes in haar turkooizen haar. 'Hé,' vervolgde ze. 'Ik weet dat je hem net van me hebt gekregen, maar ik moet die doos met aantekeningen voor het artikel over Castle terug hebben.'

Het verzoek drong nauwelijks tot Archie door. Hij had andere dingen aan zijn hoofd. 'Ik moet weg,' zei hij.

Susan keek naar de branddeur vol krassen die naar de keuken leidde. 'Waar is Henry?'

'Ze redden zich wel,' zei Archie, meer tegen zichzelf dan tegen Susan. Hij zette een paar passen in de richting van de auto, draaide zich om, keek Susan aan, glimlachte en liet de sigaret vallen.

'Archie?' hoorde hij Susan met schrille stem roepen.

Hij liep door. Toen hij bij de auto was, draaide hij zich weer om. Hij maakte het portier aan de passagierskant open. Susan stond met haar handen in haar zij en haar hoofd schuin te kijken. De sigaret die hij had weggegooid gloeide oranje op het asfalt tussen hen in. Hij had zijn voet er niet op gezet, hem niet uitgetrapt. Hij had het risico niet willen nemen dat zijn DNA te vervuild zou raken.

Hij wuifde niet ten afscheid naar Susan. Dat leek te macaber. Hij wendde zich gewoon van haar af en stapte met vaste, voorzichtige bewegingen in de auto. De misselijkheid was gezakt en hij was bijna opgelucht in zijn vaste overtuiging dat dit het beste plan was. Bovendien zou de sigaret hen later helpen.

Als ze een lichaam moesten identificeren.

De auto trok direct op.

Hij voelde haar hand hoog op zijn dij voordat hij haar stem hoorde. 'Hallo, schat,' zei ze.

Hij keek naar haar. Haar blonde haar zat in een paardenstaart in haar nek en haar linkerhand rustte op twaalf uur op het stuur. Ze was verrukkelijk, beangstigend en vreemd vol leven. Als het lukte, zou het het waard zijn. En zo niet, wat dan nog?

'Hallo, Gretchen,' zei hij.

42

Het dashboard van de Jaguar was bekleed met walnotenfineer en glom zo dat Archie zich erin weerspiegeld zag. Hij wendde zijn blik af van zijn vage, afgetobde gezicht.

'Haal de patronen uit je wapen en de batterij uit je telefoon en gooi ze door het raam,' zei Gretchen. Haar stem was van glas, zoetvloeiend, als muziek.

Archie keek naar haar. Zijn hart bonsde en de adrenaline joeg door zijn lichaam. Het was lekker. Het maakte hem high. 'Je mag geen afval op straat gooien,' zei hij.

Gretchen glimlachte liefjes. Hij had het gemist naar haar te kijken. Ze was vierendertig, maar op de een of andere manier leek ze zowel jonger als ouder. De smetteloos gave huid. De volmaakte trekken. Het was alsof je naar een schilderij in een museum keek dat je alleen van een ansichtkaart kende; de afdruk in zijn herinnering kon het origineel nooit evenaren. 'De politie die je gaat zoeken, zal ze morgenochtend vinden,' zei ze.

Hij haalde zijn mobieltje uit zijn zak, klikte de achterkant eraf en haalde de platte, blauwe batterij eruit. Toen pakte hij zijn pistool uit de holster en liet de patronen behoedzaam uit de kamer in zijn hand vallen.

Gretchen drukte een knop in, zijn raam gleed open, hij stak zijn hand naar buiten en liet de patronen en de batterij op straat vallen. De patronen stuiterden tikkend op het asfalt.

Gretchen sloeg links af van het park naar de rivier. 'Mooie auto,' zei Archie.

'Ik had wat geld opzijgezet,' zei ze. 'Op een andere naam.' Ze liet haar hand iets over zijn dij omhoogglijden. Het was maar een millimeter, maar voor zijn gevoel was het hoger. 'Kijk maar in het handschoenenkastje,' zei ze.

Hij maakte het gladde kastje open en zag vijf grote, amberkleurige potten met pillen.

'Pak de pillen,' zei ze. 'En leg je pistool en je mobieltje erin. Er staat water in de bekerhouder.'

Archie gehoorzaamde. Hij had toch niets meer aan het wapen en de telefoon. Hij pakte de fles water die bij zijn linkerknie in de bekerhouder stond en draaide de dop eraf. Toen maakte hij een van de potten met pillen open. Het was schemerig in de auto, maar hij voelde aan de vorm en textuur van de pillen wat het was. Hij tikte er vier uit de pot en slikte ze met water door.

Ze pakte drie gele pilletjes uit het kleingeldvakje van de auto en gaf ze aan hem.

'Wat is dat?' vroeg hij. Ze reden nu over de Bill Naito Parkway naar het zuiden. De rivier stroomde links van hen. In de jaren zeventig had er een snelweg langs de rivier gelopen, maar ze hadden besloten die af te breken en een park aan te leggen dat door het hele centrum liep.

'We hebben een lange rit voor de boeg,' zei Gretchen.

Hij mocht niet weten waar ze naartoe gingen. Dat was een goed teken. Als ze van plan was hem meteen te vermoorden, had het niets uitgemaakt.

'Word ik op een brancard gebonden wakker?' vroeg hij.

'Nee.'

Hij legde de pilletjes op zijn tong. Ze waren bitter, maar niet zoals de Vicodin. Het was een andere smaak. Hij nam nog een slok water om de smaak weg te spoelen.

'Ik heb je gemist, schat,' zei Gretchen.

Archie glimlachte, leunde met zijn hoofd tegen het zijraam en zag dat ze de I-5 op reden. 'Ja,' zei hij.

43

'Wat voor auto was het?' vroeg Henry.

Susan prutste met bevende hand een sigaret uit het pakje. Henry was vlak nadat de zilverkleurige auto was verdwenen naar buiten gestormd, en vanaf dat moment had hij haar afgeblaft.

'Dat heb ik toch gezegd?' zei Susan. 'Een zilveren.' Ze dacht aan verf en de staaltjes die haar moeder op de wanden prikte en jaren liet hangen voordat ze een keus maakte. 'Maar niet blauwachtig zilver; niet gletsjer- of metallic zilver; niet neutraal.' Ze zocht naar meer uitleg, want ze wilde op alle mogelijke manieren helpen. 'Het was zilver met een beetje grijs, zoals die zijden blouse met raglanmouwen die ik wel eens aanheb. Duur zilver. Platina.' Toen wist ze het. 'Net een tint lichter dan de Macbook Pro.'

Henry leek haar pogingen tot specificatie niet te waarderen. De adertjes in zijn voorhoofd klopten. 'Was het een nieuwe auto?'

'Ja?' zei Susan. Hij maakte haar zenuwachtig. Ze keek naar haar pakje sigaretten. Nog maar twee. Shit, waarom lette ze niet beter op?

Henry legde een hand op haar arm, dus keek ze naar hem op. 'Was het een Amerikaanse auto? Een vierdeurs? Had hij een kentekenplaat? Bumperstickers? Hoeveel achterlichten?'

Susan voelde dat de tranen haar in de ogen sprongen. 'Ik weet het niet.' Ze zag Debbie achter Henry bij de deur naar de keuken staan. De twee agenten die boven dienst hadden gehad, stonden bij haar. Er waren al drie surveillanceauto's gearriveerd die het invallende duister in het steegje vulden met zwaailichten.

'Je bent verslaggever, godbetert,' zei Henry.

'Maar ik weet niets van auto's,' zei Susan. Ze haalde moeizaam adem en nam een trek van haar sigaret. 'Ik weet alles van kleren en muziek en agritainment.'

'Agritainment?' herhaalde Henry.

'Ik heb er een stuk over geschreven,' verduidelijkte Susan. Henry deed zijn ogen dicht. 'Wat zei hij?'

Dat hadden ze al gehad. 'Dat heb ik toch gezegd? Hij zei: "Ze redden zich wel," meer niet,' zei Susan.

'Kut,' zei Henry luid.

Susan zag dat Debbie zich van de agenten losmaakte en naar hen toe rende. Ze hield haar hand tegen haar mond, alsof ze een snik wilde tegenhouden.

'Henry, wat gebeurt er?' vroeg ze door de hand heen. 'Is zij het?'

Susan hief in een reflex haar sigaret om hem bij Debbie uit de buurt te houden. Toen keek ze ernaar. 'Zijn sigaret,' zei ze. 'Hij heeft zijn sigaret daar op de grond gegooid.' Ze wees naar een plek drie meter verderop.

Debbie schudde haar hoofd. 'Archie rookt niet.'

Susan liep naar de plek waar Archie de sigaret had laten vallen, gevolgd door Henry en Debbie. Ze tuurde naar beneden en vond hem snel, opgebrand tot aan het filter. Ze rook hem nog.

Henry haalde een Ziploc-zakje uit zijn zak, keerde het binnenstebuiten, legde de sigaret erop en keerde de zak weer binnenstebuiten, zodat de sigaret erin zat.

'Wat is er aan de hand?' vroeg Debbie.

Henry keek naar de sigaret en wreef met zijn grote hand over zijn voorhoofd. 'Debiel,' sputterde hij. Hij keek naar Debbie. 'Ik bedoel jou niet.' Hij wreef nog eens over zijn gezicht. 'Archie wilde een DNA-monster voor ons achterlaten, maar dat hebben we niet nodig.' Hij zuchtte. 'Want we hebben zijn milt op sterk water in het aanwijzingenmagazijn op het bureau.'

Debbie begon te beven. 'We waren gelukkig,' zei ze tegen niemand in het bijzonder. 'We hielden van elkaar.' Ze snakte naar adem, haar schouders klapten naar voren en ze legde de hand die ze voor haar mond had gehouden op Henry's schouder om niet te vallen.

'O, god,' zei ze tegen hem. 'Wat moet ik tegen Ben en Sara zeggen?'

Henry gaf geen antwoord.

'En nu?' vroeg Susan.

'We gaan ze zoeken,' zei Henry kort maar krachtig.

Er kwam een surveillant aan met een jonge man in een wit jasje. 'Dit joch zegt dat een blonde vrouw tegen hem heeft gezegd dat hij tegen Sheridan moest zeggen dat ze hier was,' zei de surveillant.

De jongen voelde aan zijn linkeroor. 'Wat is er aan de hand, man?'

Henry, die nog gehurkt zat, keek vermoeid op. 'Wat voor auto had ze?' vroeg hij aan de jongen.

'Een zilverkleurige Jaguar xk coupé, model 2007, met verchroomde Sabre-wielen,' zei de jongen.

Henry keek naar Susan. 'Was dat nou zo moeilijk?' zei hij.

44

Susan nam een slok koude koffie uit de mok op haar bureau. Die stond er al zes uur en de koffie smaakte naar boombast, maar het kon haar niet schelen. Ze leunde achterover in haar bureaustoel. Het was vier uur 's ochtends en de vierde verdieping van de *Herald* was in rep en roer. Het gerucht wilde dat Howard Jenkins in eigen persoon beneden in zijn kamer zat. Zelfs de stagiairs waren gekomen. Gretchen Lowell aan de haal met Archie Sheridan? Dat was groot nieuws, en de gebruikelijke verdachten wilden met hun neus vooraan staan. Hoezo, grote bosbrand in centraal Oregon, vliegtuigje vermist voor de kust en al het andere slechte nieuws? Gretchen verkocht in zo'n ijltempo kranten dat zelfs Hearst ervan zou blozen. De *Herald* had niet meer zo op z'n kop gestaan sinds de ontvoering van Archie Sheridan. De eerste. 'Kan iemand nog een keer koffiezetten?' riep Susan.

Niemand maakte aanstalten.

Susan pakte een vel papier, maakte er een prop van en gooide die naar Derek, die drie bureaus verderop zat te internetten.

'Hé,' zei Derek. Ze had hem op zijn oor geraakt en hij wreef erover.

'Ga nog eens koffiezetten,' zei Susan.

Derek stond op en sjokte naar de kantine.

Susan zat al de hele nacht bij de *Herald*. Ze had erop gestaan te mogen werken, op voorwaarde dat ze naar het Arlington terug zou gaan om te slapen. Gretchen Lowell was op de vlucht geslagen. Susan was ervan overtuigd dat zij de laatste was om wie de Beauty Killer zich nu druk maakte. Bliss was in het Arlington gebleven. Ze voelde zich nog steeds bedreigd, had ze gezegd, maar Susan had zo'n donkerbruin vermoeden dat de roomservice haar wel beviel.

Susan zat aan haar computer. De L en de S van haar toetsenbord waren afgesleten en haar handpalmen hadden blijvende vieze afdrukken op de witte handsteunen gemaakt. Ze had een desktop bij de krant, maar die gebruikte ze niet. Er zat een Pentium II-processor in. Parker, die het langst bij de *Herald* had gewerkt van iedereen op de verdieping, had een Pentium III gehad, en ze wachtten allemaal een gepast moment af om hem in te pikken.

De *Herald* had acht minuten voordat Charlene Wood live was gegaan in het steegje de primeur van Archie Sheridans verdwijning op de website gebracht. Dat was tenminste nog iets. Susan had een lang, persoonlijk verslag van de gebeurtenissen in de straat geschreven, en al die tijd had ze Ian niet aan zijn hoofd gezeurd over het artikel over Castle. Het was een record. Ian hield van dat *New York Times*-stijlmiddel van de verslaggever die in de derde persoon over zichzelf schrijft, zoals in: 'Volgens de verslaggever was de betreffende auto zilverkleurig,' of: 'De verslaggever, die buiten stond te roken, was getuige van het gebeuren.'

Susan vond het achterlijk klinken. Ze vergat Ian dus en schreef het stuk in de eerste persoon, met weglating van het roken.

Ze had zich ingehouden. Ze had met Henry afgesproken niet te schrijven dat Archie zelf in de auto was gestapt. Voorlopig. In het artikel werd nu gesuggereerd dat Gretchen hem weer onder dwang had ontvoerd. Het was niet ondenkbaar. Ze had gewapend kunnen zijn. Susan had het niet kunnen zien. Het was niet gelogen; alleen werden niet alle mogelijkheden opgesomd. God wist dat de pers dat regelmatig verzuimde.

Ian kwam op haar bureau zitten. Hij kwam te dicht bij haar. Dat had hij ook gedaan toen ze nog met elkaar sliepen, en toen had ze het leuk gevonden. Het had stout gevoeld. Ze had gedacht dat het hun geheimpje was. Nu vroeg ze zich af of niet de hele redactie ervan had geweten. Waarschijnlijk wel.

'Er is om zes uur een persconferentie,' zei Ian. Hij droeg een spijkerbroek en een T-shirt uit de museumwinkel van het MoMa in New York. 'Wil jij erheen?'

'Ja,' zei Susan. Probeerde hij alleen haar af te leiden?

'Ga dan naar huis,' zei Ian.

Susan wilde niet naar huis, en ze wilde al helemaal niet terug naar het Arlington. 'Ik wacht op nieuws van een informant,' zei ze.

'Susan, ga naar huis,' zei Ian zorgzaam. 'Rust even uit. Neem een douche. Trek schone kleren aan. Je moet om zes uur bij het gebouw van Justitie zijn.' Hij legde zijn hand op haar schouder. 'Ik weet dat Sheridan belangrijk voor je is,' zei hij.

Susan verstijfde onder zijn hand toen ze begreep wat hij dacht. 'Ik ga niet met hem naar bed,' zei ze snel.

Ian liet haar los. 'Het gaat me niets aan.'

'Nee,' zei Susan. Ze schudde haar hoofd. 'Maak het niet ranzig.' Ze wilde niet dat hij op zo'n manier aan Archie dacht, alsof hij Susans zoveelste ongeschikte liefde was. 'We zijn bevriend.' Ze reikte onder haar bureau en gaf een ruk aan het snoer van haar laptop. 'Het is anders dan wat wij hadden.'

Derek kwam aanlopen met in elke hand een *Herald*-mok. De ene was voorzien van een plastic roerstaafje en zoveel melk dat de koffie op Nesquik leek. In de andere zat zwarte koffie. Die gaf hij aan haar.

'Zwart en bitter, toch?' zei hij.

45

Susan stond met haar geheven hand vlak bij de deur van Debbie Sheridans kamer in het Arlington, op het punt aan te kloppen. Bennett keek bemoedigend toe vanuit zijn stoel.

Ze had bijna de moed verzameld om door te zetten (ze wilde weten hoe het met Debbie ging, maar niet de indruk wekken dat ze haar stalkte) toen de deur openging. Daar stond Henry Sobol. Susan ving nog net een glimp op van Debbie, die met rode ogen op de bank zat, met haar kinderen aan weerszijden tegen haar aan gekropen, voordat Henry de deur achter zich sloot.

'Het schikt nu niet echt,' zei hij op een toon die weinig ruimte liet voor discussie.

Susan haalde haar geheven hand door haar turkooizen haar. 'Is er nog nieuws?' vroeg ze.

Ze zag dat Henry ook niet had geslapen. Hij had nog dezelfde kleren aan als de avond tevoren en hij had stoppels op zijn geschoren hoofd. Zijn stem klonk onduidelijk en vlak. 'Er is om zes uur een persconferentie,' zei hij.

'Jij kunt er ook niets aan doen,' zei Susan. Ze had het nog niet gezegd of ze had al spijt, maar ze vervolgde schutterig: 'Dat je niet bij hem was. Hij had altijd wel kans gezien om weg te glippen, als hij dat wilde.'

Henry's blauwe ogen werden donker van woede. Hij keek over zijn schouder naar de dichte deur en grauwde: 'Hij is niet weggeglipt. Ze heeft hem overmeesterd, begrepen?'

Susan deinsde iets achteruit. 'Ja.'

Henry trok zijn borstelige wenkbrauwen op, draaide zich om en liep weg.

'Ik wil meedoen,' zei Susan tot haar eigen verbazing.

Henry bleef staan. 'Wat zeg je?'

Susan drukte haar schouders iets naar achteren. 'Ik wil meedoen aan het onderzoek,' zei ze. 'Dat is mijn zwijggeld.'

Ze flapte de woorden eruit voordat ze ze kon tegenhouden. 'Ik kan helpen. Ik zal niet in de weg lopen. Ik wil gewoon iets doen.'

Henry deed zijn ogen even dicht. 'Dit is niet het moment om geintjes uit te halen.'

'Ik breng alles in de openbaarheid,' zei Susan met toenemende zelfverzekerdheid. 'Tenzij je me bij het onderzoek betrekt. Ik ken Archie. Ik weet veel van de Beauty Killer-zaak. Ik kan jullie helpen ze te vinden.' Op het moment dat ze het zei, geloofde ze het nog ook. Molly was dood, het verhaal over Castle was op de plank gelegd, maar hier kon ze bij helpen. Ze kon het. 'Ik moet jullie helpen ze te vinden. Alsjeblieft?'

Susan had Archie natuurlijk nooit verraden, maar ze gokte erop dat Henry het risico niet zou willen nemen. Ze wilde dat hij ja zou zeggen, maar ze wilde ook dat hij zijn poot stijf zou houden. Als hij ja zei, betekende dat namelijk dat hij haar niet vertrouwde.

'Goed dan,' zei hij. 'Je mag meedoen.'

Susan was na de zaak van de Naschoolse Wurger niet meer op het kantoor van het rechercheteam geweest. Het zat in een voormalige bank in het oosten van de stad die de gemeente had gekocht en als extra kantoorruimte aan de politie had gegeven. Het was een laag, vierkant gebouw midden op een parkeerterrein. In de zijkant van het gebouw zat een pinautomaat die nog steeds werkte.

Ze hadden de boel een beetje opgeknapt: de oude vloerbedekking eruit getrokken, de balies weggehaald en bureaus en computers neergezet, maar het leek nog steeds een bank. De oude kluis was er nog. Op de wijzerplaat van de oude klok van de bank stond nog steeds TIJD OM BIJ VRIENDEN TE BANKIEREN. De tl-verlichting was nog steeds zo fel dat je elk puistje van een bankrover op de bewakingsvideo's kon zien. Niet bijster flatteus. Susan trok aan haar T-shirt. Ze was meteen met Henry weggegaan, had niet de tijd genomen om zich om te kleden. Ze had er nu spijt van dat ze niet toch even een beha had aangetrokken.

Claire Masland kwam naast Susan aan de vergadertafel in de vroegere kantine van de bank zitten. Het wemelde van de politiemensen. Niemand had geslapen. Er hing een kleedkamerlucht. Susan bracht een kartonnen bekertje koffie naar haar mond. Ze had de koffie ingeschonken uit een isoleerkan op de balie. Het was koffie met hazelnootsmaak. Wat voor smeris drinkt er nu koffie met een smaakje?

'New Kids on the Block?' zei Claire.

Susan keek naar haar T-shirt. 'Het is ironisch bedoeld,' zei ze.

'Oké,' zei Henry. 'Laten we beginnen.' Hij rolde een kaart van Oregon op de vergadertafel uit. De kaart was bedekt met Post-its in verschillende kleuren. 'De wegversperringen zijn aangegeven,' zei hij. 'Alle luchthavens, bus- en treinstations en havens zijn gewaarschuwd. We hebben hun foto's op de telex gezet. De media ingeseind.' Hij wreef in zijn nek en keek naar de groep. 'Wat zijn we vergeten?'

Jeff Heil keek over Henry's schouder naar de kaart. 'Denk je dat ze nog in de staat is?' vroeg hij sceptisch. Op de kaart stond alleen een flintertje Washington in het noorden en Californië in het zuiden, en rechts de rand van Idaho. De grens leek vaag op een menselijk profiel, uitkijkend over de Pacific.

'De vorige keer was ze ook niet ver,' zei Claire.

'Misschien moeten we alle kelders in Gresham doorzoeken,' stelde iemand voor.

Henry schudde zijn hoofd en keek weer naar de kaart. 'Denk niet dat ik het heb uitgesloten,' zei hij. Hij haalde zo diep adem dat zijn schouders rezen en daalden. Toen keek hij naar de aanwezigen. Zijn blik bleef rusten op Lorenzo

Robbins van het pathologisch-anatomisch instituut. Hij was binnengekomen toen Henry praatte en vlak achter de deur blijven staan. 'Wat weten we van het hart?' vroeg Henry aan hem.

Robbins sloeg zijn armen over elkaar en leunde tegen de deur. Hij had een paar dossiermappen onder zijn ene oksel. Susan kende hem van gezicht. Zijn dreadlocks maakten hem makkelijk te herkennen. 'Het is van een man. Midden dertig. Het DNA kwam overeen met dat van een monster uit het huis van de bewaarder uit de bus. Rick Yost.'

'Weten jullie hoe hij is overleden?' vroeg Henry.

'Niet aan een hartaanval,' zei Robbins.

Henry slaakte een diepe zucht en richtte zich tot Mike Flannigan. 'Hebben jullie iets op de batterij en de munitie gevonden?'

Susan voelde zich opeens iets wakkerder en ging rechtop zitten. Dat er een batterij en munitie waren gevonden, was nog niet aan de media doorgegeven. Ze stak haar hand op.

Henry zag haar opgestoken hand en trok een gekweld gezicht. 'We hebben de batterij van Archies telefoon en een handvol patronen in een goot bij het park gevonden,' legde hij uit. 'Kunnen we wachten met de vragen?'

Susan liet haar hand zakken en pakte haar beker hazelnootkoffie.

'Alleen zijn vingerafdrukken,' zei Flannigan. 'Hij moet alles uit de auto hebben gegooid.'

Susan had bijna net zo'n hekel aan hazelnootkoffie als aan vanillekoffie, net iets minder dan aan alle andere soorten koffie met een smaakje. Toch nam ze een slok en slikte die door. Alleen Archies vingerafdrukken. Hij was vrijwillig in de auto gestapt. En hij had zelf zijn batterij en munitie weggegooid.

Henry wreef over zijn neuswortel. 'Oké,' zei hij. 'Dat houden we voorlopig stil.' Hij keek naar de groep politiemensen. Hij ziet er moe uit, dacht Susan. Zijn blauwe ogen waren bloeddoorlopen; het stoppelwaas op zijn kale hoofd was grijs. 'Laten we ons voorbereiden op de persconferentie,' zei hij.

Hij stapte bij de tafel vandaan en iedereen stond op en liep de kamer uit. Susan keek naar haar koffie. Toen voelde ze iemand langs haar arm strijken, ze keek op en zag Lorenzo Robbins tussen Claire en haar in staan. Hij reikte Claire een envelop aan. 'Moet ik dit aan jou geven?' vroeg hij. 'Mijn bevindingen aangaande de lichamen in het park.'

Susan draaide haar hoofd. 'Die zaak waar Archie aan werkte?'

Robbins keek vragend naar Claire, die haar schouders ophaalde. 'Toe maar,' zei ze. 'Ze werkt hier zo ongeveer.'

'Het was een stel,' zei Robbins tegen Susan. 'Een man en een vrouw, achter in de twintig. Een jaar of twee dood.'

'Aha,' zei Claire nuchter.

Susan keek van Robbins naar Claire. 'Is er nu een verband met de moord op Molly of niet?' vroeg ze.

Claire nam de map van Robbins over en bladerde in de inhoud. 'Ik weet het niet. Er lopen veel gestoorde mensen rond, en het is een ideale plek om een lijk te lozen.'

'Wat ga je nu doen?' vroeg Susan.

Claire sloeg de map dicht. 'Het is een oude zaak. Het kan wel een paar dagen wachten.'

Susan dacht aan Molly's lichaam op de snijtafel in het pathologisch lab. 'Molly's zaak is niet oud,' zei ze.

Claire stapte op Susan af. Ze was kleiner dan Susan, maar sterker, en Susan moest zich verzetten tegen de neiging achteruit te deinzen. Er stonden nog een paar mensen naar de kaart te kijken, maar verder was iedereen weg. Desondanks praatte Claire zacht. 'Archie is bij Gretchen Lowell,' zei ze. Haar stem klonk kalm en haar ogen verrieden niets, maar haar houding had iets onwrikbaars wat Susan bij de strot greep. 'Ze heeft hem al de hele nacht. Hoeveel spijkers zou ze inmiddels in hem hebben geslagen?'

Susan was niet van plan het zo makkelijk op te geven. 'Molly's dood kan verband houden met de moord op Parker en de senator,' zei ze.

Claire sloeg vertwijfeld haar ogen ten hemel. 'Ze zijn niet vermoord, Susan. Ze zijn van de weg geraakt. Het kan zelfmoord geweest zijn, het kan een ongeluk geweest zijn, maar uit niets blijkt dat er meer achter zit.'

Susan schudde haar hoofd. 'Gretchen Lowell heeft Heather Gerber in het park gedumpt. Een moordenaar heeft er twee jaar geleden een stel gedumpt. En nu Molly Palmer?'

'Dat je hoeven hoort, wil niet zeggen dat het een zebra is.'

'Wat wil je daar in godsnaam mee zeggen?' vroeg Susan.

'Het is bijna altijd een paard,' zei Claire. Ze stak haar handen op en spreidde haar vingers. 'De hoefslag.' Ze haalde een hand door haar korte haar. 'Ik moet me even opfrissen. Henry wil me bij de persconferentie hebben.'

De persconferentie. 'Ik ook,' zei Susan. 'Wacht even.' Ze draaide zich om, pakte haar notitieboekje en stootte haar koffiebeker om. De koffie verspreidde zich over de tafel en de kaart. Susan hapte ontdaan naar adem en dook op een paar servetten af die naast de magnetron op het werkblad lagen.

'Jezus,' zei Claire. 'Ik zie je daar wel.' Ze maakte rechtsomkeert en liep de kamer uit.

Mike Flannigan en de andere politieman die nog bij de kaart stonden, tilden hem van het natte tafelblad. Susan smeet de servetten op de plas koffie op de tafel en rende toen naar de kaart, die de beide mannen op de vloer hadden gelegd, om die droog te deppen.

Ze had koffie tot helemaal in centraal Oregon weten te morsen. Santiam Pass. Bend. Prineville. Ze depte met de ser-

vetten, waarbij ze erom dacht de Post-its bij de wegversperringen niet te verplaatsen. Terwijl ze bezig was, zag ze dat
er geen wegversperring bij de kruising van de 1-5 en Highway 22 was aangegeven. 'Er is geen controle op de 22,' zei ze.

'Die gaat nergens heen,' legde Flannigan uit. 'Alleen maar
de bergen in.' Hij pakte de kaart en rolde hem behoedzaam
op. 'Daar is die brand.'

'Ik dacht dat ze die bijna hadden geblust,' zei Susan.

'De wind is gedraaid,' zei Flannigan 'Hij beslaat nu meer
dan honderdzestig hectare. We hebben geen wegversperring
nodig. Bosbeheer heeft de 22 vanochtend afgesloten.'

46

Toen Archie wakker werd, lag hij op zijn rug op een bed.
Het was donker, maar de deur stond open en er stroomde
licht naar binnen, vermoedelijk uit een gang. Boven zijn
hoofd draaide een plafondventilator die scheef hing, zodat
hij tijdens het draaien zacht tegen het plafond tikte. De muren en het plafond hadden cederhouten schrootjes, als in een
blokhut. Archie zag een houten ladekast, een ingelijste oude rodeoaffiche en een raam met een rolgordijn ervoor. Hij
was alleen, maar hij rook vuur. Ze moest ergens zijn.

Hij had een tijd geslapen, voelde hij, want zijn lichaam
deed pijn en hij was koud en nerveus. Hij moest pillen hebben. Hij zette zijn sokkenvoeten op het kleed. Ze had zijn
schoenen uitgetrokken; hij zag ze naast elkaar bij het bed
staan en reikte ernaar om ze aan te trekken. Zijn hoofd bonsde en het duurde even voordat hij zich kon bewegen. Toen
stak hij zijn voeten in de schoenen, strikte de veters en rich-
te zich op. Hij keek om zich heen, maar de potten met pillen uit de auto stonden niet op de ladekast of het nachtkastje.

De kast had een cederhouten paneeldeur. Hij maakte hem open en zag dat de kast vol kleren hing. Hij vroeg zich af wie de eigenaar was en realiseerde zich dat ze allemaal nieuw waren. Ze had ze voor hem gekocht. Of ze wilde hem een tijdje bij zich houden, of ze wilde dat hij dat zou denken. Corduroy broeken. Lichte broeken. Blauwe overhemden, witte overhemden, truien en een paar studentikoze blazers. Het leek zijn kast thuis wel. Voorspelbaarheid was altijd een van zijn tekortkomingen geweest.

Hij draaide zich om, liep naar het raam en trok het rolgordijn op. Het was vroeg in de ochtend of vroeg in de avond. Hij zag alleen maar bomen. Gele dennen. Die groeiden niet ten westen van de bergen. Ze had hem naar het oosten gebracht. De woestijn in. Misschien waren ze nog in Oregon. Misschien niet.

Er klonk muziek. Klassiek. Zacht, maar het kwam beslist uit het huis. Hij keek nog eens naar het raam. Hij kon het openzetten. Erdoorheen klimmen. Weglopen. Ze konden op kilometers van de bewoonde wereld zitten, maar hij kon het doen. Hij kon zijn plan nog opgeven; hij kon nog bij haar weg. Proberen thuis te komen.

Hij dacht er even over na, keerde het raam de rug toe en liep door de open deur het licht uit, de gang in. Er was een aantal deuren. De hal had ook cederhouten schrootjeswanden. Er lag grijze vloerbedekking, van dat projecttapijt met spikkels dat je in een huurhuis of vakantiehuisje legt. De muziek kwam uit de woonkamer aan het eind van de gang.

Hij liep erheen.

De woonkamer had een rij ramen met uitzicht op een terras en nog meer bomen. Het was iets donkerder geworden. Het was dus geen ochtend, maar avond. Een trap met een smeedijzeren leuning leidde naar een vide boven de woonkamer. Er stonden leren zitelementen en er was een schouw met een grote stenen mantel. Een haardvuur knetterde en brulde in de schouw. Gretchen zat in een leren stoel naast het vuur, met een laptop op haar schoot. Haar haar hing los, ze had geen make-up op en de gloed van de vlammen gaf haar gave huid iets engelachtigs.

Ze keek naar hem op en glimlachte. 'Je pillen staan in de keuken,' zei ze. Ze keek naar links. Hij volgde haar blik naar een opstapje en zag de keuken, die uitkwam op de woonkamer. De potten stonden naast elkaar op het aanrecht. Hij liep erheen en trok een paar kasten open tot hij een glas had gevonden. Hij vulde het met kraanwater en nam vier tabletten Vicodin. Bij nader inzien nam hij ook nog een vijfde.

'Wil je iets drinken?' hoorde hij haar vragen.

Hij keerde zich om en zag dat ze bij een rotan barretje stond. Ze droeg een grijze kasjmieren trui op een nauwsluitende grijze broek en ze liep op kousenvoeten. Ze hield een fles naar hem op.

Dit was niet echt. Dit gebeurde niet. 'Goed,' zei hij.

'Is Schotse whisky goed?'

'Ja hoor,' zei hij. Hij bleef bewegingloos staan, met zijn handen achter zich op de rand van het aanrecht.

Hij zag haar ijs uit een emmer in een glas scheppen en er whisky over schenken, geen water. Haar glanzende blonde haar reikte tot haar schouders en bewoog licht met haar mee.

Ze draaide zich om en stak de hand met het glas naar hem uit.

Hij bleef nog even staan voordat hij zich van het aanrecht losmaakte, naar haar toe liep en het glas aanpakte. Hun vingers raakten elkaar. De aanraking maakte hem duizelig en het werd even zwart voor zijn ogen, maar hij zorgde ervoor niet in elkaar te krimpen, geen reactie te tonen. Hij hief zijn glas naar haar en dronk het in een paar teugen leeg. Hij wist niet veel van Schotse whisky, maar deze gleed lekker naar binnen en smaakte duur. Hij reikte haar het glas aan, waar nu alleen nog maar ijs in zat.

Hij veegde met de rug van zijn hand langs zijn mond. 'Ik wil douchen,' zei hij.

'In de gang,' zei ze. 'De tweede deur links. Alles wat je nodig hebt is er.'

'Mijn verstand ook?' zei hij.

Ze leunde naar voren alsof ze hem wilde kussen, maar bracht in plaats daarvan haar lippen tot vlak bij zijn oor, met haar wang bijna tegen de zijne. Haar geur maakte hem duizelig. Haar adem was warm, maar liet een koude rilling over zijn rug lopen.

'Dat ben je al heel lang kwijt, schat,' fluisterde ze.

Hij had gedoucht en kleren uit de kast aangetrokken. Een beige corduroybroek en een blauw overhemd. Een hemd eronder. Een onderbroek. Sokken. Het zat allemaal als gegoten. De pillen waren erin geklapt toen hij onder de douche stond, en de pijntjes in zijn lichaam en de pijn in zijn lever waren gezakt en vervangen door een witte ruis die zacht, sussend en vertrouwd voelde. Het was niet meer zoals vroeger. De euforie bleef uit, maar zijn zintuigen werden zodanig afgestompt dat hij zich bijna prettig voelde.

Tegen de tijd dat hij in de woonkamer terugkwam, was het helemaal donker buiten.

Gretchen was op de leren bank gaan zitten. Het vuur brandde iets lager, maar vulde de kamer nog altijd met een warme oranje gloed. Archie ging op de stoel zitten waar Gretchen eerder op had gezeten. De laptop was weg.

'Wil je nog iets drinken?' vroeg ze.

'Waarom niet?' zei Archie.

Ze stond op en liep tussen de bank en de stoel door. In het voorbijgaan streek ze met haar vingertoppen langs zijn arm. Hij keek strak voor zich in zijn poging niet naar haar te kijken. Hij hoorde haar achter zijn rug ijs in het glas scheppen en whisky inschenken. De vloeistof die het ijs deed kraken. Het ijs dat tegen de rand van het glas tinkelde. Ze kwam terug, gaf hem het glas en ging op de armleuning van zijn stoel zitten. Hij verstrakte. Hij kon het niet verbergen; zijn hand omklemde het glas, zijn knieën werden stram.

Ze lachte luchtig, leunde tegen hem aan en sloeg haar arm om de rugleuning van de stoel. Hij voelde het kasjmier van haar trui aan zijn nek likken. Het glas bewoog niet in zijn hand.

'Hoe meer je drinkt, hoe sneller het gaat,' zei ze.

Hij richtte zijn aandacht op het glas. Het was van zwaar kristal en had een zilveren rand. Hij nam een slokje van de whisky, nu langzaam, liet de alcohol op zijn tong liggen en genoot van de smaak.

'Je lever begeeft het,' vervolgde ze. 'Daarom ben je hier, hè?'

Hij voelde dat zijn lichaam zich iets ontspande, hief zijn glas naar haar en zei: 'Op mijn gezondheid.'

Ze pakte zijn vrije hand en draaide hem in de hare om. Haar nagelbedden waren wit, zijn vingers iets te geel. 'Het duurt nu niet lang meer,' zei ze zacht.

Hij moest genoeg tijd hebben. Dagen, misschien. 'Hoe lang?' vroeg hij.

'Een paar dagen, een paar weken,' zei ze. Ze reikte voor hem langs, met haar borsten tegen zijn borst en haar blanke hals bij zijn kin, pakte het glas uit zijn hand en leunde achterover. Ze rook anders dan in zijn herinnering, naar een andere bloem. Rozen. Misschien had ze nooit echt naar seringen geroken. Misschien had hij het zich maar verbeeld. Hij glimlachte erom terwijl zij een slokje uit zijn glas nam.

'Wat ruik je lekker,' zei hij.

Ze hield hem het glas voor en hij nam het aan.

'Het kan ook sneller,' zei ze. 'Het hangt ervan af hoe efficiënt je jezelf vergiftigt.'

Hij keek naar het exquise glas in zijn hand. Niet het soort

glas dat je in een gemeubileerd huurhuis zou aantreffen. Het was dus een vakantiehuis. Ze had het gehuurd. Of de bewoners vermoord. Zijn maag verkrampte. Daar mocht hij nu niet aan denken.

Het glas. Als alles lukte, zou zijn team het later vinden. De twee sets vingerafdrukken. Drinkmaatjes. 'Ben je echt verpleegkundige op de spoedeisende hulp geweest?' vroeg hij.

Gretchen hield haar hoofd schuin en glimlachte. Toen maakte ze het derde knoopje van zijn overhemd los en stak haar hand door de opening. Haar vingers gleden over zijn hemd en vonden al snel het litteken van toen ze zijn milt had verwijderd. Ze trok een wenkbrauw op. 'Twijfel je aan mijn medische bekwaamheid?'

Archie voelde aan zijn zwoegende borstkas dat zijn ademhaling sneller werd. Hij nam nog een slok. 'Oefening baart kunst,' zei hij.

Ze hield haar hand in zijn overhemd en sloeg haar rechterbeen over zijn linker, zodat hun dijen elkaar raakten.

Hij wilde iets zeggen, het maakte niet uit wat, en herinnerde zich de laptop. 'Waar zat je daarnet aan te werken?' vroeg hij.

De vraag leek haar niet te verbazen. Hij wist dat ze erop had gewacht. 'Een cadeautje voor je.'

'Je autobiografie?' vroeg hij.

'Zoiets. Wacht maar af.' Ze stak haar hand op en streek een lok haar achter zijn oor. 'Denk je nog aan me?' fluisterde ze.

Archies keel zat dicht. 'Ja,' fluisterde hij.

Ze bracht haar gezicht vlak bij het zijne. Haar ogen vonkten in het licht van de vlammen. 'Zou Henry iets vermoeden?'

Hij dronk het bodempje whisky op en zette het glas op de armleuning van de stoel. 'Nee,' zei hij. Het was vreemd om erover te praten. Hij had het zo lang geheimgehouden. Hij had tegenover haar in de gevangenis gezeten, geweten wat zij wist, en niets gezegd. Het vrat aan hem. 'Henry heeft een te hoge dunk van me om iets te vermoeden.'

'Heeft hij je nooit naar al die late avonden gevraagd?' zei ze glimlachend. 'Hoe ik aan je mobiele nummer kwam?' Ze trok een wenkbrauw op. 'Heeft hij je nooit gevraagd waarom je nu echt naar mijn huis ging, die avond dat ik je heb ontvoerd?'

Archie schokschouderde zwakjes. 'Ik wilde je raadplegen over het laatste lichaam dat we hadden gevonden.'

'En van het een kwam het ander...' zei ze.

'Ik had mijn vrouw nog nooit bedrogen,' zei Archie. 'Ik was dol op mijn gezin.' Hoe vaak had hij zichzelf dat de afgelopen drie jaar niet voorgehouden? En toch kon hij zijn vrouw en kinderen nog steeds niet in de ogen kijken. Hij wist zeker dat zijn zoon het wist, al wist hij niet hoe. Verder had niemand een vermoeden, maar Ben wist dat Archie zijn gezin in de steek had gelaten.

Gretchens adem streek licht als een veer over zijn wang. 'Je was overwerkt, schat,' zei ze. 'Je had een uitlaatklep nodig.' Ze gleed met haar mond vlak langs zijn oor, wat hem de rillingen over zijn rug deed lopen, nam zijn oorlelletje in haar mond en beet. De pijn was aangenaam, iets wat hij kon voelen. Ze sabbelde even aan het lelletje en hij voelde dat zijn hart sneller begon te kloppen.

'Zoveel mannen hebben een verhouding,' zei ze.

Archie probeerde te glimlachen. 'Alleen bleek ik er een te hebben met degene op wie ik zou moeten jagen,' zei hij.

'Zonde is zelden ongecompliceerd,' zei Gretchen meelevend.

Ze leunde naar hem over en kuste hem. Hun tongen vonden elkaar en hij proefde de whisky. Op dat moment was zij het enige wat er bestond, de hitte van haar mond, haar warme hand die nog op zijn ribben lag. Ze moest zijn hart kunnen voelen, zijn polsslag, de erectie die tegen haar dij drukte.

Ze maakte haar lippen los van de zijne en trok haar gezicht iets terug, zodat ze elkaar in de ogen keken. 'Zou je het ongedaan willen maken?' vroeg ze. 'De eerste keer dat je naar mijn huis kwam?'

Het was twee uur 's nachts geweest. Hij kwam van een plaats delict. Hij had naar zijn vrouw kunnen gaan, maar in plaats daarvan was hij naar Gretchens huis gereden. Hij had het weloverwogen gedaan. Tijdens de rit erheen had hij eraan gedacht. En toen Gretchen in haar nachtpon de deur opendeed, was hij over de drempel gestapt en had haar gekust.

Hij had het gedaan. Hij was de verhouding begonnen.

Hij had het allemaal aan zichzelf te wijten.

En hij had van elke minuut genoten. Later, toen ze hem martelde, had hij de gedachte dat hij het verdiende niet van zich af kunnen zetten. Hij had erom gevraagd, en nu zou hij tenminste sterven zonder dat Debbie de waarheid ooit zou horen.

'Waarom heb je het gedaan?' vroeg hij aan Gretchen.

Ze glimlachte. 'Uit liefde,' zei ze.

Hij vroeg zich af of Gretchen wel wist waar hij op doelde. De verhouding? De martelingen? Het feit dat ze zichzelf had aangegeven en zijn leven had gered? Hij zocht naar iets in haar lichtblauwe ogen. 'Ik zou het allemaal ongedaan willen maken,' zei hij. 'Had ik je maar nooit gezien.' Hij meende het nog ook. Hij had nog nooit iets zo hartgrondig gemeend. 'Ik zou er alles voor overhebben om het ongedaan te maken.'

Ze hield haar hoofd schuin, zodat haar blonde haar met haar schouder mee boog, en hij dacht even een glimp van iets waarachtigs op te vangen, van wie ze echt was, iets droevigs en wanhopigs.

Wist ze waarom hij hier was, wat hij in zijn schild voerde?

'Wil je nu met me neuken?' vroeg ze.

Hij trok haar gezicht naar het zijne en kuste haar. 'Ja,' zei hij.

47

Susan zat op twee blokken van het kantoor van het rechercheteam in haar auto. Gezien het aantal mediabusjes dat zich al rond de oude bank had verzameld voor de persconferentie, mocht ze blij zijn dat ze nog een plekje in de buurt had gevonden. Ze had de ramen dicht, maar desondanks keek ze om zich heen of er geen andere verslaggevers op de loer lagen voordat ze haar mobieltje openklapte en een nummer van de *Herald* intoetste.

Derek Rogers nam op.

'Met mij,' zei ze. 'Je moet alle benzinestations aan Highway 22 tot aan de Santiampas opbellen.'

'Eh... hè?' zei Derek.

'Zoveel zijn het er niet,' zei Susan snel. Nog een kwartier, dan begon de persconferentie. Ze klapte het zonnescherm naar beneden en diepte wat make-up uit haar tas op. 'Ik ken die weg. Het zijn allemaal houtdorpen. Om het halfuur een pomp.' Ze zweeg even om wat framboosrode lippenstift op te doen. 'Maar je hebt er een nodig. Wat rijdt een Jag? Een op acht?' Ze bette de lippenstift met een oud bonnetje dat ze in haar tas had gevonden. 'Ze heeft moeten tanken.'

'Je wilt dus dat ik alle benzinestations langs de 22 opbel om te vragen of ze Gretchen Lowell hebben gezien?' zei Derek bedenkelijk.

'Nee,' zei Susan. 'Niet Lowell. De auto. Die blijft ze bij.

Vraag of ze een zilverkleurige Jaguar hebben gezien.'

'Er is brand daarginds,' zei Derek. 'Er worden mensen ge-evacueerd. Denk je dat ze gestoord genoeg is om zich in het pad van het vuur te verbergen?'

'Ze is zo gestoord als het maar kan,' zei Susan.

Derek was niet overtuigd. 'Dat gaat me uren kosten,' zei hij.

Susan maakte haar staartjes los, viste haar borstel uit haar tas en haalde hem door haar haar. 'Weet ik,' zei ze.

'Ben je je haar aan het borstelen?' vroeg Derek.

'Wil je nog één dingetje voor me doen?' vroeg ze. Archie had voordat hij naar de auto liep iets gezegd wat aan haar knaagde.

Derek zuchtte. 'Wat?'

'Wil je in de database van de *Herald* zoeken naar stelle-tjes die een jaar of twee geleden als vermist zijn opgegeven? Ze waren in de twintig.'

'Wat heeft dat met Sheridan en Gretchen Lowell te maken?' vroeg Derek.

'Niets,' zei Susan.

'Besef je wel hoe groot de concurrentie om dit verhaal is? Het is landelijk nieuws.' Derek ging zachter praten. 'Als Ian merkt dat je aan iets anders werkt, gaat hij door het lint.'

'Ik denk dat het iets met Parker te maken zou kunnen hebben,' zei Susan.

Het bleef even stil. 'Het gaat even duren,' zei Derek toen. 'Ik bel je terug.'

Susan had het raampje aan haar kant opengedraaid en zat een sigaret te roken om de smaak van hazelnootkoffie weg te krijgen toen Derek terugbelde.

'Ik heb iets gevonden,' zei hij. 'September 2005. Stuart Davis en zijn vriendin, Annabelle Nixon. Ze woonden samen. Spoorloos verdwenen. Hun auto stond in Twenty-third

Street. Het verhaal trok de aandacht omdat hij bij senator Castle op kantoor werkte.

'Zebra,' fluisterde Susan.

'Wat?' zei Derek.

Nog een paar minuten tot de persconferentie. Susan gooide de sigaret door het raampje en stapte uit. 'Mail me alles wat we erover hebben,' zei ze.

Alles wees naar senator Castle. Susan zocht in haar geheugen naar een aanwijzing uit haar onderzoek naar Molly Palmer, iemand die zich verdacht had gedragen. Ze had de afgelopen maanden wel honderd mensen geïnterviewd, en eigenlijk hadden ze zich allemaal verdacht gedragen, maar er was één jongen die eruit sprong, een scholier die een van Castles zonen kende. Misschien was het tijd om hem weer een bezoekje te brengen.

48

Archie zat aan het voeteneind van Gretchens bed, met zijn voeten op de vloer. De matras was hard en de grijze satijnen dekbedhoes voelde glad onder zijn handen. De slaapkamer leek immens en vreemd door het gewelfde plafond. Archie werd een beetje zeeziek van het zijdelingse perspectief.

Gretchen kleedde zich uit. Ze deed het zonder omhaal, alsof het iets was wat ze vaker samen deden, alsof ze al jaren geliefden waren. Ze vouwde haar kleren netjes op, hing ze over een stoel bij de kast en draaide zich naar hem om, naakt.

Archie voelde al zijn bloed naar zijn kruis kolken. Ze was gekneusd. Blauwe plekken van de aanval beschaduwden haar ribben en buik en haar linkersleutelbeen was beurs en gezwollen. En ze was nog steeds verrukkelijk. Als de gevangenis iets te bieden had, was het de tijd voor een uitstekend trainingsprogramma, en Gretchen was slank en gespierd. Toch kon je zo'n gezicht en lijf alleen krijgen dankzij een volmaakte versmelting van genen. Het DNA dat een rol had gespeeld bij het creëren van een monster, had haar ook tot een schoonheid gemaakt. Wie wist hoe het had kunnen gaan zonder de combinatie van eigenschappen die haar dat volmaakte profiel had geschonken? Misschien was ze dan een ander mens geworden, een goed mens.

De draaiende plafondventilator wierp schaduwen op het plafond, haar gezicht, de vloer. Vormen bewogen vlak buiten Archies gezichtsveld.

Gretchen trippelde naar hem toe, nam zijn gezicht in haar handen en tilde zijn kin op, zodat hij naar haar opkeek. Hun schenen raakten elkaar. Hij greep het satijn, dat tussen zijn vingers door glibberde.

Ze boog haar hoofd en keek verleidelijk naar hem op. 'Zal ik je pijn doen?' vroeg ze.

'Nee,' zei Archie.

Ze hield haar hoofd schuin en glimlachte. 'Wil jij mij pijn doen?'

Archie zuchtte. 'Nee.'

'Wat wil je dan?' vroeg ze.

Hij legde zijn handen op haar heupen. Het was schemerig in de kamer, maar hij zag dat zijn aanraking haar kippenvel bezorgde. 'Verlossing,' zei hij. 'En als dat niet mogelijk is, afleiding.'

'Voor afleiding kan ik wel zorgen,' zei Gretchen. Ze leunde naar hem over en kuste hem licht op zijn wang, met haar handen nog om zijn gezicht. 'Ik heb wel menselijke gevoelens, hoor.'

Hij wilde haar geloven. Hij wilde geloven dat er iets echts was tussen hen, een gestoorde, verwrongen band.

Hij trok haar naar zich toe, ze liet haar handen naar zijn

nek glijden en ze kusten elkaar. Het gevoel van haar naakte lichaam in zijn armen was bijna ondraaglijk.

Hij schraapte zijn keel. 'Je smaakt zoet,' zei hij.

'Dat ben ik niet,' zei ze. 'Dat ligt aan jou. Je lichaam breekt de gifstoffen niet goed af.'

'Kleed me uit,' zei hij.

Hij hield zijn hand op en ze maakte zijn manchetknoop los. Toen hield hij zijn andere hand op en maakte ze die manchetknoop ook los. Vervolgens maakte ze de acht knoopjes van zijn overhemd los. Ze deed het op de tast, zonder het oogcontact ook maar één keer te verbreken; ze gleed met haar vingers van knoop naar knoop naar beneden. Toen het overhemd openhing, schoof ze het van zijn schouders, hield het even vast en liet het toen op de vloer vallen.

Met haar ogen nog steeds op hem gericht tastte ze naar zijn kruis en trok zijn hemd uit zijn broek. Hij deed zijn armen omhoog en ze trok het over zijn hoofd en liet het op zijn overhemd vallen.

Haar ogen vlogen naar zijn borst. Hij zag ze over zijn littekens glijden en alle schade die ze hem had berokkend traceren. Zijn huid was een mijnenveld. Zelfs verpleegkundigen moesten zich schrap zetten wanneer ze hem voor het eerst zagen. Gretchen niet. Haar gezicht straalde van waardering. Ze keek ernaar alsof het een Picasso was.

'Welke vind je het mooist?' vroeg ze.

Archie dacht dat ze een grapje maakte. 'Als ik dat zeg, kwets ik de andere misschien.'

'Ik vind het hart mooi,' zei Gretchen. Ze trok met haar vingers de lijn na. 'Het is een van de beste die ik ooit heb gemaakt. Het is niet zo makkelijk om netjes in borstspieren te snijden.' Ze bracht haar gezicht vlak bij zijn sleutelbeen. Hij dacht dat ze haar werk van dichtbij wilde bekijken, maar in plaats daarvan raakte ze met haar tong het litteken aan.

Hij schrok van de plotselinge warme, natte druk op het gevoelige weefsel.

Ze hief haar hoofd naar hem op en hij legde een hand in haar nek, in het blonde haar, en drukte haar gezicht weer tegen zijn huid. Ze duwde haar tong weer tegen het litteken. Haar haar was zacht en glad tussen zijn vingers; hij voelde de hitte van haar tong door zijn lichaam golven. Hij zakte achterover op het bed en ze kwam schrijlings op hem zitten en trok het litteken verrukkelijk langzaam met haar mond na.

Toen verplaatste ze haar tong over het verticale litteken van de splenectomie op zijn gespannen buik naar zijn riem, die ze losmaakte.

Zijn erectie vroeg bonzend om bevrijding. Hij had pijn in zijn hoofd. Zijn hele lichaam deed zeer. Toch was zijn tweestrijd minder hevig dan hij had verwacht. Hij had zich altijd schuldig gevoeld wanneer hij over haar fantaseerde, schuldiger dan hij zich ooit had gevoeld tijdens hun verhouding. Hij had de emotionele tol betaald voor elke denkbeeldige neukpartij, maar nu niet.

'Jij moet boven,' zei hij. 'Dan kan ik je zien.'

Ze had zijn riem losgemaakt en trok zijn broek en onderbroek met een snelle, geoefende beweging naar beneden.

'Ik ben de laatste vrouw met wie je ooit de liefde zult bedrijven,' zei ze terwijl ze hem in zich stopte. Het benam hem de adem en hij deed zijn ogen dicht, opgaand in de beleving van haar lichaam en vechtend tegen de drang meteen klaar te komen, als een tiener. Toen mocht hij van zichzelf naar haar kijken: haar naar voren gekantelde heupen, haar hoofd, dat in haar nek lag, en haar gezicht, ontspannen genietend. Ze was de mooiste vrouw die hij ooit had gezien. Hij legde zijn handen op haar slanke heupen en trok haar op zich om dieper in haar te kunnen stoten.

'Dit is geen liefde,' zei hij.

49

Susan zat de persconferentie ongedurig uit. Het was een gekkenhuis. Ze hadden een podium op het parkeerterrein van de bank neergezet. Henry en Claire spraken de media toe. Claire had haar hele verhaal met poedersuiker op haar kin gedaan. Ze namen door wat ze allemaal deden om Archie te vinden. Vroegen de burgers tips te geven. Ze behandelden de zaak als een ontvoering. Niemand noemde het feit dat Archie zelf in de auto was gestapt. Of dat hij zijn munitie en de batterij van zijn mobieltje uit de auto had gegooid. Je kon uit de vragen opmaken dat de helft van de verslaggevers ervan uitging dat hij al dood was. Het was een schijnvertoning en dat wist iedereen. Ze konden Gretchen niet vinden. Niet zolang ze dat niet zelf wilde.

Susan, die te laat was gekomen om een van de metalen klapstoelen bij het podium te bemachtigen, stond achterin en wipte ongeduldig van de ene voet op de andere.

Toen de persconferentie was afgelopen, rende ze achter Henry aan, die terug naar de bank liep.

Ze haalde hem bij de deur in. 'Je moet met me mee naar Cleveland High om de school ervan te overtuigen dat ze ons met Justin Johnson moeten laten praten,' zei ze.

'Wie is Justin Johnson in godsnaam?' vroeg Henry.

'Hij kwam boven tijdens mijn onderzoek naar Castle,' zei Susan. 'Hij was dikke maatjes met een van Castles kinderen. Hij weet iets over Castles verhouding met Molly, maar iemand heeft hem het zwijgen opgelegd. Hij zei dat hij niet met me mocht praten. Degene die hem de mond heeft gesnoerd, zou dat ook met Molly kunnen hebben gedaan.'

Henry draaide zich naar haar om. 'Wil je dat ik mijn penning gebruik om een paar docenten te intimideren zodat ze jou toestaan een minderjarige lastig te vallen zonder toestemming van zijn ouders of de aanwezigheid van een advocaat?'

'Ja,' zei ze.

'Je weet dat de zomervakantie net is begonnen?' zei hij.

'Hij zit op de zomerschool,' zei ze.

Henry wreef in zijn bloeddoorlopen ogen. 'Hoe help je ons hiermee Archie te vinden?'

'Het heeft met zijn zaak te maken,' zei Susan zo overtuigend mogelijk. 'Met de parkmoorden. Hij wilde dat ik de zaak oploste.'

'Ik heb het een beetje druk, Susan. Met al dat ontsnapte-seriemoordenaar- en ontvoerde-beste-vriendgedoe.'

'Je kunt net zo goed in mijn gezelschap op een telefoontje wachten als hier,' zei Susan. 'Of je kunt Archie helpen.' Ze leunde naar hem over om te zorgen dat niemand anders haar kon horen. 'Hij heeft het me gevraagd. Hij heeft een plan. Je hebt het zelf gezegd. Misschien hoort dit erbij. Als we doorgaan met de parkzaak, leidt dat ons misschien naar hem.'

Henry schudde opstandig zijn hoofd. 'Wat een gelul.'

'Voordat hij wegging,' fluisterde Susan, 'zei hij tegen me dat ik me mijn eerste lijk in het park altijd zou blijven herinneren. Dat zei hij. De eerste sigaret. De eerste kus. En het eerste lijk in het park.' Ze keek hem aan. 'Wat nou? Denk je dat hij het metaforisch bedoelde? Hij wilde dat ik de parkmoorden onderzocht, en die lijken allemaal verband te houden met Castle.'

Henry stond knarsetandend en met zijn hand op de deur naar Susan te kijken.

Ze was er vrij zeker van dat hij haar niet mocht, maar ze had zijn hulp nodig en ze had het vreemde gevoel dat Archie zou willen dat ze hem erom vroeg.

'Waarom heb je dat niet eerder gezegd?' vroeg Henry.

'Omdat ik er niet zeker van ben,' zei ze, 'maar we hebben niets anders, dus wat dondert het?'

Henry knarsetandde nog wat. 'Ik kick wel op geweld tegen tieners,' zei hij uiteindelijk.

Susan grinnikte opgelucht. 'Ja, dat is lachen, hè?'

Er stonden maar een paar auto's op het parkeerterrein van Cleveland High. Op de luifel stond nog steeds GEFELICITEERD, GESLAAGDEN.

Henry parkeerde op een plek voor bezoekers tegenover het grote bakstenen schoolgebouw en ze stapten uit.

'Je gaat dus zeggen dat het een noodgeval is, hè?' zei Susan. Ze stelde zich voor dat ze bij de administratie binnen zouden stormen en dat Henry zijn penning met een klap op de balie zou leggen. 'Dat we hem onmiddellijk moeten spreken. Dat het om een zaak gaat.'

Ze keek op. Een meter of tien voor haar stapte een knappe, blonde jongen met een rugzak uit een oranje BMW. Zijn warrige surfershaar zat in een paardenstaartje en zijn cargobermuda hing laag op zijn heupen. Ze bleef als aan de grond genageld staan.

'Is dat hem?' vroeg Henry.

Susan knikte.

Henry stapte op JJ af. 'Die dame moet je spreken. Het is dringend. Het gaat om een zaak.'

Hoezo, de administratie binnenstormen? 'Dank je,' zei Susan tegen Henry.

De jongen keek naar Susan en kromp in elkaar. 'O, man,' zei hij. 'Jij laat je ook geen nee verkopen, hè?'

Susan stapte op hem af. 'Wie heeft tegen je gezegd dat je niet met me mag praten?' vroeg ze.

'Lees de krant,' zei JJ. 'Castle is dood.' Hij sjorde zijn rugzak over zijn schouder. 'Laat het rusten.'

Henry liep rood aan, haalde diep adem, trok zijn schouders naar achteren en versperde JJ de weg. 'Hoor eens, ettertje van een rijkeluiskind,' zei hij tegen JJ, 'vandaag wil je me echt niet opfokken. Geef die dame antwoord.'

'Man, dat is intimidatie.'

'Zal ik je fouilleren, Einstein?' zei Henry. 'Ik ruik namelijk wiet. En als ik wiet ruik, heb ik de neiging burgers hun rechten te ontnemen om de oorsprong vast te stellen. Heb je op je aanmeldingsformulieren voor al die universiteiten al ingevuld dat je nog nooit bent gearresteerd? Het zou balen zijn als je dat allemaal weer moest aanpassen.'

JJ beet even op zijn lip en haalde zijn schouders op. 'Het ex-vriendje van mijn moeder,' zei hij tegen Susan. 'Hij denkt dat hij nog steeds een juut is omdat hij vroeger de baas van de politie was.'

Henry keek van JJ naar Susan en weer terug. 'De burgemeester?' zei hij toen.

'Ja,' zei JJ, en hij haalde zijn schouders nog eens op. Hij hing de rugzak over zijn andere schouder. 'Mag ik nou weg? Als ik deze zomer geen twee jaar biologie inhaal, krijg ik mijn diploma niet.'

Hij wilde weglopen, maar Susan hield hem tegen.

'Ken je Stuart Davis en Annabelle Nixon?' vroeg ze.

'Wie?' zei JJ.

'Davis werkte bij Castle,' zei Susan. 'Hij is een jaar of twee geleden verdwenen. Er hebben stukken over in de *Herald* gestaan.'

JJ hees de andere riem van zijn rugzak op, zodat hij over twee schouders hing, en liep naar de school. 'Ik heb Aidan Castle en zijn pa niet meer gezien sinds Aidan naar kostschool is gestuurd, in de derde klas. En ik lees de *Herald* niet,' besloot hij. 'Wij hebben de *New York Times*.'

'Davis en Nixon?' zei Henry toen JJ buiten gehoorsafstand was.

'De lichamen in het park,' zei Susan. 'De autopsie heeft uitgewezen dat het om een man en een vrouw ging. De leeftijden komen min of meer overeen met die van Davis en Nixon.'

Henry zette zijn handen in zijn zij. 'Wanneer was je van plan me dat te vertellen?'

'Ik weet het zelf nog maar net,' zei Susan.

Henry liep terug naar de auto. 'Ik neem aan dat er DNA-monsters in hun dossiers zijn opgenomen. Ik zal het laten natrekken. Al was het maar om jouw journalistieke vuur te temperen.'

Susan rende achter hem aan. 'Waarom zou de burgemeester JJ verbieden met me te praten?'

'Misschien was het goede raad,' zei Henry. 'De familie buiten het verhaal houden. Voorkomen dat het joch zichzelf zou belasten. Als hij van een misdrijf wist en het niet heeft aangegeven, kan dat een slechte indruk wekken.'

Susan stapte in de auto. Het vinyl van de stoel was al gloeiend heet. 'Ik mag hem niet,' zei ze.

Henry startte en reed van het parkeerterrein af. 'Buddy? Hij heeft veel voor Archie gedaan. Hij heeft hem de afgelopen jaren beschermd.'

Susan draaide haar raampje naar beneden. De lucht was warm en droog. Het zou een hete dag worden. 'Ja, hij heeft Archie fantastisch beschermd,' zei ze. Ze besefte hoe ongepast haar sarcasme was en voegde er 'sorry' aan toe.

50

Henry kwam even op adem bij Debbies deur in het Arlington. Hij had zich tussen een stuk of tien verslaggevers door moeten wringen om door de deur van de club te komen en zijn bloed pompte nog. Hun blijdschap om de omvang van het verhaal was tastbaar, die lijken pikkende klootzakken. Hij had Susan bij haar auto afgezet, net op tijd om een telefoontje van de dierenopvang aan te nemen. Bill de poedel had gepoept en ze hadden een klassenring van een meisje in zijn uitwerpselen gevonden. Benson High, 1997. Hij had een telefoontje gepleegd dat Susans vermoedens bevestigde: Annabelle Nixon had in 1997 haar diploma van Benson gehaald. Hij haalde een hand over de stoppels op zijn hoofd en kneep toen in zijn neuswortel. Zijn ogen schrijnden van het slaapgebrek. Hij moest meer koffie hebben. Zijn maag was van streek en hij had een zure smaak in zijn mond. Het leek een van de heetste dagen van het jaar te worden. Tien uur 's ochtends en hij had al zweetvlekken in zijn T-shirt.

Als hij Archie levend vond, sloeg hij hem verrot.

'Shit,' mompelde hij. Toen liet hij zijn hand zakken, kneep zijn ogen een paar keer stijf dicht en probeerde een wakker, optimistisch gezicht te trekken.

Hij klopte twee keer met de rug van zijn hand op de deur. 'Ik ben het,' zei hij. Een surveillant deed open. Henry zag Bennett nergens meer.

Buddy zat nog op de bank, alsof Henry niet weg was geweest. Er zat een assistent naast hem en ze keken naar een laptop op de salontafel. Buddy kon niet veel slaap hebben gekregen, maar op de een of andere manier zag hij eruit alsof hij zo fris als een hoentje was.

Buddy wees naar de deuren van de slaapkamers. 'Ze slapen eindelijk allemaal,' zei hij.

'Bedankt dat je bij ze bent gebleven,' zei Henry. Hij sloot de deur achter zich.

'Nog nieuws?' vroeg Buddy.

Henry keek naar de surveillant en de assistent. 'Kan ik je even onder vier ogen spreken?' vroeg hij aan Buddy.

Buddy keek zuinig. 'Ik ben net een persverklaring aan het opstellen. Brian Williams van NBC komt.'

'Even maar,' zei Henry.

Hij dacht ergernis in Buddy's ogen te zien opflakkeren, maar toen haalde Buddy zijn schouders op en zei: 'Prima, maat.' Hij glimlachte naar zijn assistent. 'Wil je ons even alleen laten?'

De assistent stond op en liep met de surveillant naar de deur. 'We wachten op de gang, meneer,' zei hij.

'Bedankt, Jack,' zei Buddy. 'Uitstekende persverklaring. Ik meen het.'

Jack bloosde bijna.

Toen ze de kamer uit waren, liep Henry naar het raam en keek naar het park. De airco was aan, maar hij voelde de hitte al tegen het glas drukken. Hij zag een paar nieuwsbusjes op een terrein voor laden en lossen staan en nam zich voor ze aan te geven.

Hij keek over zijn schouder naar Buddy. 'Jij hebt iets gehad met Beverly Overlook.'

Buddy verstrengelde zijn vingers in zijn nek en leunde achterover op de bank. 'God,' zei hij. 'Dat is jaren geleden.'

'Heb je tegen haar zoon gezegd dat hij niet met Susan Ward over die toestand met Molly Palmer mocht praten?' vroeg Henry.

'Ja. Ik wilde niet dat zijn moeder en hij betrokken zouden raken bij een bijzonder smerig zaakje,' zei hij.

Henry was nooit dikke maatjes geweest met Buddy. Archie kende hem beter. Maar ze hadden natuurlijk met hem gewerkt, die eerste jaren dat Buddy het Beauty Killer-team leidde. En Buddy had altijd graag over zichzelf gepraat. 'Je hebt voor Castle gewerkt, hè?' vroeg Henry. 'In de beveiliging?'

Buddy knikte. 'Toen ik nog bij de politie zat, ja. Vóór de Beauty Killer-zaak. Je hebt het over heel lang geleden, maat.'

'Kende je dat stel dat verdwenen is? Stuart en Annabelle?'

Buddy maakte een wegwuivend gebaar met zijn hand. 'Ik kende Stuart. Vaag. Er werd aangenomen dat hij over de rooie was gegaan en eerst zijn vriendin en toen zichzelf van kant had gemaakt. De politie heeft ze nooit gevonden. Ik heb altijd gedacht dat hij misschien met haar het bos in was gegaan. Je weet wel, om eerst haar en toen zichzelf te vermoorden. Hij stond altijd stijf van de stress.'

Het hoefde geen slechte theorie te zijn, dacht Henry. Ze hadden de auto aan Twenty-third Street gezet. Waren het bos in gelopen. Alleen was zíjn lichaam door een hakselaar gehaald. Dan had zij het misschien gedaan. Hem vermoord, zijn lijk gedumpt. Vervolgens kon ze niet leven met wat ze had gedaan en pleegde ter plekke zelfmoord in de bosjes. Of misschien waren ze het niet eens. Misschien waren Stuart en Annabelle gewoon weggelopen en hadden ze zich bij het Vredeskorps aangesloten. Misschien woonden ze in een hut in Maleisië.

'Wist je van Castles verhouding met de oppas van zijn kinderen?' vroeg Henry.

'Ik was er niet specifiek van op de hoogte,' zei Buddy. Hij zei het zonder aarzelen, zonder blikken of blozen, met een fiere houding. 'Ik heb natuurlijk door de jaren heen wel geruchten opgevangen,' zei hij. 'Zoals iedereen,' voegde hij er veelbetekenend aan toe. 'Maar ik zweer je dat ik dacht dat ze ouder was. Een misstap. Zoveel politici gaan vreemd. Het hoort erbij.' Hij stroopte een mouw af en knoopte de manchet dicht. 'Moet je Archie niet zoeken?' vroeg hij toen.

Henry bleef bij het raam staan. Er parkeerde nog een nieuwsbus op een plek voor laden en lossen. 'Daar ben ik volgens mij mee bezig,' zei hij.

Hij keek weer om naar Buddy, die met zijn andere mouw bezig was. 'Wanneer kwam je erachter?' vroeg hij. 'Gewoon, uit nieuwsgierigheid.'

'Senator Castle heeft de uitgaven aan het onderwijs met dertig procent verhoogd, de gezondheidszorg uitgebreid naar een half miljoen kinderen, de ouderenzorg in deze staat een nieuwe invulling gegeven en meer dan vierduizend vierkante kilometer natuurgebied uitgeroepen tot reservaat,' zei Buddy terwijl hij de andere manchet dichtknoopte. Hij keek op naar Henry. 'Het was een geweldige senator en een geweldig mens. En zo blijf ik me hem herinneren.'

Ze keken elkaar even aan. Castle had twee van zijn vijf termijnen met de kleinste voorsprong in de geschiedenis van de staat gewonnen, maar nu hij dood was, beweerde iedereen die op Henry's pad kwam altijd op hem te hebben gestemd.

Henry keek weer naar buiten. 'Ik blijf hier wel een tijdje,' zei hij langzaam. 'Ga maar.'

Hij hoorde Buddy zijn laptop dichtklappen en toen zijn dure schoenen die over het kleed naar de deur stapten. Buddy was een zwendelaar en een politieke taaie, en Henry twijfelde er niet aan dat hij de jongen had gewaarschuwd niet met Susan te praten. Hij twijfelde er evenmin aan dat Buddy hem niet de waarheid had verteld over wat hij wist en wanneer hij het te weten was gekomen. Henry wist alleen niet wat oud politiek geroddel, zelfs geroddel dat tot vervolging kon leiden, te maken kon hebben met het vinden van Archie.

De deur van de ouderslaapkamer ging open en Debbie liep de woonkamer in in een lange nachtpon, een ochtendjas van het hotel over haar sproetige schouders trekkend. Haar korte haar zat aan één kant plat tegen haar hoofd gedrukt en ze had een striem van het kussen in haar wang.

'En?' vroeg ze.

'Niets,' zei Henry.

Ze liep naar hem toe en legde haar hoofd op zijn schouder. Hij legde een hand op haar achterhoofd. Ze huilde niet. Haar schouders schokten niet. Ze ademde normaal.

'Ik ga iemand anders regelen om je gezelschap te houden,' zei Henry. 'Buddy moest weer aan het werk.' Ze hief haar hoofd. Van zo dichtbij kon hij zien dat haar ogen rood waren. 'Kan ik mijn tanden poetsen?' vroeg hij. 'Deodorant lenen?'

Ze knikte en wees naar de slaapkamer. 'Daar.'

De kamer was donker en koel en het bed was opengeslagen. Een deuk in de kussens gaf nog aan waar Debbies hoofd een paar minuten eerder had gelegen.

'Je mag wel even gaan liggen als je wilt,' zei Debbie.

Henry liep snel door naar de badkamer, pakte Archies tandenborstel en boog zich over de wastafel. 'Ik moet terug,' zei hij. Toen hij zich had opgefrist, liep hij terug naar de slaapkamer. Het licht was nu aan en Henry zag dat er nog een paar half uitgepakte koffers op de vloer lagen; ernaast stond een kartonnen doos gevuld met notitieboekjes en drie ordners. Debbie zat in een spijkerbroek en een t-shirt op het bed.

Henry wees naar de doos. 'Wat is dat allemaal?' vroeg hij.

'Susan Wards aantekeningen,' zei Debbie. 'Over Castle.'

Henry keek nog eens naar de doos. Het was iets. En op dit moment zou alles kunnen helpen. 'Mag ik hem meenemen?'

'Voor mijn part verbrand je de hele boel,' zei Debbie. 'Het maakt me niets uit.'

Henry liep naar het bed en bukte zich om de doos te pakken. Hij voelde een hand op zijn schouder en keek op.

'Ik wil helpen,' zei Debbie. 'Wil je dat ik een persverklaring afleg? Ik ben tot alles bereid. Je zegt het maar. Ik zou hem kunnen smeken naar huis te komen.'

'Ik denk niet dat dat iets zou uithalen,' zei hij.

'Hij is op een soort zelfmoordmissie,' zei ze. Het was eindelijk uitgesproken.

Henry wendde zich af om haar niet te hoeven zien. Als hij beter voor Archie had gezorgd, had hij dit kunnen voorkomen. Hij had hem kunnen dwingen naar een afkickkliniek te gaan. Hij had een eind kunnen maken aan de bezoekjes aan Gretchen. Maar ze waren allemaal te hebberig geweest. Het had zo lang geduurd. En er werden nog zoveel slachtoffers vermist. 'Ik weet het,' zei hij.

51

Archie streek Gretchens haar glad. Ze lag in zijn arm, met haar wang op zijn borst. Hij voelde een grote tederheid voor haar, haar ademhaling, haar borst die op en neer ging tegen zijn ribbenkast, de welving van haar heup. Het was een post-coïtale illusie, wist hij. Zijn hele relatie met Gretchen was één lange postcoïtale illusie. Hij haalde zijn hand van haar haar. De hand was weer gezwollen en hij maakte een paar keer een vuist om de bloedsomloop op gang te brengen voordat hij hem weer op haar hoofd legde. Ze ademde vast en regelmatig en hij vroeg zich af of ze sliep.

Hij zou haar nu kunnen vermoorden, besefte hij. Hij kon een kussen pakken, het op haar gezicht drukken en haar smoren.

Ze zou zich verzetten, maar hij kon op haar gaan zitten, de hefboomkracht van zijn gewicht gebruiken, het kussen hard in haar gezicht drukken tot ze bewusteloos raakte en dan haar mond en neus met zijn hand bedekken tot hij zeker wist dat ze dood was.

'Waar denk je aan?' vroeg ze.

Hij schraapte zijn keel. 'We hebben drie lichamen gevonden in Forest Park,' zei hij.

Ze draaide zich om, met haar hoofd nog op zijn borst, en keek hem aan. Hij werd nog elke keer overrompeld door haar schoonheid. Hij had jaren naar haar foto gekeken en aan haar gedacht, en toch was hij nooit voorbereid op de werkelijkheid.

'Ik denk dat iemand senator Castle heeft vermoord en probeert het te verhullen,' zei hij.

Ze glimlachte doezelig. 'Had ik al gezegd dat het uitvallen van de lever vaak tot verwardheid leidt?'

'Hij heeft tien jaar geleden een ontoelaatbare verhouding gehad met een meisje van veertien. Susan Ward stond op het punt het in de openbaarheid te brengen. Dat meisje is vorige week vermoord. Ze is in het park gevonden.' Archie vroeg zich af of hij het verhaal moest afmaken. 'Niet ver van de plek waar jij Heather Gerber hebt gedumpt.'

Ze keek niet op van het geheim van de senator. Ook niet van Heathers naam. 'Wie heeft er voordeel bij om het te verhullen?' vroeg ze.

'Castles publiciteitsagent?' zei Archie droog.

Gretchen richtte zich op en schoof naar de rand van het bed. Ze bewoog zich langzaam. Ze zat onder de bloeduitstortingen en ze had gebroken ribben, maar dit was de eerste keer dat ze zich echt beurs leek te voelen. 'Zijn publiciteitsagent zou het prachtig vinden,' zei Gretchen. 'Die lui laten zich per uur betalen, hoor.'

'Jij hebt van geen enkele moord voordeel gehad,' merkte Archie op.

Gretchen stond op en liep naar de ladekast, waarop Archie een pot pillen zag staan. 'Moorden schenkt me emotionele voldoening,' zei ze. Ze liep terug naar het bed en strekte zich naast hem uit. 'Het is een kwestie van macht,' vervolgde ze. Ze maakte de pot open en tikte vijf pillen op zijn borst. 'Macht geeft een lekker gevoel. Om die reden gebruiken mensen ook drugs. Je kunt orakelen wat je wilt over maatschappelijke verantwoordelijkheid, maar uiteindelijk gebruiken mensen drugs omdat ze het lekker vinden. Ze krijgen er een goed gevoel van.'

Gretchen legde de pillen op zijn borst op een rijtje dat rees en daalde met zijn ademhaling. 'En seks?' vroeg Archie.

'Seks heeft alles te maken met macht,' zei ze. Ze nam een

pil tussen haar tanden en bood hem aan, en hij nam hem van haar over en kuste haar even, met de Vicodin tussen hun lippen.

'Slikken,' fluisterde ze.

Hij nam de pil in zijn mond en slikte. Hij wilde water, maar hij wilde niet dat ze wegging.

'Heeft je vader je echt misbruikt?' vroeg hij. Dat had ze hem in de kelder verteld en Archie had willen geloven dat het waar was. Ze wisten eigenlijk niets van haar. Haar vingerafdrukken zaten niet in het systeem. Er waren genoeg Gretchen Lowells, maar niet één die aan haar signalement voldeed. Ze moest de naam zelf verzonnen hebben. Haar gezicht had groot in alle kranten in Amerika gestaan, maar niemand had zich ooit gemeld met informatie over haar verleden. Ze had tegen de politie gezegd dat ze vierendertig was, maar Archie wist niet beter of dat was ook gelogen.

Gretchen glimlachte. 'Nee,' zei ze, 'maar dat wilde je toch?' Ze streelde met haar vingertoppen van de pillen op zijn borst naar zijn buik en zijn kruis en nam zijn ballen in haar hand. 'Een man de schuld geven.' Ze vlijde haar gezicht in zijn hals. 'Waarom moorden vrouwen?' fluisterde ze. 'Het moet wel door een vriendje, een vader of een echtgenoot komen. Ze kunnen onmogelijk zelf zo geworden zijn.'

'Je bent dus een feministische, moordlustige psychopaat,' stelde Archie vast.

'De Betty Friedan onder de seriemoordenaars,' zei ze. Ze liet zijn ballen los, streelde zijn pik met haar duim en wijsvinger en gaf hem met haar andere hand nog een pil.

'Slikken,' zei ze.

Hij had nauwelijks genoeg speeksel in zijn mond om de pil door zijn keel te krijgen en slikte moeizaam.

'Als hij het verhaal wil tegenhouden,' zei ze terwijl ze haar hand naar haar mond bracht en de palm met haar tong bevochtigde, 'moet Susan Ward zijn volgende slachtoffer zijn.'

Archie voelde dat zijn ademhaling veranderde. De hitte van zijn kruis stroomde naar zijn nek. 'Hoe weet je dat het een hij is?' vroeg hij met de pil nog in zijn keel.

Ze gleed langzaam met haar vochtige handpalm op en neer over zijn pik. 'Vrouwen zijn niet in staat te moorden, schat,' zei ze. 'Dat weet je toch?'

De tijd was bijna rijp om zijn plan uit te voeren. Gretchen wist het niet, maar ze zou die blokhut niet als vrije vrouw verlaten, en als het allemaal ging zoals hij wilde, zou hij de blokhut helemaal niet verlaten. Niet levend, althans.

Henry zou zich over Susan ontfermen.

Gretchen voerde hem de drie overgebleven pillen een voor een. Toen liet ze haar mond naar zijn kruis zakken, vlinder-kusjes gevend op zijn huid, van zijn borst over zijn buik naar beneden. Ze liet het puntje van haar tong langs zijn pik om-hoogglijden, likte langs de rand van de eikel, nam hem toen eindelijk in haar mond en schoof zijn stijve plagerig lang-zaam in en uit haar keel. Hij ademde nu gejaagd en zijn hart bonkte. Zijn gezicht was warm, het zweet op zijn bovenlip zoet en koud. Hij tastte naar zijn kruis en vond haar hoofd, het gladde blonde haar onder zijn vingers.

Hij had niets te verliezen. Als hij dan toch moest zondi-gen, kon hij er net zo goed van genieten.

Hij haakte zijn vingers in haar haar en bewoog haar hoofd op zijn eigen ritme. Hij keek de hele tijd naar haar gezicht, haar tranende ogen en rode wangen, het glanzende speeksel in haar mondhoeken, terwijl ze hem telkens in haar mond nam, en wanneer haar haar voor haar gezicht viel, streek hij het opzij om haar lippen te kunnen zien, om te kunnen zien hoe hij haar nam. Hij haatte haar. Hij hield van haar. Ze wil-de haar gezicht opheffen toen hij klaarkwam, maar hij hield haar hoofd stevig vast.

'Slikken,' zei hij.

52

Susan bracht de post naar binnen: een *Nation*, een folder van de coöperatieve supermarkt, twee rekeningen en een pakje retouretiketten van de burgerrechtenbeweging. Ze liet alles met haar sleutels op het tafeltje achter de voordeur vallen. Het was om te stikken in het huis van haar moeder. Alle ramen waren overdag dicht. Het was het enige wat je tegen de hitte kon doen. Je hield de ramen en de gordijnen dicht tot de zon onderging en dan deed je ze allemaal open en bad om een lichte bries. Susan begreep niet hoe de mensen in de victoriaanse tijd het hadden overleefd.

Haar ogen brandden van uitputting. Een paar uur slaap, dan kon ze weer aan het werk. Ze liep de trap op naar de slaapkamer van haar moeder. Als het niet hoefde, sliep ze niet in de hangmat. De kamer was roodgeverfd en er stond een waterbed, waarschijnlijk het laatste van Portland en omgeving. Susan deed de zwenkventilator op Bliss' ladekast aan om de lucht in beweging te zetten.

Ze had in geen jaren een nacht doorgehaald en was vergeten hoe het voelde. Ze was zelfs misselijk. Ze strekte zich uit op Bliss' bed, maar het deinende water onder het plastic maakte haar alleen maar nog misselijker. Ze bleef een tijdje liggen, maar telkens als ze zich omdraaide, trok er een vloedgolf door het hele waterbed. Nu had ze ook nog hoofdpijn. Het voelde alsof iemand een stalen muts over haar schedel trok.

Er zat maar één ding op: een bad. Ze keek op haar horloge. Het was bijna elf uur 's ochtends.

Ze stond op, liep door de gang naar de badkamer, zette de kraan boven het gietijzeren bad open om het met koel water te vullen en deed er een flinke klodder badschuim met eucalyptus bij. Langs de rand van het bad stonden tientallen kaarsen in alle geuren en kleuren, zorgvuldig zo door

Bliss gerangschikt dat ze de volmaakte badervaring creëerden.

Susan knipte een aansteker aan en hield hem bij een lont. De vlam flakkerde even op en doofde weer. Ze probeerde het nog eens. De vlam doofde. Ze probeerde een andere kaars. Hij wilde niet branden. Susan ging zich te buiten aan een verontwaardigd gekreun. Net iets voor haar moeder, de goedkoopste kaarsen bij de importwinkel kopen. Ze keek even naar de aansteker in haar hand, haalde haar schouders op en legde hem tussen de kaarsen.

Het was lekker om de kleren uit te trekken waar ze vierentwintig uur in had gelopen. Ze propte ze in de Guatemalteekse korf die haar moeder als wasmand gebruikte. Ze had nu echt hoofdpijn. Tot in haar ogen. Het kwam niet alleen door het slaapgebrek, besefte ze, maar ook door de stress. Parker. Archie Sheridan. Ze moest het kalmer aan doen. Zichzelf niet zo opjutten. Zoals ze er nu aan toe was, had geen mens iets aan haar.

Ze stapte in de badkuip, zakte langzaam in het koele water en liet zich overspoelen door de aangename mentholgeur. Net toen ze zag dat de nagellak op haar tenen bladderde, hoorde ze de bij. Hij gonsde over haar hoofd en streek neer op de wastafel. Het was vreemd, want het huis had twee dagen potdicht gezeten, dus er kon geen bij binnengekomen zijn. Toen ze er met haar hoofd op de rand van de kuip over lag te peinzen, deed de bij weer iets vreemds. Hij vloog de lucht in, zoemde in een kringetje rond, hing plotseling stil en viel op de vloer.

Susan ging rechtop zitten en keek naar beneden. Bliss had de houten badkamervloer lichtblauw geschilderd en daar, op het blauw, als een bootje op zee, lag de bij, met zijn pootjes in de lucht, dood.

Susan voelde zich suf. Ze wist even niet eens meer wat ze hier eigenlijk deed, waarom ze thuis was. Archie Sheridan was zoek. Ze moest terug naar het rechercheteam. Ze moest Henry zoeken.

Waar was haar moeder?

Ze keek naar de bij. Ze had een artikel geschreven over een vijfkoppig gezin in Lake Oswego dat op het nippertje aan de dood door een koolmonoxidelek was ontsnapt. Geurloos. Smaakloos. De huisdieren waren dood neergevallen. Een hamster en een vogel. De moeder was zo slim geweest iedereen naar buiten te sturen. Een halfuur later, had de politie gezegd, en iedereen was dood geweest.

Susan hees zich uit de badkuip, schuim van haar naakte lijf op de vloer morsend, gleed uit en sloeg met haar hoofd tegen de rand van de wastafel. De schrik van de pijn maakte haar geest helder. Ze pakte een handdoek, wikkelde zich erin en liep naar beneden.

Het huis uit. Ze moest het in gedachten telkens herhalen, want anders ging ze aan slapen denken. Aan hoe fijn het zou zijn haar ogen dicht te doen, eventjes maar, en pas naar buiten te gaan als ze weer wakker was. Maar ze zou niet meer wakker worden.

Het huis uit.

Ze was de handdoek kwijt. Ze wist niet wanneer het was gebeurd. Ze moest hem hebben laten vallen, want ze stommelde naakt de trap af. De tranen stroomden over haar wangen. Nee, het waren geen tranen. Het was bloed. Van de smak tegen de wastafel. Ze bloedde. Het bloed liep met een zoete kopersmaak haar mond in.

Ze liep naar de voordeur en zag iemand aan de andere kant van het glas staan. Ze herkende hem niet meteen zonder uniform. Het was agent Bennett uit het Arlington, hun beschermer, de hun toegewezen bewaker.

Hij kwam haar redden.

Ze was bij de deur en draaide aan de knop, maar die gaf niet mee. De deur zat op slot. Ze zat opgesloten. Ze keek naar Bennett en wees naar de knop om aan te geven dat die vastzat, dat hij haar eruit moest laten.

Hij bleef gewoon staan.

Ze draaide nog eens aan de knop, maar er was geen beweging in te krijgen. Er klopte iets niet. De deur zat niet op het nachtslot. Hij zou open moeten gaan. Ze bonsde op het glas. Haar klamme handen lieten afdrukken na. 'De bij is dood,' riep ze.

Bennett stond maar aan de andere kant van de deur naar haar te kijken, en toen hield hij de huissleutels naar haar op. Het was een stralende, zonnige dag, en Susan kon de blauwe lucht achter hem zien, geen wolkje te bekennen, en de bamboe die haar moeder in een geglazuurd aardewerken pot op de voorveranda had geplant, en Susans favoriete rododendron, die rijkelijk was getooid met rode bloemen.

Ze was duizelig. Het herinnerde haar aan die keer toen ze als student te veel hasjkoekjes had gegeten en out was gegaan op de zitzak van een vriendin. Ze had met haar gezicht op haar hand geslapen en was wakker geworden met de afdruk van haar horloge op haar wang. Ze zakte door haar knieën.

Ze zou nu iets moeten doen. Zien dat ze het huis uit kwam.

Ze kon iemand bellen, maar het was zo ver naar de telefoon.

Ze hoorde een geluid, keek op en zag Bennetts gezicht, plat tegen het glas gedrukt, met dichte ogen. Hij bleef even staan als een kind dat giechelend door een raam kijkt en zakte toen onderuit. Susan hoorde zijn lichaam op de houten veranda vallen.

De deur ging open en iemand pakte haar beet en sleepte haar weg. Ze hoorde haar hielen tegen de deurpost slaan, en toen over de treden naar de voortuin, en toen lag ze in het gras. Het voelde koel en zacht en ze was blij dat ze eindelijk kon slapen. Ze keek op en zag haar moeder.

'Dag mam,' zei Susan slaperig.

'Ik heb hem een mep met de boeddha gegeven,' zei Bliss.

Susan dwong zichzelf wakker te blijven. Ademen, droeg ze zichzelf op. Haar borst vulde zich zwoegend met zuurstof en bij elke ademhaling werd ze iets helderder in haar hoofd. 'Jezus, mam,' bracht ze moeizaam uit. 'Je hebt een smeris vermoord.' Ze deed haar ogen dicht. 'Bel het alarmnummer. Bel Henry. Niet naar binnen gaan. Koolmonoxide. Bennett. Hij had me opgesloten.'

'Ik heb geen telefoon,' zei Bliss.

Susans moeder was niet goed in het oplossen van problemen. Dit was precies het soort onoverkomelijke obstakel dat haar uren lam kon slaan. Zoveel tijd hadden ze niet. Susan hees zich overeind en pakte Bliss bij de revers van haar polyester broekpak met paisleymotiefje. 'Ga dan naar de buren, verdomme,' zei ze.

Toen zakte ze weer in het gras en ging van haar stokje.

53

Toen Susan bijkwam, had ze een zuurstofmasker over haar mond en stonden er twee verpleegkundigen over haar heen gebogen. Boven haar hoofd sliertte een wolkje. Het leek op een haas. Susan draaide haar hoofd opzij en braakte in het gras.

'Sorry,' zei ze tegen de verpleegkundigen.

Een politieman in uniform kwam voorbij met de boeddha in een grote plastic monsterzak. Bliss liep achter hem aan. 'Ik krijg hem toch wel terug?' riep ze.

Henry hurkte bij Susan. Ze hoorde zijn knieën kraken. Zijn zwarte spijkerbroek kroop op en ze zag dat er adelaars in indiaanse stijl in zijn cowboylaarzen waren gestanst. 'Gaat het weer een beetje?' vroeg hij.

Susan deed het zuurstofmasker af. 'Is hij dood?' vroeg ze.

'Bewusteloos,' zei Henry.

Susan werd overspoeld door een lichthoofdige opluchting. Haar moeder had hem niet vermoord. 'Heeft Bliss verteld wat er is gebeurd?' vroeg ze. Een van de verpleegkundigen had het masker weer over haar neus en mond geschoven en haar woorden klonken gedempt door het plastic.

Henry wreef in zijn nek. 'Ze zei dat ze naar huis was gegaan om bij de geit te kijken en jou naakt binnen op de deur had zien bonzen terwijl Bennett buiten stond.' Hij wierp een blik op Bliss, die met de agent met de boeddha stond te kibbelen, en trok een wenkbrauw op. 'Ze zag hem als een bedreiging en gaf hem een opduvel.'

Susan zag achter Henry nog een politieman naar binnen lopen en spande zich in om rechtop te gaan zitten. 'Ik denk dat er een koolmonoxidelek in huis is,' zei ze.

'Dat klopt,' zei Henry. 'De verwarmingsketel in de kelder lekte. We hebben de toevoer afgesloten.'

Susan zakte weer achterover. Ze was duizelig van het bewegen en zoog wat zuurstof naar binnen. Het sloeg nergens op. Het sloeg allemaal nergens op. Toen ze iets was opgeknapt, schoof ze het masker weer van haar mond. 'Ik was naar huis gegaan om een dutje te doen,' zei ze tegen Henry, 'en toen werd ik misselijk en toen ik naar buiten wilde gaan, liet Bennett me er niet uit.' Het haasje had een vorm aangenomen die nergens op leek. 'Hij had mijn sleutels gepakt en me ingesloten.'

'Dan zul je hem wel flink hebben gestangd,' zei Henry droog.

'Het is niet grappig,' zei Susan.

Henry keek naar de ambulance, de surveillancewagens en de politiemensen om het huis alsof hij voor een raadsel stond.

'Waarom zou Bennett je willen vermoorden?' zei hij.

'Ik weet het niet,' zei Susan, 'maar het is toch zo. Ik weet het zeker.'

Henry schudde zijn hoofd. 'Misschien zat Gretchen erachter,' zei hij. Hij keek weer naar het huis. 'Ik wil dat je moeder en jij weer dag en nacht worden bewaakt. Van nu af aan heb je continu een politieman bij je, is dat duidelijk?'

Het drong tot Susan door dat ze spiernaakt onder een deken lag. 'Ik moet me aankleden,' zei ze.

'Je moet naar het ziekenhuis,' zei Henry.

Nee. Hij ging haar niet naar het ziekenhuis sturen, haar achter slot en grendel zetten. Niet nu er zoveel tegelijk aan de hand was. 'Maar ik moet weer aan het werk,' stribbelde ze tegen.

Henry bracht een vinger naar zijn neus. 'Je hebt je neus gebroken,' zei hij.

Bliss kwam naar hen toe. Het kon Susan niet ontgaan dat ze net rode lippenstift had opgedaan. Ze keek naar Susan en trok vol weerzin haar bovenlip op. Bliss kon niet tegen bloed.

De wastafel. Ze moest met haar neus tegen de wastafel zijn geslagen toen ze viel.

'Goed dan,' zei Susan zonder Henry, 'maar ik ga nergens heen zonder mijn tas.'

'Ik zal onmiddellijk een agent zijn leven laten wagen om hem uit je huis te halen,' zei Henry.

'Dank je,' zei Susan. 'Ik wil naar het Emanuel,' vervolgde ze tegen de verpleegkundigen.

Als ze dan toch naar het ziekenhuis moest, dan wel graag dat waar Archies arts werkte.

54

'Hoe oud was je toen je je neus brak?' vroeg Gretchen. Ze streek licht van Archies haargrens over zijn voorhoofd naar de brug van zijn neus. Archie lag op zijn rug in het bed en zij lag op haar zij naast hem. Ze hadden net weer seks gehad en hij voelde zich er vreemd door verzwakt. Er was nu een nieuw soort roes. Anders dan die van de pillen. De roes van de pillen was zacht, als een licht waas. Dit was donkerder, een zwarte rand langs zijn gezichtsveld.

'Zeventien,' antwoordde hij. Hij onderving de volgende vraag. 'Het was een auto-ongeluk.'

'Waren er doden?' vroeg ze.

Hij had er zo lang niet over gepraat dat het hem verbaasde dat hij haar de waarheid vertelde, maar het deed er niet meer toe en het feit dat ze het vroeg, deed hem vermoeden dat ze het antwoord op de een of andere manier al wist. 'Mijn moeder,' zei hij.

'Aha,' zei ze.

'Aha?'

'Jij zat achter het stuur,' zei Gretchen.

'Ik heb dit zelfs niet aan Henry verteld,' zei Archie. Debbie was de enige aan wie hij het had verteld. Verder niemand. Niet sinds hij het huis uit was gegaan. Het was zijn smerigste geheimpje. Afgezien van Gretchen.

'Was het jouw schuld?' vroeg Gretchen.

'Ik had een stopbord over het hoofd gezien.'

Gretchen legde haar hand op zijn gezicht. Hij dacht dat het een teder gebaar was, maar het kon ook iets anders zijn. 'Je vader heeft het je vast nooit vergeven,' zei ze.

Archie had zijn vader niet meer gezien sinds hij het huis uit was gegaan. 'Nee,' zei hij.

Ze zwegen een tijdje en Archie keek naar de bewegende schaduwen van de plafondventilator.

'Mijn moeder is gestorven toen ik veertien was,' verbrak Gretchen de stilte.

Hij vroeg zich af of het waar was. 'Heb je haar vermoord?' vroeg hij.

'Nee,' zei ze. Ze steunde op haar ellebogen en keek hem aan. Ze zag er zorgelijk uit, met een rimpeltje tussen haar wenkbrauwen. 'Maakt het je bang?'

Hij wist waar ze op doelde. 'Doodgaan?' zei hij. 'Op dit moment niet.'

'Uiteindelijk is het altijd goed,' zei ze en ze pakte zijn hand. 'Ze zien er altijd vredig uit.' Ze kuste zijn knokkels. 'Jij ook.'

'Dat zou iets te maken kunnen hebben met het feit dat er een eind aan de martelgang kwam,' zei Archie. Hij trok zijn hand weg, ging zitten en zette zijn blote voeten op de vloer. 'Ik sta op,' zei hij. 'Ik moet naar de wc. En dan moet ik iets eten.' Het was een leugen, maar zijn plan kon alleen slagen als hij Gretchen naar de woonkamer lokte.

55

'Wát gaat u doen?' vroeg Susan. Ze zat in een onderzoekkamer op de spoedeisende hulp van het Emanuel. Ze deed het zuurstofmasker af en zei het nog eens. 'Wát gaat u doen?'

'Uw neus zetten,' zei de arts. Susan wist zo goed als zeker dat hij in de tachtig was. Toen hij binnenkwam, had ze gedacht dat hij zo'n oudje was dat in ziekenhuizen werd ingezet om het cadeauwinkeltje te bemannen.

'Met uw handen?' vroeg ze vol afgrijzen.

'Ja.' Hij stak zijn handen op en voordat ze iets kon doen om zich te verdedigen, pakte hij haar neus. Ze voelde een pijnscheut en maakte een verstikt geluid. De arts liet glimlachend zijn handen zakken.

'Zo,' zei hij. 'Dat viel toch wel mee?'

Susan hief haar handen naar haar gezicht. 'Au!' riep ze uit.

'De zuster zal u spalken en verbinden en dan mag u weg.'

'Krijg ik geen pijnstillers?' vroeg Susan

De arts gaf een klopje op haar hand. 'IJs en Advil. U wordt weer helemaal de oude.' Hij wendde zich tot Henry, die per se mee had gewild en op een stoel naast de onderzoektafel zat. 'Is dit uw man?'

'Nee,' zeiden Henry en Susan als uit één mond.

De arts liep de onderzoekkamer uit. 'Geen mens trouwt nog,' prevelde hij op weg de gang in.

De verpleegkundige glimlachte. Het was een lange vrouw met donker haar in staartjes en trekken die in kreukels in het midden van haar gezicht samenkwamen. 'Hij is nog van de oude stempel,' zei ze. 'Hij gebruikt niet eens verdoving.'

Susan voelde aan haar neus, die onder de lichtste aanraking van haar vingers al begon te bonzen. Haar moeder was door twee surveillanten teruggebracht naar het Arlington. Bliss had toch een te zwakke maag voor de spoedeisende hulp. Susan wist niet of de surveillanten Bliss moesten beschermen, of anderen tegen Bliss.

De verpleegkundige begon haar neus te verbinden.

Henry stond op. 'Ik ga bij Bennett kijken,' zei hij. 'Blijf hier.'

'Heeft dokter Fergus vandaag dienst?' vroeg Susan zodra hij weg was aan de verpleegkundige.

'Ja,' zei de verpleegkundige. 'Ken je hem?'

Susan glimlachte zo lief dat haar hele gezicht er pijn van deed. 'Ik ben een vriendin van de familie,' zei ze. 'Wil je hem vragen of hij even bij me langskomt?'

Susan zat met gekruiste benen en met het zuurstofmasker op op de onderzoektafel een *People* te lezen toen Fergus binnenkwam. Hij zag er nog net zo uit als de vorige keer dat ze hem zag, toen ze hem had geïnterviewd voor haar serie achtergrondartikelen over Archie Sheridan. Dezelfde witte borstelkop. Hetzelfde logge lijf. Dezelfde superieure houding. Hij had onwillig met het interview ingestemd, en pas nadat Archie schriftelijk toestemming had gegeven.

Hij herkende haar niet met haar turkooizen haar en verbonden neus. Hij tuurde even naar haar, verschoot van kleur en trok zijn bovenlip op. 'O, ben jij het,' zei hij.

Susan gaf hem geen tijd om zich uit de voeten te maken. Ze wist dat Archie veel pillen slikte, en ze dacht dat hij misschien aan een herhalingsrecept toe was. Dat zou een manier kunnen zijn om hem te vinden. Ze liet het zuurstofmasker in haar schoot vallen. 'Archies medicatie,' zei ze. 'Heeft hij nog genoeg, of moet hij meer hebben?'

Fergus zuchtte en stopte zijn handen in de zakken van zijn witte doktersjas. 'Ik kan mijn patiënt niet met jou bespreken.'

'Hij zit in moeilijkheden,' zei Susan.

'Rechercheur Sobol heeft contact met ons opgenomen,' zei Fergus. 'Als iemand probeert een herhalingsrecept voor Archie op te halen, krijgt Sobol bericht.'

'O,' zei Susan. Ze had waarschijnlijk kunnen weten dat Henry er al aan had gedacht.

Fergus wilde weglopen.

'Hij is ziek, hè?' riep Susan hem na.

Fergus bleef staan, trok zijn schouders op en liet ze hangen. Ze dacht dat hij haar iets wilde vertellen. Het kwam door de manier waarop hij zijn schouders naar achteren trok, alsof hem iets van het hart moest. Ze leunde nieuwsgierig naar voren.

'Ik zou maar ijs op die neus houden,' zei hij.

Henry trof Claire in de wachtkamer van de spoedeisende hulp. Ze had ergens die dag de tijd gevonden om naar huis te gaan en zich om te kleden, en nu droeg ze een T-shirt met een grizzlybeer erop, een spijkerbroek en rode cowboylaarzen. Hij voelde zich smoezelig en vermoeid en hij had jeuk op zijn hoofd. Een simpele verklaring, meer vroeg hij niet. Er was toevallig een lek in een gasleiding gesprongen. Het was een misverstand. Bennett kreeg een paar hechtingen en lachte het weg. Alles was goed, als Henry maar een paar uur mocht slapen.

Claire zat naast een verbodsbord voor mobiele telefoons te bellen. Toen ze Henry zag, verbrak ze de verbinding.

'Hoe is het met hem?' vroeg hij aan haar.

'Hij wordt nu geopereerd,' zei ze. 'Ze heeft een botsplinter in zijn hersenen geslagen.' Ze grijnsde. 'Hij heeft een flinke tik van die boeddha gekregen.'

Daar ging zijn dutje. 'Overleeft hij het wel?' vroeg hij.

'Mogelijk,' zei Claire. Ze zette haar handen in haar zij en schudde traag haar hoofd. 'Hij had het gedaan.'

Henry trok zijn wenkbrauwen op.

'Ik had Heil net aan de lijn,' vervolgde Claire. 'Bennetts vingerafdrukken zijn op de verwarmingsketel gevonden. Hij had dat piefje losgedraaid.'

'Dat piefje?' zei Henry.

'Er zal wel een duurder woord voor zijn,' zei Claire. 'Maar goed, het huis was helemaal luchtdicht afgesloten, dus het stroomde vol gif. Een paar uur later en ze was drie minuten na binnenkomst al dood geweest.'

Nee. Zo simpel kon het niet zijn. Niet als het om Susan Ward ging. Henry probeerde de informatie te verwerken. Waarom zou Bennett Susan willen vermoorden? Hij wreef over zijn hoofd. Het slaaptekort was als een mist in zijn hersenen neergedaald. 'Hij was als eerste ter plekke toen de moord op Molly Palmer werd gemeld,' theoretiseerde hij. 'Misschien is hij niet echt gevallen.'

'Denk je dat hij probeerde aanwijzingen te vernietigen?' vroeg Claire.

'Laten we zeggen dat hij Molly Palmer had vermoord en probeerde het te verdoezelen. Dat zou hem een reden kunnen geven om Susan uit de weg te willen ruimen.'

'Waarom Susan?'

'Ze werkt aan een artikel waarin Molly Palmer in verband wordt gebracht met Castle.'

Claire zette grote ogen op. 'Was dat dat meisje over wie je me hebt verteld, dat meisje dat hij had geneukt?'

'Ik denk dat ik een iets beschaafder woord gebruikte,' zei Henry.

Hij moest Susan beschermen. Dat kon hij wel. Archie zou willen dat hij het deed. Henry zou zorgen dat haar niets overkwam.

Als hij zich ervan kon weerhouden haar eigenhandig te vermoorden.

'Laat het me weten als hij bij is,' zei hij. 'Wordt zijn huis doorzocht?'

'We hebben het bevel net aangevraagd,' zei Claire. Haar telefoon ging en ze keek op het schermpje. 'Flannigan,' zei ze terwijl ze het toestel naar haar oor bracht. Flannigan was weer in de oude bank, waar hij de zoektocht naar Archie coördineerde. 'Ik neem op.' Ze stak haar arm op en legde haar hand licht op Henry's schouder. 'Het zou goed nieuws kunnen zijn.'

56

'Dit vind je vast leuk,' zei Gretchen. 'Teken eens een ster?'

Ze zaten op de bank in de woonkamer. Gretchen had een witte zijden blouse en een broek aangetrokken. Archie had het blauwe overhemd en de ribbroek weer aan. Hij had een vuur aangelegd terwijl zij een sandwich voor hem maakte, en nu zat hij met de sandwich op een bord op zijn schoot. Gretchen had een pen en een notitieboekje in haar tas gevonden en gaf ze aan Archie.

Hij zette de pen op het papier en probeerde een ster te tekenen, maar het lukte niet. Een van de punten werd te lang. Het leek meer een driehoek. Hij deed nog een poging, die op dezelfde manier mislukte.

'Ik kan het niet,' zei hij met een verbaasde blik op de pen.

'Zo kun je je neurologische aftakeling volgen,' zei Gretchen. Ze stond op, Archie aan zijn gepieker over de scheve, slordige tekening overlatend. 'Het wordt erger,' zei ze terwijl ze naar de bar liep.

Archie legde het notitieboekje naast het bord met de sandwich op de vloer. Hij kon niet eten. Er zat een zweempje bloed in zijn urine. 'Ik wilde gisteren met Debbie vrijen, maar ik kon hem niet omhoogkrijgen,' zei hij.

Gretchen schonk twee glazen vol. Ze kwam terug, reikte hem een glas aan, ging op haar rug op de bank liggen en legde haar voeten op zijn schoot. 'Heb je geprobeerd aan mij te denken?' vroeg ze.

Archie keek even naar de whisky en nam een slok. 'Ja.'

Gretchen glimlachte. 'Had ze het door?'

'Ja,' zei Archie.

'Mooi zo,' zei Gretchen. Ze drukte een voet in zijn kruis. 'Misschien krijg ik onze liefdesbaby,' zei ze.

'Je hebt je laten steriliseren,' zei Archie. 'Ik heb je medische dossier in de gevangenis gezien.'

Er flitste iets in haar ogen; het was meteen weer weg. 'Ja. Al was ik nog maar een prille zeventienjarige, ik wist dat ik me niet moest voortplanten.'

Het was misschien het meest verantwoordelijke dat ze ooit had gedaan, en toch was het triest, dacht Archie. Om die beslissing zo jong al te nemen. 'En je kon een arts vinden die je wilde helpen?' vroeg hij.

'Dezelfde die me een maand eerder had geaborteerd,' zei Gretchen. Ze draaide zich op haar zij en keek in de vlammen. De oranje gloed weerkaatste op haar gladde huid. 'Dat was mijn eerste slachtoffer,' zei ze.

'Het kind?' vroeg Archie.

'Die arts,' zei Gretchen.

57

Susans mobieltje ging. Het mocht niet aanstaan en ze diepte het gehaast uit haar tas op, voordat de verpleegkundige terugkwam en haar betrapte. Het was de *Herald*. Ze nam op.

'Alles goed?' vroeg Derek. 'Het kwam over de scanner.' Hij klonk hijgerig. 'Heeft je moeder een juut doodgeschoten?'

'Ik heb niets,' zei Susan.

'Is er iets met je neus?'

Susan voelde dat ze rood werd. Super. Ze klonk neuzelig. Perfect. 'Hij is een beetje gebroken,' zei ze.

Derek zweeg even. 'Goh,' zei hij toen.

De verpleegkundige kon elk moment terugkomen. 'Ik moet dus door een zuurstofmasker ademen,' zei Susan, die van het gesprek af wilde.

'Er is een Texaco-pomp in een gehucht dat Mills Crossing heet aan de 22,' zei Derek. 'Het ligt op ongeveer anderhalf uur rijden van de 5. Vijfenzestig inwoners. Ik heb een man gesproken die zei dat hij gisteravond om een uur of tien een Jag aan de pomp had gehad. Hij herinnerde zich de bestuurder niet, maar de auto had bijzondere wielen, zei hij. Ik zoek het even op in mijn aantekeningen.'

Susans mond werd droog. 'Sabre?' zei ze zacht.

'Ja,' zei Derek. 'Wat is dat eigenlijk?'

'Geen idee,' zei Susan. 'Hé, ik moet weg.'

'Oké. Ian stuurt iemand. Je weet wel, om je moeder en jou te interviewen.'

'Zeg maar tegen Ian dat hij mijn rug op kan,' zei Susan. Ze pakte haar borstel uit haar tas en haalde hem door haar haar. Het zuurstofmasker lag nutteloos op de onderzoektafel te zoemen.

'Ik verzin wel een andere manier om het hem duidelijk te maken,' zei Derek. 'Zit je nou weer je haar te borstelen?'

Henry liep krabbend aan zijn hoofd de kamer in.

'Ik moet ophangen,' zei Susan en ze verbrak de verbinding.

'Wat is er aan de hand?' vroeg Henry.

Susan begon de laden van de kasten in de onderzoekkamer open te trekken. 'Er staat een Texaco-pomp aan de 22, een bediende heeft gisteravond om tien uur een zilverkleurige Jag met Sabre-wielen gezien. Het past in het tijdschema.'

'Bij Mills Crossing?' zei Henry.

Susan hield verbaasd op. 'Ja.'

'Wij doen ook politiewerk. Flannigan heeft Claire net gebeld. We hebben benzinestations door de hele staat laten bellen. Zo'n auto? Die valt soms op.'

Susan trok nog een la open en vond wat ze zocht: een coldpack. 'Wat ga je doen?' vroeg ze. Ze kneep in het pack tot het kraakte en koud werd.

'Er iemand van de plaatselijke politie naartoe sturen met een foto van Gretchen.' Susan ritste haar tas dicht en hing hem over haar schouder. 'Waar ga jij heen?' vroeg Henry.

Susan drukte het coldpack tegen haar gezicht. 'Tanken,' zei ze.

'Jij moet rusten en zuurstof opsnuiven,' zei Henry. 'Er is daar brand. Tegen de tijd dat je in Mills Crossing aankomt, is het vermoedelijk al geëvacueerd.'

Susan keek Henry aan. Haar gezicht deed pijn. Ze moest bijna overgeven. Het begon haar positieve instelling nadelig te beïnvloeden. 'Bennett probeerde me ervan te weerhouden mijn artikel over Molly Palmer te schrijven,' zei ze.

Henry streek met een vinger langs zijn bovenlip. 'Misschien.'

'Dat hoefde hij niet te doen,' zei Susan. 'De *Herald* had het al de nek omgedraaid. Ik ga Archie zoeken. Ik ga de berg op, brand of geen brand. Blijf jij maar hier.' Ze liep de kamer uit en draaide zich om. 'Je mag ook meegaan.'

'Susan?' zei Henry.

Ze keek om. 'Ja?'

Henry glimlachte. 'Wil je niet eerst naar het Arlington om iets anders aan te trekken?'

Susan keek naar de groene ziekenhuispon die ze aanhad. 'O ja,' zei ze.

58

'Kom mee terug naar de slaapkamer,' zei Archie. Hij stond op en stak zijn gele, gezwollen hand naar Gretchen uit. Ze zag er kwetsbaar uit zoals ze daar op de bank lag, zonder make-up en met haar gekneusde sleutelbeen dat uit de hals van haar blouse piepte. Misschien had iets of iemand een monster van haar gemaakt. Misschien was ze gewoon zo. Het interesseerde Archie niet meer. Het deed er niet toe. Het zwart omsloot hem. Hij moest snel zijn.

Ze pakte zijn hand en stond op en hij loodste haar om de bank heen.

'Ik probeer een goed mens te zijn,' zei Gretchen. 'Dat weet je toch?'

'Ja,' zei Archie vriendelijk.

Ze waren bij de trapleuning en Archie bleef staan om zijn schoenveter vast te maken. Toen hij knielde, pakte hij de handboeien die hij in de badkamer had verborgen en vervolgens in zijn sok had gestopt. Hij had erop vertrouwd dat ze te overmoedig was om hem te fouilleren. Dat was haar fatale fout: haar idee dat haar macht over hem absoluut was. Dat was niet zo. Net niet.

Met een snelle beweging klikte hij een van de handboeien om Gretchens smalle pols en de andere om de smeedijzeren leuning. Ze reageerde onmiddellijk door haar gevangen arm op te steken en aan de boeien te rukken als iemand die op de zeebodem is vastgepind en verdrinkt. Het was haar instinct. Dierlijk. Archie gebruikte het moment om buiten haar bereik te stappen. Ze keek met een ruk naar hem op. Haar lippen waren vochtig en haar ogen schoten vuur. Ze haalde naar hem uit en haar vingertoppen raakten bijna zijn overhemd. Haar ogen schichtten heen en weer, zoekend naar een uitweg. De rode vlekken op haar wangen maakten haar alleen maar nog mooier.

Ze vermande zich, streek met haar vrije hand haar haar glad en trok een wenkbrauw op. 'Schat,' zei ze langzaam. 'Dit... is... een... heel... slecht... idee.'

Hij zei niets terug. Hij had al zijn aandacht nodig voor wat hij nu moest doen. Hij liep naar de badkamer aan het eind van de gang. Die was klein, met een wc, een toilettafel en een douche achter plexiglas, allemaal op elkaar gepropt. Boven de wc hing een aquarel van een hert in de sneeuw. De spiegel boven de wastafel werd omlijst door grote, ronde lampen. Hij klemde zich aan het blad van de wastafel vast om niet te vallen, overmand door duizeligheid. Zijn hart leek te langzaam te kloppen. De pijn in zijn zij bonsde. Hij veegde het zweet van zijn voorhoofd, knielde en trok de la van het wastafelmeubel open. Hij reikte achter de voorraad wc-papier en voelde de kleine mobiele telefoon en het opgevouwen stuk papier dat hij daar op de eerste avond samen met de handboeien had verstopt.

Hij liep met de telefoon en het papier naar de woonkamer, waar Gretchen zich in bochten wrong om haar pols uit de boei te bevrijden.

'Ze zijn van de politie,' zei hij. 'Die geven echt niet mee.'

Ze hield op met bewegen en keek hem hijgend aan.

Hij hield de telefoon omhoog zodat ze hem kon zien en schakelde hem in. Het toestel kwam met veel getingel tot leven. Toen liep hij naar de bar en legde hem op het werkblad. Ze zouden het signaal traceren, maar dat kon uren of dagen duren. Hij kon Henry bellen, maar hij wilde niet gevonden worden voordat de pillen hun werk hadden gedaan.

Hij haalde de sleutel van de handboeien uit zijn zak en legde hem naast de telefoon, waar Henry hem kon vinden.

Toen leegde hij een potje Vicodin op het werkblad. De pillen rolden met een voldoening schenkend geluid over het graniet naar zijn open hand. Nu was het dan eindelijk zover. Hier had hij de afgelopen twee jaar zo vaak aan gedacht dat het moment zelf bijna een anticlimax was. Het voelde vertrouwd, neutraal. Sinds hij uit het ziekenhuis was gekomen, was hij bezig geweest zichzelf langzaam te vermoorden. Nu ging hij het proces gewoon versnellen. De truc was een zodanig tempo aan te houden dat hij genoeg pillen binnen kon houden om eraan dood te gaan. Hij stopte er een in zijn mond, liet hem op zijn tong liggen en zoog erop tot de bittere smaak zijn bijholtes vulde. Hij wilde het proeven. Met zijn ogen wijd open. Hij wilde er niets van missen. Als hij dan toch doodging, mocht hij het net zo goed merken. Dat had Gretchen hem bijgebracht.

Hij nam nog een paar pillen in zijn hand, stopte ze in zijn mond en likte het bittere, krijtachtige poeder van zijn vingers.

'Archie,' zei ze achter hem, 'niet doen. Er woedt een bosbrand, ruik je dat niet?'

Hij snoof en toen rook hij het, als een brandend kampvuur. Hij lachte. De brand zou hen op zijn pad vinden. Het kon verdomme niet beter.

'Je kunt me hier niet geboeid achterlaten,' zei ze.

'Ze vinden je wel,' zei hij. 'En anders gaan we allebei dood.'

59

'Je gaat toch niet overgeven, hè?' vroeg Henry aan Susan.

Ze had het raampje aan haar kant opengedaan en hing met haar hoofd tegen het portier. Ze kronkelden nu een uur over Highway 22, door bos dat maar zo nu en dan werd onderbroken door een afgelegen dorpje met een benzinestation, en Susan was wagenziek. Het was warm en droog; de wind die door het open raam kwam, blies haar haar in haar ogen en trok kloofjes in haar lippen. Elke hobbel in de weg herinnerde haar aan haar gebroken neus.

'Nee hoor,' zei ze en ze slikte het warme speeksel door dat zich achter in haar keel had opgehoopt. Ze wist niet of het door Henry's rijstijl of de koolmonoxidevergiftiging kwam, maar ze gokte op Henry's rijstijl.

Ze schoten flink op. Er kwam een karavaan auto's de berg af, maar afgezien van vrachtauto's van Bosbeheer en brandweerwagens ging er maar weinig verkeer omhoog. Ze had nog niets van de brand gemerkt, behalve dan een zwakke kampvuurgeur.

Susan zag een groen bord met de tekst MILLS CROSSING, 52 INWONERS, RIJ VOORZICHTIG SVP, en ging rechtop zitten. 'Hier is het,' zei ze. Mills Crossing leek te bestaan uit een tankstation, een wegrestaurant, een paar oude huizen en een 'antiekwinkel' in de vorm van wat oud serviesgoed en pocketboeken op lakens op het parkeerterrein van het restaurant.

Henry gaf aan dat hij wilde oversteken naar het benzinestation, maar de stroom auto's die de berg af kwam, reed gestaag door. Uiteindelijk zette hij de sirene op de motorkap en drukte op een knop op het dashboard om hem te laten loeien. De auto's weken onmiddellijk voor hem.

'Dat moet een lekker gevoel geven,' zei Susan.

'Ja,' zei Henry.

Hij reed uit en parkeerde naast het benzinestation. Susan telde acht wachtende auto's. De twee pompen werden door één man bediend. In Oregon was zelf tanken sinds de jaren veertig bij de wet verboden. De staat was destijds bang geweest dat mensen zichzelf zouden opblazen. Tegenwoordig moest de wet bescherming bieden aan het milieu, banen en oude mensen die konden bezwijken aan benzinedamp.

Deze bediende had zijn klanten zo te zien graag het risico laten lopen.

Henry en Susan stapten uit en liepen tussen de bumpers van twee suv's door naar de pompen. De bediende was van Susans lengte en kon weinig meer wegen dan zij. Hij had een gebruinde, tanige huid. GEVLEKTE BOSUIL SMAAKT NAAR KIP, stond er op zijn T-shirt te lezen.

'Ben jij Big Charlie?' vroeg Henry.

'Ja,' zei het onderdeurtje. Hij had een tandenstoker in zijn mond die hij onder het praten van zijn ene mondhoek naar de andere werkte. 'Je kunt alleen contant betalen,' zei hij tegen een man in een Volkswagen-bus. 'De Visa-automaat is kapot.' De man in de bus gaf Big Charlie een verfrommeld briefje van twintig. Big Charlie stak de tuit van de slang in de benzinetank van de bus en haalde een hendel op de pomp over. De meter begon langzaam te lopen. Een vrouw in een Honda Element die aan de andere kant stond te wachten, claxonneerde. Big Charlie sloeg er geen acht op.

Het verkeer dat Highway 22 af reed, was een stoet Montero's, Subaru-stationcars en Jeep Wagoneers, afgewisseld door een enkele vrachtwagen met hout. Sommige suv's hadden een speedboot op sleeptouw. Andere hadden drie of vier fietsen op de fietsendrager. Susan zag echter ook auto's met meer bagage dan voor een vakantie nodig was, met vuilniszakken en dozen op het dak.

Ze hield een hand boven haar ogen en tuurde naar de stroom auto's.

Big Charlie zette zijn honkbalpet af, bette zijn voorhoofd met een oude lap en zette zijn pet weer op. 'Ze vluchten,' zei hij. Zijn grijze ogen flitsten naar Susans brandende American Spirit. 'De een of andere debiel heeft een sigaret weggegooid,' vervolgde hij. 'Het gebeurt elke zomer weer.'

Susan keek naar haar sigaret en hield hem achter haar dij. 'Wat nou?' zei ze, van Big Charlie naar Henry kijkend. 'Het is niet mijn schuld.'

De bediende wees met zijn duim naar het bordje NIET RO-KEN aan de pomp.

'Sorry,' zei Susan. Ze nam gauw nog een trek en doofde de sigaret in een metalen afvalbak vol lege flessen frisdrank, doorweekte luiers en andere troep die mensen onderweg achter in hun auto verzamelen.

Henry klapte het hoesje met zijn penning open en liet hem aan Big Charlie zien. 'Heb je een zilverkleurige Jaguar aan de pomp gehad?' vroeg hij.

'Ja,' zei Big Charlie. De tank van de bus was vol. Hij trok de slang eruit, hing hem weer aan de pomp en gaf de bus een vriendschappelijk klopje op zijn voorruit toen hij wegreed. 'Mooie wagen. Het was gisteravond. Ik heb de tank vol super gegooid.'

'Weet je nog wie er achter het stuur zat?' vroeg Henry.

'Een vrouw. Ik heb die gast aan de telefoon al gezegd dat vooral die auto me was bijgebleven.'

'Mag ik je een foto laten zien?' vroeg Henry, en hij liet Gretchens arrestatiefoto zien.

Big Charlie legde zijn hoofd in zijn nek om de foto van-

onder de klep van zijn pet te kunnen zien. 'Ze zou het geweest kunnen zijn.' Hij keek naar Susan. 'Zij zou het ook
geweest kunnen zijn. Wat heeft ze uitgespookt?'

'Het is Gretchen Lowell,' zei Susan.

Big Charlie keek haar wezenloos aan.

'De Beauty Killer,' zei Susan.

De vrouw in de Honda Element claxonneerde weer. Big
Charlie vertrok geen spier. En haastte zich niet. 'Ik ben zelf
meer van John Wayne Gacy,' zei hij. Hij tuurde naar Susan.
'Je zou ijs tegen die neus moeten houden.'

60

Het was makkelijker dan hij had gedacht. Misschien kwam
het doordat zijn lichaam eraan gewend was. Of doordat hij
er geestelijk aan toe was los te laten. Hij had nu twee potten pillen op. Hij had het systematisch aangepakt. Drie pillen per keer. Hij had elke mondvol weggeslikt met drie slok-
ken whisky. Na een poosje kreeg je het ritme te pakken. En
hij was de whisky lekker gaan vinden. De warme vloeistof
vulde hem als badwater. Hij vond het jammer dat hij er bij
zijn leven niet méér van had genoten. Hij glimlachte terwijl
hij het dacht. Waarschijnlijk had hij toch niet zulke goede
whisky kunnen betalen, van zijn salaris.

'Alsjeblieft, hou op,' zei Gretchen.

De resterende pillen lagen op het werkblad. Archie legde
ze achter elkaar, als een treintje. Toen bracht hij ze een voor
een naar zijn mond en slikte ze door. Toen hij alle pillen op-
had, draaide hij zich naar Gretchen om.

Ze stond als verstijfd naar hem te kijken, met haar lippen
iets vaneen en haar hoofd een tikje schuin. Het wit van haar
grote ogen was roze van het huilen. Ze zag er overstuur uit,

als een klein meisje dat niet begrijpt waarom ze straf krijgt. Haar wanhoop bezorgde hem bijna medelijden.

'Het spijt me,' zei hij. 'Een kwestie van verplichtingen.'

'Maak me los,' zei ze.

Hij schudde zijn hoofd.

Haar hele gezicht was nu rood en de tranen biggelden over haar wangen. 'Ik zal ze alles vertellen.'

'Nee, dat doe je niet,' zei Archie. 'Al weet ik niet waarom.' Hij wreef in zijn ogen, die met de minuut lodderiger werden. 'Maar je doet het niet.'

'Ik zeg alles,' zei Gretchen met stemverheffing. 'Het zal je carrière ruïneren, je huwelijk, je gezin, je nagedachtenis. Maak me los.'

'Jij mag niet loslopen,' zei Archie simpelweg. 'Dan vermoord je mensen.'

'Nee. Ik kan me beheersen. Echt waar.'

Archie liep naar Gretchen toe. Ze richtte zich hoopvol op, streek haar haar achter haar oren en veegde de doorgelopen mascara onder haar ogen weg. Hij haalde het papier uit zijn zak, vouwde het open en hield het haar voor, samen met een pen.

Ze fronste haar wenkbrauwen.

'Een bekentenis waarin je verklaart dat je Heather Gerber hebt vermoord,' zei Archie. 'Onderteken hem.'

Ze nam het papier en de pen aan, ging zitten, legde het papier op de vloer, zette haar handtekening erop en stak het omhoog. Hij nam het aan, samen met de pen, en liep terug naar de bar.

'De sleutel,' zei ze, rammelend met haar boeien. 'De brand,' friste ze zijn geheugen op.

'Nee,' zei Archie.

'Het gaat niet zoals het had moeten gaan.'

Archie zocht in de bar, vond nog een fles Schotse whisky, draaide zich om en zakte met zijn rug tegen de bar naar de vloer. Hij maakte de fles open en bracht hem naar zijn mond. Niet lang meer.

Zijn hart klopte weer te traag. Hij knoopte zijn overhemd open en legde zijn hand op zijn borst om na te gaan of hij het ritme onder zijn huid kon voelen.

'Je zult het weer op een akkoordje moeten gooien. Ze meer geven. Anders krijg je de naald.'

'Geef me mijn tas,' zei ze.

Hij werd omhuld door een aangename duisternis. De lucht voelde aan als inkt. Onder het litteken dat ze in hem had gekerfd, vocht zijn hart om te blijven pompen. 'Ik voel me raar,' zei hij. Hij lalde een beetje. Hij keek haar aan en zakte verder naar beneden, met zijn voeten voor zich uit.

Op nog geen drie meter bij hem vandaan zakte Gretchen in net zo'n houding, met haar geboeide arm in de lucht. Hij voelde het, zelfs hier, zelfs zo. Zo hevig verlangde hij naar haar.

Hij probeerde overeind te komen en zakte op zijn knieën, overmand door duizeligheid. Ze stak haar vrije arm naar hem uit, met gespreide vingers in de lucht. En hij kroop naar haar toe, op handen en knieën, en toen zijn huid te koud werd en zijn spieren weigerden, sleepte hij zich op zijn ellebogen verder.

Toen hij bij haar was, zakte hij door zijn ellebogen. Ze legde zijn hoofd in haar schoot.

'Stomme eikel die je bent,' zei ze.

'Ik weet het,' zei Archie.

61

Gretchen Lowell slaat haar benen over elkaar en leunt naar voren op de gestreepte stoel.

'Zo, hoe gaan we dit aanpakken?' vraagt Archie. Hij voelt zich niet op zijn plaats in Gretchens huis. Hij is vooral uit beleefdheid ingegaan op haar aanbod van individuele therapiesessies. Hij had niet verwacht dat ze die thuis zou geven. Het voelt een beetje ongepast.

Haar blauwe ogen worden groot. 'Ben je nog nooit in therapie geweest?' vraagt ze.

Hij kent Gretchen Lowell pas sinds ze haar hulp kwam aanbieden bij het vangen van de Beauty Killer, nu een paar weken geleden. Ze maakt hem verlegen. Hij heeft tien minuten in de auto voor het huis moed zitten verzamelen om naar binnen te gaan. 'Alleen de groepssessie onder jouw leiding,' zegt hij.

Ze glimlacht. Ze heeft een rok aan, en ze verstrengelt haar vingers en slaat ze om haar ene knie; de rok laat een stukje van haar dij bloot. 'Nou, het is heel eenvoudig,' zegt ze. 'Je vertelt me wat je dwarszit en dan praten we daarover.'

Archie gaat ongemakkelijk verzitten. Zijn dienstwapen port in zijn zij. Er is wel iets wat hem dwarszit. Hij heeft het niet eens aan Henry verteld. 'Ik overweeg overplaatsing aan te vragen,' zegt hij. 'Ik wil meer tijd met mijn gezin doorbrengen.' Het voelt goed om het eindelijk hardop te zeggen. Het is een bekrachtiging van het idee. Alsof hij het deze keer echt zou kunnen doen. Hij kijkt op naar Gretchen. Ze is een vrouw. Hij verwacht dat ze hem zal aanmoedigen zijn kinderen boven zijn werk te verkiezen. Het is een van de redenen waarom hij naar haar toe is gegaan.

Maar het pakt anders uit.

'Is het een belasting voor je huwelijk?' vraagt ze. 'Dat je zoveel werkt?'

Archie denkt erover na. Hij weet het antwoord wel, maar hij vraagt zich af hoeveel hij wil prijsgeven. 'Mijn vrouw wil graag dat ik ander werk ga doen,' zegt hij.

Gretchen leunt nog iets naar voren en haar rok kruipt iets

verder op. 'Maar je bent zo goed in je werk,' zegt ze.

Archie schiet in de lach. 'Ik heb maar één taak: de Beauty Killer vangen. Dat heb ik nog steeds niet gedaan.'

'Ik denk dat je er bijna bent,' zegt ze. Ze steekt haar hand uit en legt hem op de armleuning van Archies stoel. Hem raakt ze niet aan, alleen de stoel. 'Je moet het nu niet opgeven,' zegt ze. 'Je moet je op de zaak blijven richten.'

Archie schudt zijn hoofd. 'Ik moet vaker thuis zijn,' zegt hij. 'Ik wil niet zo iemand worden die de verjaardagen van zijn kinderen mist.' Hij heeft al te veel van hun ontwikkeling gemist. Overwerk is makkelijk te rechtvaardigen als je jezelf ervan kunt overtuigen dat het een kwestie van leven of dood is.

'Hoe lang zijn je vrouw en jij samen?' vraagt Gretchen.

'Sinds de universiteit,' zegt hij.

'Met hoeveel vrouwen heb je geslapen?'

Archie voelt dat hij rood aanloopt: Hij kijkt door het raam naar een groepje kersenbomen in de tuin. 'Zij is de enige,' zegt hij.

'Echt waar?'

Hij schraapt zijn keel. 'Op de middelbare school had ik een vriendinnetje dat wilde wachten tot ze getrouwd was. Dat respecteerde ik. Toen ging ik studeren en leerde ik Debbie kennen. En dat was dat.'

'En je hebt haar nooit bedrogen?' vraagt Gretchen.

'Nee.'

'Dat is ongebruikelijk,' zegt Gretchen.

'O ja?' vraagt Archie.

'Om je hele leven met maar één iemand geslapen te hebben?'

Archie schokschoudert. 'Ik hou van haar.'

'Hebben jullie lekkere seks?' vraagt Gretchen.

Archie krijgt het benauwd. Hij wrijft in zijn nek. Het enige geluid in de kamer komt van Gretchens tikkende staande klok. 'Het geeft me een vreemd gevoel om dit met jou te bespreken,' zegt hij.

Gretchen knikt begrijpend. 'Dit kan alleen werken als je eerlijk tegen me bent,' zegt ze.

'Ja,' zegt Archie zonder haar aan te kijken. 'De seks is lekker.'

'Hoe weet je dat?' vraagt Gretchen.

Archie glimlacht. Die zit. 'Ik weet het gewoon,' zegt hij.

Gretchen raakt zijn stoel weer aan. 'Je mag best over andere vrouwen fantaseren,' zegt ze. 'Dat is geen bedrog.'

Gretchens hand ligt op de armleuning van zijn stoel. Haar vingers zijn slank, van albast, botloos. Haar nagels zijn gemanicuurd. 'Je voelt je aangetrokken tot andere vrouwen,' zegt ze.

Archie spreidt hulpeloos zijn vingers. 'Ik ben een man,' zegt hij.

'Voel je je tot mij aangetrokken?' vraagt ze. Ze wacht net lang genoeg om hem iets onhandigs te horen stamelen, leunt achterover en glimlacht naar hem. 'Het is een theoretische vraag. Het is nuttig te weten, uit therapeutisch oogpunt.'

Archie zoekt naar iets om te zeggen, iets wat waar is, maar niet té waar. Zijn mond is plotseling kurkdroog. De klok tikt. Hij laat het bij: 'Ik vind je erg mooi.'

Haar gezicht licht op en ze lacht. Het is een prettige lach, alsof ze samen een geheimpje delen. 'Ik heb je in verlegenheid gebracht,' zegt ze.

'Ja,' zegt hij.

'Ik vraag alleen naar je seksleven omdat seks uitstekend is om stress te verlichten. En ik weet dat je veel stress te verwerken hebt.'

'Ik wil niet met Debbie vrijen als ik van een plaats delict kom,' zegt Archie. 'Ik krijg de beelden niet uit mijn hoofd. Het voelt verkeerd.'

'Blijven de beelden je bij?' vraagt Gretchen.

Archie brengt zijn hand naar zijn voorhoofd alsof hij de beelden kan wegvegen. 'Ja.'

Hij voelt de hele lading van haar aandacht. 'De ene keer meer dan de andere?' vraagt ze.

'Heather Gerber,' zegt hij. 'Het eerste slachtoffer dat we hebben gevonden. In het park. Zij was niet het ergste, wat de martelingen betreft. Maar haar gezicht... Ze had haar ogen open. En ze keek me aan. Dat klinkt geschift, hè?'

'Houden de beelden je 's nachts uit je slaap?'

Zijn mobieltje trilt in zijn zak. Hij pakt het en klapt het open. Het is een sms van Henry. Er is weer een tip binnengekomen. 'Kut,' flapt hij eruit. Hij kijkt op naar Gretchen, zich plotseling bewust van zijn krasse taal. 'Neem me niet kwalijk,' zegt hij. 'Dat was Henry. Ik moet weg.'

Hij staat op en verschuift de holster op zijn heup. Gretchen staat eveneens op, loopt naar hem toe en legt haar hand op zijn arm, net boven de elleboog.

'Ik wil je terugzien,' zegt ze. 'Ik denk dat ik je kan helpen.'

Ze ruikt naar seringen.

Archie verroert zich niet. Hij wil zich niet overgeven aan de druk van haar aanraking. Hij voelt een vreemde verbondenheid met de kamer, met haar. Het is belachelijk. Hij kent haar amper. Ze is mooi en ze besteedt aandacht aan hem, en hij reageert erop als een jongen van zeventien.

Hij besluit niet meteen een nieuwe afspraak te maken. Hij wil een paar dagen wachten. Dan komt hij niet zo wanhopig over.

Het tikken houdt op. Hij kijkt naar de staande klok. Die zwijgt. De wijzers geven halfvier aan.

'Je klok staat stil,' zegt hij.

Ze laat haar hand van zijn arm zakken en kijkt naar de klok. 'Gek,' zegt ze.

Hij loopt naar de deur en ze volgt hem, met het licht dat

door het raam valt achter zich, als een lieflijk visioen. Dat mag ik wel opmerken, denkt Archie. Het is gewoon een waarneming.

'Als je slaapproblemen hebt,' zegt ze, 'kan ik je wel een proefmonster geven van iets wat zou kunnen helpen.'

Hij glimlacht. Misschien wacht hij toch geen paar dagen met het maken van die nieuwe afspraak. Misschien belt hij haar later vandaag. Alleen maar om haar stem te horen. 'Dank je,' zegt hij, 'maar ik slik liever geen pillen.'

62

Henry liet de sirene een tijdje loeien, maar het hielp niet, ze konden nergens stoppen. Ze zaten vast in het verkeer. De snelweg doorsneed de berg naar beneden en aan weerszijden ervan stonden dertig meter hoge douglassparren. Soms kon je de lucht amper zien. Af en toe was er een extra strook om in te halen, maar dat was telkens maar heel even. Dan zette Henry de sirene weer aan en jakkerde langs dertien auto's, maar desondanks kropen ze met een slakkengangetje de berg af. Het voordeel was dat ze zo langzaam gingen dat Susan niet meer misselijk was. Big Charlie had haar wat ijs uit zijn ijsmachine gegeven voor haar gezicht en ze voelde zich best lekker.

'Haal je voeten van het dashboard,' zei Henry.

'Sorry,' zei Susan en ze trok haar blote voeten onder zich op de stoel. Ze hoopte maar dat Henry de teenafdrukken op zijn voorruit niet zag. 'Ik begrijp nog steeds niet waarom we haar niet kunnen gaan zoeken.'

'Ik heb een waarschuwing laten uitgaan voor Highway 20, Highway 22 en het oosten van Oregon. Die heb je gehoord. Ze zou het geweest kunnen zijn, maar het hoeft niet.'

'Hoe kan een politieauto nou geen airco hebben?' vroeg ze. Ze had een fles water bij het tankstation gekocht en zat al de hele tijd aan het etiket te pulken. Ze had weer een minuscuul snippertje losgescheurd en rolde het tussen haar vingers.

'Hij is kapot,' zei Henry.

Susan keek achterom om te zien of er een tijdschrift of zoiets op de achterbank lag waarmee ze zich koelte kon toewuiven. Haar eigen achterbank lag bezaaid met tijdschriften, maar die van Henry was leeg. Op een kartonnen doos na. Ze herkende het handschrift op de zijkant.

'Dat zijn mijn aantekeningen over Castle,' zei ze.

'Ja,' zei Henry. 'Ik heb ze min of meer geleend.'

'Ik had ze aan Archie uitgeleend,' zei Susan. Ze draaide zich om, zodat ze de doos kon openmaken. 'Als je alles maar wel op volgorde hebt laten liggen.'

'Ik heb ze met geen vinger aangeraakt,' zei Henry.

Susan hield met haar ene hand de plastic zak met ijs tegen haar gezicht en pakte met de andere het bovenste notitieboekje uit de doos. 'Heb jij hierop geschreven?' vroeg ze. Het notitieboekje viel open bij een omcirkelde naam. John Bannon.

'Ik heb die doos niet eens opengemaakt,' zei Henry.

Dan had Archie het dus gedaan. 'Zegt de naam John Bannon je iets?' vroeg ze.

Henry kroop weer een meter vooruit. 'Dat was de partner van Buddy Anderson,' zei hij. 'Toen Buddy het rechercheteam nog aanvoerde.'

'Molly zei dat hij haar contactpersoon was,' zei Susan. 'Ze belde hem als ze meer geld nodig had. Hij was Castles slippendrager.'

'Bannon is al tien jaar dood,' zei Henry. De vent in de auto achter hen zette ZZ Top op. Hij had een goede installatie en de Crown Vic trilde met de basdreun mee.

Weer een doodlopend spoor.

De ZZ Top-fan zette het geluid nog harder.

'Godver,' zei Henry. Hij kneep met zijn duim en wijsvinger in zijn neuswortel.

'Heather Gerber,' zei Susan plotsklaps.

Henry liet zijn hand zakken. 'Hè?'

'Het gaat allemaal om Heather Gerber,' zei Susan. 'Archie zei dat je je eerste nooit vergat. Je eerste sigaret. Je eerste lijk in het bos. Ik dacht dat hij het over de twee lichamen had die we die avond in Forest Park hadden gevonden.' Ze kromp in elkaar onder haar eigen narcisme. 'Míjn eerste lijk in het bos. Maar hij had het over zíjn eerste lijk. Zijn eerste grote zaak: Heather Gerber.'

'Oké,' zei Henry.

'Misschien moeten we háár zoeken,' zei Susan. Ze scheurde nog een stukje van het etiket en liet het op de vloer vallen. 'Als je iemand zoekt, wat is dan het eerste wat je doet?'

'Raap dat op,' zei Henry.

Susan leunde voorover en raapte het flintertje etiket op. 'Sorry,' zei ze.

'Zijn mobieltje traceren,' zei Henry. 'Dat zou ik als eerste doen.'

'Dat kan, hè?' zei Susan. 'Een positie trianguleren via de signalen van gsm-masten?' Het ijs smolt en er sijpelde koud water langs haar arm.

Henry keek haar verbaasd aan. 'Moet je dat horen,' zei hij.

'Ik heb een artikel geschreven over die verdwaalde wandelaars die ze vorig jaar in het bos hebben gevonden,' zei Susan. De zoektocht was afgeblazen wegens het slechte weer. De volgende ochtend waren de lichamen gevonden.

'We kunnen wel meer. Nieuwere telefoons hebben een ingebouwde gps. We kunnen de locatie tot op vijftig à honderd meter bepalen.'

'Het zou een nieuw abonnement moeten zijn,' zei Susan.

'Hij moet het ergens in de afgelopen dagen op haar naam hebben afgesloten.'

'Denk je dat Archie een abonnement voor mobiele telefoon op Heather Gerbers naam heeft? Als hij een tweede mobieltje had, had hij ons toch gewoon kunnen bellen?'

'Ik weet het niet.'

Henry klapte zijn mobieltje open en drukte een sneltoets in.

'Ik wil nagaan of we een mobiele telefoon op naam van Heather Anne Gerber kunnen vinden,' zei hij. Het was even stil. 'Archies provider is Verizon,' zei hij. 'Begin daarmee.'

63

Henry trommelde met zijn vingers op het hete stuur. Susan zat weer met haar voeten op het dashboard, maar Henry liet het lopen. Ze waren nog maar een paar meter opgeschoven toen Henry's telefoon ging. Hij nam op.

Boven hen, een paar honderd meter naar rechts, werd een rotswand met kippengaas bij elkaar gehouden. VALLEND GE-STEENTE, waarschuwde een geel bord.

'Gevonden,' zei Claire. 'Heather Anne Gerber. Archie heeft het toestel op het abonnement van het gezin laten zetten. Hij heeft gezegd dat ze zijn dochter was.'

'Geef me het nummer,' zei Henry terwijl hij een Post-it van het blok op het dashboard trok. 'Laat het toestel traceren en bel me terug.'

Claire las het nummer voor en Henry noteerde het.

'En?' vroeg Susan toen hij had opgehangen. Ze hield een zak met ijs tegen haar gezicht en hij kon haar amper verstaan.

Hij gaf geen antwoord, maar toetste het nummer in van

het toestel dat Archie op naam van een dood meisje had laten zetten.

Hij werd rechtstreeks doorverbonden met de voicemail.

'Met mij,' zei Archies ingeblikte stem. 'Schiet op.' De voicemail piepte.

'Godverdegodver,' sprak Henry in. 'Je kunt maar beter een geweldige smoes hebben.' Zijn keel werd dichtgeknepen, hij slikte moeizaam en wendde zijn hoofd af om zijn gevoelens voor Susan te verbergen. 'Ik kom eraan.'

Hij verbrak de verbinding en keek Susan aan.

'Hij is het,' zei hij.

Zijn telefoon ging en hij hield hem bij zijn oor voordat hij nog eens kon gaan. 'Er is een houthakkersweg bij paal 92 aan Highway 20, bij de rivier de Metolius. Het toestel moet zich drie kilometer verderop aan die weg bevinden. Flannigan heeft het nagetrokken en er is daar maar één huis.'

Ze waren net langs paal 38 gekomen. Susan had gelijk. Het was Gretchen geweest. En Henry reed in exact de tegenovergestelde richting. Hij had geen tijd om zich nu voor de kop te slaan. 'Goed,' zei hij. 'Ik ga erheen. Stuur zoveel mogelijk mensen naar dat huis.'

'Je weet toch dat er brand is, hè?' zei Claire.

Henry zette de sirene aan, zwenkte naar de andere baan en keerde. Aan de horizon rees een vleeskleurige rookpluim onheilspellend op. 'Ja,' zei hij.

Sinds het laatste gesprek met Claire had Henry bijna geen woord meer gezegd. Hij omklemde het stuur zo stevig dat zijn knokkels wit zagen en zoefde door de bochten. Zijn pilotenbril reflecteerde de weg. Er was nu geen verkeer meer dat hem tegenhield. Ze kwamen weer langs het tankstation van Big Charlie en kronkelden verder omhoog, tussen de douglassparren door, met loeiende sirene.

De bomen werden hoger en de lucht was een uitgemergeld riviertje boven hun hoofd. Donkere schaduwen vielen op de weg. Het ijs was gesmolten.

Ze namen een bocht en zagen een wegversperring van Bosbeheer. Susan ving haar eerste glimp van de brand op. Een oranje muur van vlammen kronkelde achter een beboste richel voor hen. De lucht in het oosten zag beige van de rook.

'Jezus,' zei ze.

Henry stopte bij de versperring. De andere rijstrook was nog open om de laatste mensen die voor het vuur vluchtten erlangs te laten, maar de hunne was afgezet met zaagbokken. WEGVERSPERRING WEGENS BRAND, stond er op een groot bord.

Een boswachter met een paardenstaartje kwam naar de auto toe. Hij had de standaard boswachtershoed met brede rand op en een natte zakdoek voor zijn ogen en mond. 'Jullie moeten terug,' zei hij tegen Henry en hij gebaarde bergafwaarts.

Henry wees naar de sirene op de kap. 'Politie van Portland,' zei hij.

'Kom je de brand inrekenen?' vroeg de boswachter.

'Ik moet naar een houthakkersweg bij de Metolius,' zei Henry.

De boswachter schudde zijn hoofd. 'Het vuur is te dicht bij de weg. De weg is afgesloten. Je kunt omrijden.'

'Nee,' zei Henry. 'Ik moet er nu door. Ik denk dat Gretchen Lowell daar zit. Met Archie Sheridan.'

De boswachter stak zijn kin omhoog en keek naar de brandende heuvel. Susan was even bang dat Henry de zaagbokken gewoon omver zou rijden, maar het hoefde niet. 'Als het vuur de auto inhaalt,' zei de boswachter, 'blijf er dan in zitten. Ga op de vloer liggen en bedek je hoofd en gezicht. Adem oppervlakkig en door je neus. Als je toch moet uitstappen, ren dan niet de heuvel op om aan het vuur te ontkomen.'

Susan leunde voor Henry langs. 'Waarom niet?' vroeg ze.

De boswachter maakte de zakdoek los en wreef ermee in zijn nek. 'Omdat hitte opstijgt,' zei hij, 'en het vuur sneller is dan jij.'

Hij wenkte een van de andere boswachters om de zaagbokken opzij te zetten zodat de Crown Vic erlangs kon.

'Vooruit,' zei hij. 'En als het vuur over de weg springt, maak dan als de donder dat je wegkomt.'

Henry keek Susan aan. Ze wist wat hij dacht. 'Nee,' zei ze. Ze sloeg haar armen over elkaar en keek strak voor zich. 'Ik blijf bij jou.'

Er groeiden wilde bloemen langs de snelweg: uitgestrekte roze en paarse velden bedekten de noordelijke helling waar de heuvel met rotsachtige uitsteeksels onder een hoek van honderdtwintig graden klom. Susan had haar voeten op de vloer gezet, zodat ze naar voren geleund naar de rook kon kijken, die een zo immense pluim vormde dat het zelf een berg leek. Het was griezelig stil op de weg. De afgelopen paar kilometer hadden ze alleen een paar gele vrachtwagens van Bosbeheer gezien. Henry had zijn zwaailicht en sirene aangezet en niemand in de vrachtwagens had aandacht aan hen besteed. Ze hadden wel andere dingen aan hun hoofd. De douglassparren maakten plaats voor gele dennen. Vlak achter de volgende heuvel zag Susan twee vliegtuigjes die rood bluspoeder uitstrooiden. Het leek alsof er rood bloed uit de open buik van de vliegtuigjes liep.

Er lag een dode hinde langs de weg.

Een met kogels doorzeefd bord kondigde een 'Sno-Park' aan.

De rook was nu zo dicht dat Henry zijn koplampen aandeed.

Susan keek naar haar mobieltje. De afgelopen kilometers was de ontvangst soms weggevallen, en nu had ze helemaal geen signaal meer. 'Ik heb geen signaal meer,' zei ze.

'Ik ook niet,' zei Henry.

Susan voelde haar maag verkrampen op een manier die sterk aan angst deed denken.

Het begon te regenen. Henry zette de ruitenwissers aan en de regendruppels werden grijs over het glas uitgesmeerd. Het was geen regen.

'Wat is dat?' vroeg Susan.

'Heb ik je ooit verteld hoe ik in een huwelijk verzeild ben geraakt met een prinses van de Lummi-indianen?' vroeg Henry.

'Het is geen regen,' hield ze vol.

Henry gaf gas. 'Het is as,' zei hij.

Susan draaide haar raampje dicht. Ze deed het snel, met alle kracht die ze in haar arm had. De as dwarrelde als sneeuw naar beneden en bedekte de auto en de weg met fijn, grijs stof.

Ze namen de hobbel van de pas en de snelweg zwenkte naar een weids uitzicht. Toen begon de afdaling in het bos, zover het oog reikte, de helft brandend, met een lucht die oranje kleurde als een bizarre, psychedelische zonsondergang.

'Is het nog ver?' vroeg Susan. Haar ogen schrijnden van de rook, die nu zo dicht was dat Henry vaart moest minderen om niet van de weg te raken.

'Een kilometer of acht,' zei Henry.

Het vuur had het bos aan de zuidkant van de snelweg verwoest. De grond was zwart en de gele dennen waren veranderd in witte staken met opgekrulde, kale takken. Het bos aan de noordkant, waar het vuur de snelweg niet was overgestoken, was maagdelijk, met hoge sparren, elzen en ongelooflijk geelgroen prairiegras. Af en toe zagen ze een enkele boom die brandde als een fakkel.

'Het vuur springt over de weg,' zei Susan. Het werd moeilijk om te ademen en ze draaide de ventilatieroosters op het dashboard dicht, al hielp het niet.

'Ik weet het,' zei Henry.

Susan kuchte en bracht een hand naar haar mond in een poging de as tegen te houden. 'Die boswachter zei dat we moesten omkeren als het vuur over de snelweg sprong,' zei ze. Door je neus ademen, had hij ook gezegd, maar haar neus zat vol watten.

'Te laat,' zei Henry. Hij wees achter hen en Susan zag dat beide kanten van de weg daar in brand stonden.

Er klonk een knal en Susan, die dacht dat ze een klapband hadden, zette zich schrap met haar handen tegen het dashboard. De auto bleef echter op de weg. Ze begreep het niet en keek vragend naar Henry, maar die probeerde over het stuur geleund door de rook heen te turen. Toen drong het tot haar door: het waren de bomen. De bomen ontploften.

'Shit,' zei Henry, en ze keek net op tijd op om de eland te zien die doodstil midden op de weg stond.

Henry trapte op de rem en de auto tolde.

Susan kneep haar ogen stijf dicht toen ze tegen het portier aan de passagierskant werd geperst. Ze hoorde het geluid van verwrongen metaal waarmee de auto de vangrail raakte en deed haar ogen net lang genoeg open om de oranje vonken van het knappende metaal te zien springen. De auto stortte de heuvel af en kantelde, en toen hing ze ondersteboven, met haar handen tegen het dak gedrukt. Ze deed haar ogen weer dicht. Het geluid waarmee het metalen dak over de heuvel schraapte en verkoolde skeletten van bomen raakte was luid, als het blaffen van een dier, en op dat moment dacht ze aan Parker toen die van de brug zeilde. De tijd gaat langzamer tijdens een auto-ongeluk, dus hij moest tijd hebben gehad om na te denken, om te beseffen wat er gebeurde, net als zij nu.

Toen was het stil.

Ze leefde nog.

Ze maakte in gedachten de balans op van haar lichaamsdelen. Voeten. Benen. Armen. Handen. Ze was nog heel. Ze
deed haar ogen open. Het stof dat door de auto dwarrelde
prikte in haar ogen en ze moest hoesten.

'Gaat het?' vroeg Henry.

'Ik denk het wel,' zei Susan. 'Hebben we hem geraakt?'
Ze wist niet waarom ze zo bezorgd was om de eland.

'Kun je uit de auto komen?' vroeg Henry.

Ze deed haar uiterste best, maakte haar veiligheidsgordel
los en viel eerst op haar schouders en toen met opgetrokken
knieën op haar zij. De auto lag vol glas en aarde en haar ene
schouder deed pijn van de klap, maar ze dwong zichzelf in
beweging te blijven en werkte zich door de gebroken voorruit op de zwarte aarde, die nog warm was. Het verkoolde
hout brandde als toast in haar mond.

Ze klauterde weg van de auto, de stofstorm van roet uit
die de auto had opgeworpen. De auto was tegen een verkoolde boom tot stilstand gekomen, had een volle draai gemaakt en lag met zijn neus naar de weg, met de kofferbak
tegen de boom en de motorkap op de helling. De wielen
draaiden nog. Susan plukte de twijgjes en brokjes glas van
de voorruit uit haar haar en wilde opstaan, maar werd over-
vallen door duizeligheid en een hoestbui en moest weer gaan
zitten.

Haar neus. Ze voelde aan haar gezicht. Het verband zat
nog op zijn plaats. Haar gezicht deed pijn, maar niet meer
dan anders.

Ze keek op. Ze waren op tien meter van de weg, boven
het meer. Ze knipperde met haar ogen in de verblindende
rook. De heuvels rond het meer waren verwoest, en er stonden verkoolde resten van bomen; het leek de ondergang van
de wereld.

Ze hoorde Henry met een bons vallen en even later hees hij zich door de ruit. 'De mobilofoon is naar zijn mallemoer,' zei hij.

Hij liep naar de achterkant van de auto. 'Shit,' zei hij. 'De kofferbak zit klem.'

Susan daalde half glijdend naar hem af. De kofferbak van de Crown Vic zat om de boom gedraaid.

'Denk je?' zei ze.

'Daar zit alles voor noodgevallen in,' pruttelde Henry. 'Flitskogels, zaklamp, alles.' Hij wreef over zijn hoofd. 'Goed,' zei hij toen. 'We zullen moeten lopen.' Hij liep de zwartgeblakerde heuvel op.

Hij keek om. 'Kom op,' zei hij.

Susan verroerde geen vin. 'De boswachter zei dat we in de auto moesten blijven.'

'Die ligt op zijn kop,' zei Henry.

Susan sloeg haar armen over elkaar. 'Ik blijf hier.'

'Ik laat je niet achter,' zei Henry. Hij stak zijn hand naar haar uit.

'Nee, echt,' zei Susan. 'Het geeft niet. Laat me maar.'

'Susan, kom op. Het wordt al bijna donker. Op de weg maken we meer kans.'

Susan keek hem even aan, draaide zich om naar de auto, ging op handen en knieën zitten en stak haar hoofd door het raampje aan de passagierskant.

'Susan,' kreunde Henry.

Ze zag wat ze zocht onder de achterbank en pakte het. 'Even mijn tas pakken,' zei ze. Ze trok haar hoofd terug, ging staan en veegde het glas van de knieën van haar spijkerbroek.

Henry stak zijn hand weer uit en nu nam ze hem aan. 'Ik wil nooit meer naar het bos,' zei ze toen hij haar de heuvel op trok.

De eland was weg. 'We hebben hem toch niet geraakt,' zei Susan.

'Die eland zal me worst wezen,' zei Henry.

'Waarom ontweek je hem dan?' vroeg Susan.

'Om de auto heel te houden,' zei Henry.

Susan trok een wenkbrauw op en keek naar de verwrongen Crown Vic onder hen. 'O,' zei ze.

Iets aan de andere kant van de weg trok haar blik. Ze rende erheen en raapte het op. 'Goh, kijk,' zei ze blij. 'Mijn fles water.'

'Magnifiek,' zei Henry.

'Eens zien hoe sarcastisch je nog bent als je crepeert van de dorst,' zei Susan terwijl ze de aarde en de troep van de petfles veegde. Ze viste twee tabletten Advil uit haar zak en slikte ze met een teug uit de fles door.

'We creperen niet van de dorst,' zei Henry. Hij wees naar een paal langs de weg met het nummer 90. 'We zijn er bijna. Nog maar zes kilometer.'

'Lopen?' zei Susan. Ze keek naar haar Frye-laarzen. Ze had keelpijn en het verstikkende roze waas trok niet op.

'Tegen de tijd dat we daar aankomen, is de hele cavalerie er al. Als die er niet al is.'

'Vertel me dan dat verhaal maar,' zei Susan.

'Wat voor verhaal?' vroeg Henry.

'Over je huwelijk met een prinses van de Lummi-indianen.'

64

Ze waren uit het brandende gebied naar een groen woud van gele dennen gelopen. Een schroeiplek op de weg gaf de scheidslijn aan. Aan de ene kant een verbrande woestenij, aan de andere dennennaalden en dennenappels, paarse bloemen en prairiegras. De lucht was nog zwaar van de rook en het enige geluid kwam van de vliegtuigen en helikopters van Bosbeheer die zo nu en dan overvlogen. Geen politieauto's. Geen sirenes.

Susan zag dat Henry's huid, haar en kleren vol as zaten. Ze veegde over haar eigen gezicht en keek naar haar hand, die helemaal grijs was.

Het werd snel donker in de bergen. De ondergaande zon leek op een straatlantaarn achter een oranje mist. De helft van de lucht was bespikkeld met sterren en de andere helft, waar de sterren aan het oog werden onttrokken door roet en deeltjes, was zwart. Ze hadden niet veel tijd. Te voet en zonder zaklamp zouden ze binnen het uur geen hand voor ogen meer kunnen zien.

Susans ogen schrijnden van de rook en ze wreef erin, wat de pijn alleen maar erger leek te maken. Ze keek naar haar handen, die onder een laagje as zaten, en wreef ze schoon aan haar spijkerbroek.

'Hier moet het zijn,' zei Henry. Hij bleef staan bij paal 92, waar een grindweg het bos in kronkelde.

Hij klapte zijn mobieltje open, een lichtblauw schijnsel in de violette schemering. 'Nog steeds geen signaal,' zei hij. 'De mast moet het begeven hebben.'

Susan tuurde de weg af. Alles zag er zacht en vreemd roerloos uit in de rook. 'Waar is de cavalerie nou?' vroeg ze.

Henry trok zijn wapen uit de schouderholster en keek van links naar rechts de weg af en toen over de grindweg. 'Die is er nog niet.'

'Waarom niet?' vroeg Susan. Henry had Claire een uur geleden gesproken. Er klopte iets niet. Ze hadden er al moeten zijn.

'De brand,' zei Henry. 'De politie zal Sisters wel evacueren. Mogelijk is de luchthaven gesloten en kan er dus niemand komen. Ik weet het niet. Wacht jij maar hier. Er komt wel een brandweerauto langs.'

Susan schudde haar hoofd. 'Nee, dat zit er niet in. Als de brandweer hier was, hadden we ze nu wel gezien. Ze zijn de brand ergens anders aan het bestrijden. Je laat me hier niet achter.'

'Het vuur trekt naar het noorden,' zei Henry.

Susan keek naar de lucht. 'Stel dat de wind draait?'

Henry keek de verlaten snelweg in beide richtingen af. Toen draaide hij zich om en liep de grindweg op, met zijn wapen langs zijn dij. 'Ook goed.'

Susan haalde hem in. 'Oké,' zei ze.

Na een halfuur waren ze bij het huis. Als je ernaar zocht, was het niet moeilijk te vinden. Het was de enige bebouwing langs de weg. Ze zagen de brievenbus eerst. Toen de lichtjes tussen de bomen.

Het huis was niet zo oud. Het was gebouwd in de blokhutstijl, met houtblokken en een stenen gevel rond een grote dubbele voordeur. De zilverkleurige Jag stond voor het huis.

'Blijf hier,' zei Henry, die zijn wapen hief en naar het huis liep.

Susan deed moeite om hem bij te houden. Dennenappels en twijgen kraakten onder haar zolen.

Henry draaide zich om. 'O, in godsnaam,' zei hij.

'Ik blijf hier niet alleen achter,' zei Susan. De lucht in het westen had een paarse gloed gekregen.

Henry pakte haar bij haar schouders. 'Je moet hier blijven, dan kun je hulp halen als Archie binnen is en er iets met mij gebeurt.'

Ze vroeg zich af hoe ze dat moest doen. Naar Sisters lopen? Een helikopter aanhouden? Henry keek echter zo ernstig dat ze knikte.

Henry hief zijn wapen weer en liep naar het huis. Hij liep gebukt onder de ramen door, stapte de veranda op en naderde de deur.

'Heb je geen huiszoekingsbevel nodig?' fluisterde Susan.

Hij leek haar niet te horen. Hij deed de deur open en liep het huis in. Susan was alleen.

Er gingen een paar minuten voorbij. Een eekhoorn klom in de boom waar Susan naast stond. Hij klauwde zich in vier sprongen omhoog en bleef bewegingloos zitten.

De voordeur van het huis bleef open.

Susan tastte op de grond en raapte de scherpste tak op die ze kon vinden. Ze had de tak in haar ene hand, de fles water in de andere. Ze kon alleen buiten blijven, of ze kon naar binnen gaan om te zien wat er aan de hand was. Het was allebei gevaarlijk, maar als ze naar binnen ging, was ze tenminste niet alleen. Parker zou naar binnen gaan. Hij zou niet eens aarzelen.

Bekijk het maar. Ze zette de fles neer en liep achter Henry aan het huis in.

Er klonk muziek binnen. Susan hoorde het net boven haar bonkende hart uit. Een klassiek concert zweefde zwakjes uit de woonkamer aan het eind van de gang.

Susan stond zichzelf even toe te geloven dat het misschien het verkeerde huis was. Dat Archie er misschien niet was.

Ze schoof langzaam langs de muur, met de tak als een zwaard voor zich uit. Hij was vuil en krom en ze kneep er zo hard in dat ze bang was dat hij in haar handen zou breken.

Henry stond aan het eind van de gang, zo roerloos dat zijn hele lichaam leek te beven.

'Wat heb je met hem gedaan?' vroeg hij.

Susan werd langs de muur naar voren getrokken door een kracht die sterker was dan zijzelf. Ze werd zich er pas van bewust dat ze bewoog toen ze aan het eind van de gang was.

Een enorme open haard doemde voor haar op. De sintels van een bijna gedoofd vuur flakkerden in de schouw. Toen besefte Susan dat het niet de sintels waren die flakkerden, maar de bosbrand. Door de grote ramen aan weerszijden van de stenen schoorsteenmantel zag ze de keten van rode vlammen in het donker naderen, een schouwspel van een sinistere pracht. Het vuur was nog hooguit anderhalve kilometer van hen verwijderd.

Susan kreeg geen lucht.

Henry stond naast haar, met zijn wapen op Gretchen Lowell gericht. Susan kreeg niet genoeg zuurstof, ze kon zich niet concentreren. Gretchen droeg een broek en een witte zijden blouse en er hingen slierten haar voor haar gezicht, die waren losgeraakt uit haar knot. Archie lag met zijn hoofd op haar schoot. Dood. Susan hapte naar lucht, maar door het gaas in haar neus voelde het alsof iemand een hand tegen haar gezicht drukte. Gretchens witte blouse was bespat met Archies bloed.

Susans longen gierden weer, een vochtig, ratelend geluid, als een doodsreutel.

'Susan, weg hier,' zei Henry, die nog steeds strak naar Gretchen keek. 'Uit zijn buurt,' blafte hij.

Susan zag Gretchen een arm opsteken, zodat de stalen handboeien zichtbaar werden waarmee haar pols aan de trapleuning was vastgemaakt. 'Dat kan ik niet,' zei Gretchen wrevelig, alsof het al te vanzelfsprekend was.

Henry schoof met zijn wapen geheven naar Gretchen toe. Susan voelde een harde klont paniek in haar borst. Er buitelden wel duizend mogelijkheden door haar hoofd. Wat moest ze beginnen als er iets met Henry gebeurde, als ze alleen achterbleef bij Gretchen, met Archie op de vloer? Ze keek naar de tak in haar handen en zocht naar een beter wapen, een mes, een hamer, wat dan ook. Ze zag de witte tas op de bar, de sleutel, het vel papier en de lege medicijnpotjes, maar geen stompe voorwerpen. Toen zag ze het fruitmesje op de bar. Ze liet de tak vallen, pakte het mesje en sloot haar hand eromheen. Henry was bij Archie aangekomen en knielde bij hem. Met zijn wapen op Gretchens hoofd gericht zocht hij een ader in Archies hals.

'Wat heb je met hem gedaan?' vroeg hij dwingend.

'Niet wat je denkt,' zei Gretchen.

Susan pakte haar mobieltje en keek ernaar. Nog steeds geen signaal. Als ze dit overleefde, nam ze beslist een andere provider. Ze keek om zich heen, maar zag nergens een vaste telefoon.

'Hou je handen waar ik ze kan zien,' zei Henry tegen Gretchen. Hij hield zijn kiezen op elkaar geklemd, zodat de woorden er hard en snel uit kwamen.

Gretchen stak haar andere hand op. 'Zijn lever begeeft het. Ik heb Naloxone. Ik kan hem redden. Maak me los. De sleutel ligt op de bar.'

Susan keek van het sleuteltje op de bar naar Gretchen. Toen viel ze bijna om van verbazing: het was niet Archies bloed op Gretchens blouse, maar dat van Gretchen zelf. Ze had haar eigen pols opengehaald in haar pogingen zich uit de handboei te bevrijden.

Hij zou nog in leven kunnen zijn.

'Sterf,' zei Henry tegen Gretchen.

'Hij gaat dood,' zei Gretchen. Ze zei het bedaard, volkomen zeker van haar zaak. 'Maak me los. Dan red ik hem.'

Susan keek van Gretchen naar Henry en weer terug. Doe iets, iemand.

'Je gaat hem helpen,' zei Henry al net zo overtuigd, 'want anders schiet ik je door je kop.'

Archie leefde nog. Susan was duizelig van opluchting. Ze snotterde door het verband heen. Ze veegde het snot weg, dat zwart was van de roetdeeltjes en het bloed van haar gebroken neus. Archie lag op sterven.

Gretchen keek naar Susan. 'Maak me los,' zei ze. Susan keek weer naar het sleuteltje. Gretchen had zo'n absoluut gezag dat ze weifelde.

'Susan, blijf waar je bent,' zei Henry.

'Tik, tak,' zei Gretchen.

Archie ging dood. Net als Parker. Net als haar vader. Hij stierf waar ze bij stonden.

Op dat moment kromde Archie zijn rug en kreeg een aanval. Susan kon het niet goed zien, ze wist niet wat er gebeurde, maar ze zag zijn benen trekken en zijn borst steigerde op een afschuwelijke manier. Susan had haar vader net zulke aanvallen zien krijgen. 'Help hem,' smeekte ze. Ze huilde. Ze kon er niets aan doen. Ze hoorde hier niet. Ze bleef maar beven. Ze kon niet meer denken. Alles stortte in.

'Susan... mijn tas,' zei Gretchen.

Susan liet Archie niet doodgaan. De rest deed er niet toe. Gretchen leek zo zelfverzekerd. Ze was verpleegkundige geweest. Ze wist wat ze moest doen. Ze kon hem redden. Ze had het al eens gedaan. Susan keek naar de witte tas, griste hem van de bar en gooide hem naar Gretchen.

Ze had hem nog niet losgelaten of ze had al spijt, maar er was niets meer aan te doen.

De tas zeilde door de lucht en landde bij Gretchens knie.

Henry werd afgeleid door de beweging, lette even niet op Gretchen en riep: 'Nee!'

Gretchen maakte de tas in een flits open en richtte een wapen op Henry's hoofd. Ze zaten op hun knieën tegenover elkaar, met de loop van hun wapen op maar een paar centimeter van elkaars hoofd. Gretchen grinnikte. Haar ogen fonkelden en er glom speeksel in haar mondhoeken. Archie lag languit tussen hen in. De aanval was voorbij. Waarschijnlijk was hij dood, besefte Susan. Ze bracht haar vingers naar haar keel, ontzet door wat ze had gedaan.

Gretchen glimlachte. 'Je moet niet met amateurs werken, Henry.'

65

'Susan,' zei Henry zacht. 'Maak dat je wegkomt.'

Het was te laat. Susan kon zich niet bewegen. Niet omdat ze verlamd was van angst, maar omdat ze zo ontzettend pissig op zichzelf was dat ze niet meer kon denken.

'Haal het niet eens in je hoofd, duifje. Je wilt Archies leven toch redden? De injectiespuit zit in mijn tas. Kom hier.'

Susan kon niet reageren. Ze was verstijfd.

'Je kunt Archies leven redden, maar dan moet je wel hier komen.'

Susan veegde nog wat bloederig snot van haar lip en dwong zichzelf de wil te vinden om te bewegen. Ze stopte het mes in de kontzak van haar spijkerbroek en zette een aarzelende stap in Gretchens richting.

'Wegwezen hier,' zei Henry. 'Ga naar de weg, probeer naar de stad te komen.'

Maar Susan bleef lopen. Ze voelde het mesje door de spijkerstof in haar huid prikken en dat was het enige wat haar in beweging hield.

Ze nam in gedachten de doelwitten door: Gretchens volmaakte blauwe oog, haar sierlijke halsslagader. Steken en draaien. Goed, het was een klein mes, maar het was genoeg om Henry de kans te geven Gretchens wapen af te pakken. Of haar tussen haar ogen te raken.

Toen Susan dichterbij kwam, zag ze Archie beter. Zijn ogen waren witte spleetjes en zijn huid had een blauwige zweem. Ze vocht tegen de hete tranen van woede. Henry hield zijn hand nog tegen Archies hals. Dat was een goed teken, hield Susan zichzelf voor. Het hield in dat er nog iets te voelen was.

Susan zakte voor Gretchen op haar knieën. De halsslagader was het beste, besloot ze. Dan hoefde ze niet zo precies te mikken.

'Brave meid,' zei Gretchen. 'Stop je hand nu in het buitenvak van mijn tas. Er zit een injectiespuit in en een rubberen tourniquet. Pak ze, nu.'

Susan pakte de spuit en de tourniquet. 'Ik weet niet wat ik moet doen,' zei ze.

'Dan leer je het maar,' zei Gretchen. 'En als je het verkloot, sterft Archie. En dan vermoord ik Henry. En jou. Bind zijn arm af met die tourniquet en zoek een ader. Kun je er een zien?'

Susan stroopte Archies mouw op, bond de rubberen tourniquet om zijn biceps en tilde zijn arm op. De huid was blauwig en koel, maar ze zag een ader in zijn elleboog. 'Ik geloof het wel,' zei ze.

Gretchens stem klonk volkomen kalm. 'Hou de naald met het oogje naar boven. Steek hem erin. Als je de aderwand doorboort, voel je even weerstand.'

Susan zette de naald met het oogje naar boven op Archies arm en duwde hem naar binnen. Ze voelde de weerstand. 'Ik geloof dat ik erin zit,' zei ze.

'Goed zo,' zei Gretchen. 'Zit er bloed in de spuit?'

Susan keek naar de spuit. Er was geen bloed te zien. 'Nee,' zei ze.

'Geeft niet,' zei Gretchen. 'Trek de zuiger een stukje uit.'

Susan deed het. Er liep een stroompje rood in de spuit. 'Ik zie bloed,' zei ze.

'Goed,' zei Gretchen. 'Je zit dus in een ader. Controleer of het oogje nog boven zit en duw de zuiger in.'

Susan keek of het oogje nog boven zat en duwde de zuiger naar beneden. Ze had het gedaan. Ze had hem het medicijn toegediend. Ze wilde lachen, huilen en door de kamer dansen. Toen zag ze het ernstige gezicht van Henry, die zijn wapen nog steeds op Gretchens hoofd richtte. Ze trok de naald uit Archies arm. Ze had niets om het bloeden te stelpen, dus boog ze zijn arm en hield hem vast.

Archie kreeg op slag een gezondere kleur.

'Geef me nu de sleutel van de handboeien,' zei Gretchen.

Susan stond op, pakte de sleutel en kwam terug. Ze hield zichzelf voor dat ze moest doen wat Gretchen zei. Gretchen bedreigde Henry nog steeds met haar wapen. Susan stak het sleuteltje in het slot van de handboeien en draaide het om. De boeien klikten open, Gretchen bevrijdde haar pols en op hetzelfde moment stak Susan haar hand in haar achterzak en stak het mes sneller dan ze voor mogelijk had gehouden in Gretchens romp, onder haar ribben. Het was makkelijker dan ze had gedacht. Het mes gleed langs wat hobbels van kraakbeen, ketste af op bot en gleed onder de ribben naar binnen alsof het door harde kaas sneed. Toen Susan haar bevende hand terugtrok, stak het mes tot aan het heft in Gretchens zijden blouse, met een donkerrode kring eromheen.

Susan was niet eens in de buurt gekomen van de halsslagader.

Maar het volstond. Gretchens ogen werden groot en toen het mes haar doorstak, ontsnapte haar een zucht die haar mond een o-vorm gaf. Henry greep zijn kans, dook naar voren en sloeg met zijn onderarm tegen Gretchens elleboog. Hij dook voor Susan langs naar het wapen, wrong het uit Gretchens hand en gooide het weg.

Terwijl Henry naar het wapen krabbelde, zag Susan dat Gretchen haar hand om het mes sloot dat ze in haar had gedreven.

'Het mes,' bracht Susan uit toen Gretchen het met een rukje van haar elleboog lostrok. Het zilveren lemmet was glad van het bloed. Gretchen trok Archies hoofd aan een pluk van zijn haar omhoog en hield het mes op zijn keel.

'Ik hou toch meer van messen,' zei ze.

Er drong rook het huis binnen, net genoeg om alles een tikje onscherp te maken. Susan wist niet eens of Gretchen en Henry het wel merkten.

De wind was gedraaid.

Gretchen gleed als een krab achteruit over de vloer, op haar voeten en ellebogen, met een arm om Archies borst en met de andere het mes bij zijn nek houdend, hem meeslepend zoals een dier zijn prooi meesleept, naar de openstaande terrasdeur.

'Nee,' zei Henry. Hij lag op zijn zij op de vloer, met zijn armen uitgestrekt en het geheven wapen op Gretchen gericht.

'Heb je ooit een kip geslacht, Henry?' vroeg Gretchen poeslief. Ze drukte het mes tegen Archies huid. 'Sommige mensen gebruiken een hakblok, maar het kan ook met een metalen kegel.' Ze glimlachte. 'Je bindt de poten van de kip bij elkaar en strekt de nek door de opening onder in de kegel. Dan snij je hem de keel door.' Ze haalde het mes langs Archies hals, met het lemmet op zijn kant om hem niet te snijden. 'Het gaat erom dat je de halsslagader doorsnijdt, zodat hij leegbloedt, maar je moet de luchtpijp niet raken.' Ze knipoogde. 'Dat is naar voor de kip, zeggen ze.'

'Geen millimeter verder,' zei Henry. 'Deze keer ontsnap je niet.'

'Zijn lichaam heeft veel doorstaan,' zei Gretchen. 'Hoeveel bloed zou hij kunnen verliezen zonder te sterven, denk je?'

Henry ging rechtop zitten, maar bleef op Gretchens hoofd richten. Toen kwam hij langzaam overeind. 'Je doet het niet. Hij is te belangrijk voor je.'

Susan dacht dat ze Gretchen zag aarzelen. Haar wenkbrauwen trokken en ze drukte Archie steviger tegen zich aan, met haar knieën aan weerszijden van zijn romp.

Henry heeft gelijk, dacht Susan, die weer moed kreeg. Gretchen zou Archie niet vermoorden. Ze had hem net nog gered. Weer. Ze wilde hem levend hebben. Henry zette een stap haar kant op, met zijn wapen in de aanslag.

Gretchen sneed in Archies hals. Het mes drukte op de huid, die zo willig spleet als de schil van een aubergine. Het bloed dat uit de wond liep, kleurde Archies hals en borst donker.

Susan was duizelig van de adrenaline, schrik en angst. Ze vond het jammer dat ze de tak niet meer had, want dan had ze die nu in Gretchens oog kunnen rammen. Ze was er misschien niet aan doodgegaan, maar de wond was waarschijnlijk wel ontstoken geraakt. En in de verte, bijna onbewust, dacht ze het zwakke geluid van sirenes te horen.

Gretchens ogen spuwden vuur naar Henry. 'Denk nooit dat je kunt voorspellen wat ik zal doen,' zei ze. Haar hand omsloot het mes als een rode handschoen. Gretchen likte langs het lemmet en grijnsde. 'Ik hou wel van mannen met een leverkwaal,' zei ze. 'Hun bloed is zo zoet.'

Alle aderen in Henry's hoofd puilden uit. Susan dacht dat ze zijn bloed zag pompen, zo snel dat het dreigde zijn huid te laten openbarsten. Zijn handen omklemden het wapen alsof het Gretchens nek was.

'Nog niet,' zei Gretchen waarschuwend.

Archie leefde nog. Hij bloedde, maar het bloed gutste niet uit de wond; ze had geen slagader geraakt. Hij zag bleek, maar hij zweette nog. Dode mensen zweetten toch niet?

'Oefen druk uit op de wond,' zei Gretchen tegen Susan. 'Zeg dat hij een leververgiftiging had. Hij heeft ongeveer drie uur geleden veertig pillen geslikt.' Haar lippen waren besmeurd met het bloed van het mes.

Ze fluisterde iets in Archies oor, drukte een kus op zijn wang die een bloedige afdruk van haar lippen achterliet, legde zijn hoofd behoedzaam op de vloer en verdween door de terrasdeur. Henry schoot in haar richting en zette de achtervolging in. Susan hoorde hem buiten nog drie keer schieten.

Ze rende naar de bar, pakte een geruite theedoek, rende ermee naar Archie en drukte de doek tegen de wond in zijn nek. 'Niet doodgaan,' zei ze tegen hem. Ze veegde de bloedige kus voorzichtig met haar mouw van zijn wang. 'Waag het niet dood te gaan.'

Buiten zwol het geluid van de sirenes aan.

66

'Je leeft nog,' zei Henry. 'En zij is ontsnapt.'

Recht boven Archies ziekenhuisbed hing een sprinkler. Dat was het eerste wat hij zag. Het tweede was Henry, die boven hem uittorende. Toen Debbie, die op een stoel aan de andere kant van het bed zat, met een opengeslagen tijdschrift op haar schoot.

O, god. Debbie.

'Ze is het vuur in gevlucht,' vertelde Henry. 'Er was veel rook.' Hij haalde een hand over zijn hoofd. 'De omgeving wordt nog afgezocht. Ze zou in de vlammen beland kunnen zijn, maar dat geloof ik pas als we haar resten vinden.'

Archie deed zijn ogen weer dicht, draaide zich op zijn zij en trok zijn knieën op. Zijn huid brandde van het zweet en zijn hele lichaam deed pijn. Hij ging verliggen op zoek naar een draaglijke houding. Zijn maag verkrampte door de beweging. Zijn handen beefden zo hevig dat hij ze tussen zijn knieën klemde. Hij deed zijn ogen open. Zelfs het licht deed pijn. 'Wat heb ik?' vroeg hij zwakjes.

'Onttrekkingsverschijnselen,' zei Henry. 'Je hebt een opioidenantagonist toegediend gekregen, Naloxone. Je hebt een overdosis gehad. De Naloxone blokkeert de opiaatreceptoren. Het is dus cold turkey afkicken, vriend.'

Archie zocht in zijn geheugen naar aanwijzingen voor wat er was gebeurd, maar vond niets. De lakens waren koud en klam van zijn zweet. Het laatste wat hij zich herinnerde, was dat Gretchen hem vasthield. Een muur van pijn dreunde als een elektrische schok door zijn lichaam en hij trok zijn knieën nog hoger op. Ze hadden hem te vroeg gevonden. Hij begreep alleen niet hoe zij had kunnen ontsnappen. Toen voelde hij de pijn diep in zijn keel, stak een bevende hand op en liet zijn vingers over het ruwe verband om zijn nek glijden. Hij wist niet hoe dat was gebeurd, maar één ding wist hij wel: ze was ontkomen. Het was allemaal voor niets geweest.

Hij schoot in de lach.

'Ze heeft jou als gijzelaar gebruikt,' zei Henry. 'Ze heeft je leven gered met die Naloxone en toen heeft ze je keel doorgesneden.'

'Ik ben met haar naar bed geweest,' zei Archie. Het was de halve waarheid.

Het tijdschrift gleed van Debbies schoot en plofte op het linoleum.

Henry boog zich over Archie heen en legde een hand op zijn schouder. 'Zeg dat nooit meer hardop,' zei hij.

'Ik vond gewoon dat jullie het moesten weten,' zei Archie. Hij slikte moeizaam, waardoor het begon te bonzen in zijn hals. 'Ik kan zeker geen pijnstillers voor mijn keel krijgen?' vroeg hij.

Debbie had haar vuisten gebald en de knokkels waren wit, alsof ze zich tot het uiterste moest beheersen om hem niet met haar blote handen te wurgen. Hij kon het haar niet kwalijk nemen. Probeerde ze het maar. Drukte ze maar een kussen op zijn gezicht om hem te smoren. Dat zou een daad van menslievendheid zijn.

'Het is niet echt,' zei ze. 'Wat je ook denkt met haar te hebben, het is niet echt.'

Hij moest zich concentreren om iets te zeggen. Alle spieren in zijn lichaam waren verkrampt van pijn, alsof ze smachtten naar zuurstof. De afgelopen twee jaar had hij zich wel eens voorgesteld hoe het zou zijn om af te kicken.

Dit was erger.

'Ik dacht dat ik haar kon pakken,' zei hij hulpeloos.

Er kwam een verpleegkundige in een perzikkleurig schort binnen die hem een nieuw infuus gaf. 'Om u te helpen slapen,' zei ze.

Archie knikte dankbaar.

Henry kneep in zijn neuswortel. 'Misschien kun je ons de volgende keer bij je plannen betrekken.'

Ze wisten allebei dat Henry hem had kunnen tegenhouden.

'Je hebt me laten gaan,' zei Archie. 'Je liet me in mijn eentje naar de wc gaan. Dat is niets voor jou.'

Debbie keek naar Henry.

Henry wierp een blik op Debbie en keek toen weer naar Archie. 'Ik zou nooit toestaan dat jij jezelf als lokaas gebruikte,' zei hij. 'Je mag blij zijn dat je nog leeft.'

Blij dat je nog leeft. Waarom? Waar was het allemaal goed voor geweest?

'Heb je de bekentenis gevonden?' vroeg Archie.

'Ja,' zei Henry.

Dat was tenminste nog iets. Dat had hij dan toch bereikt.

'Je kunt hem afsluiten,' zei Henry grommend. 'Die ene zaak kun je afsluiten. Van veertien jaar geleden. Een wegloopster zonder familie. Die zaak heb je afgesloten. Was het het waard?'

Archie deed zijn ogen dicht en glimlachte. Hij voelde dat het slaapmiddel begon te werken. Het schonk hem een beetje verlichting. 'Ja,' zei hij.

Hij moest in slaap zijn gesukkeld, want toen hij weer wakker werd, stond Henry aan de andere kant van het bed. Debbie was weg.

Archie leunde opzij en kokhalsde. Henry hield hem een po van roze plastic voor en hij braakte er rillend in. Toen hij klaar was, zakte hij buiten adem terug in de kussens.

Henry liep met de po naar de badkamer. Archie hoorde dat de wc werd doorgetrokken, toen liep er een kraan. Henry kwam terug met de lege po en zette hem op het kastje bij het bed.

'Ben je klaar?' vroeg Henry.

Archie wist niet waar hij het over had.

'Je ligt al een uur te kotsen,' zei Henry. 'Weet je dat niet meer?'

Archie draaide zich op zijn zij en trok zijn knieën op. 'Nee,' zei hij.

'Rosenberg is op bezoek geweest,' vertelde Henry. 'En Fergus, weet je dat nog?'

Archie schudde zijn hoofd. Hij lag onder een berg dekens, maar hij had het nog steeds koud. Hij trok de dekens over zijn schouders. Zijn armen en benen trilden. Het voelde alsof hij pijn in zijn botten had.

'Als je het twaalf uur volhoudt op de Naloxone, mag je meer pijnstillers,' zei hij. 'Langzaam afbouwen.'

'Duurt het nog lang?' vroeg Archie.

Henry keek op zijn horloge en trok zijn wenkbrauwen op. 'Nog zeven uur,' zei hij.

Archie voelde weer gal in zijn keel opwellen, draaide zich op zijn zij en trok zijn knieën naar zijn borst. 'Praat tegen me.'

Henry ging zitten. 'Ik had Susan bij me,' zei hij. 'Toen ik je vond.'

Archie trok een grimas. Het was niet zijn bedoeling geweest Susan in gevaar te brengen, maar toen hij haar de aanwijzing over Heather Gerber gaf, had hij geweten dat als ze de hint oppikte, ze tot het bittere eind zou doorgaan. Ze zou Henry nooit alleen achter de aanwijzing aan laten gaan. Als ze door zijn schuld was vermoord, kon hij niet meer met zichzelf leven. 'Maakt ze het goed?' vroeg hij.

'Ze zal je wel willen spreken,' zei Henry. 'Ik heb gezegd dat ze het allemaal mag opschrijven, op een paar details na.'

Henry vertelde Archie over Susans ontsnapping aan koolmonoxidevergiftiging en over Bennett, die een verdieping hoger lag, nog steeds in coma, en toen over de andere lichamen in het park, die door Susan waren geïdentificeerd.

Archie dacht aan John Bannon en Buddy Anderson. 'Ik moet haar spreken, maar eerst,' zei hij toen hij zijn maag voelde verkrampen, 'moet je me die po weer even geven.'

De artsen en verpleegkundigen kwamen en gingen. Hij had vijfendertig hechtingen in zijn nek. Ze had de luchtpijp en de halsslagader gemist. Ze bleven hem vol Naloxone pompen.

Debbie was er weer. Ze had de kinderen niet bij zich en hij had er niet naar gevraagd. Ze konden hem beter niet zo zien. Ze hadden al te veel gezien.

'Ben je eroverheen?' vroeg ze.

Hij deed zijn ogen dicht. 'Nee,' zei hij.

'Wat wil je, Archie?'

Wat hij wilde? Hij wilde dood. Dat was het plan geweest. Hij wendde zijn hoofd van haar af. 'Slapen,' zei hij.

Archie zag een gedaante in de deuropening. Het duurde even voordat hij begreep dat het een kind was. Eerst dacht hij dat het Ben kon zijn. Hij glimlachte en probeerde rechtop te gaan zitten. Hij wilde dat het Ben was.

Maar het was Ben niet. Het was de jongen uit het park. Hij wenkte de jongen, en hij kwam de kamer in. Hij had dezelfde kleren aan als in het bos, een Ducks-т-shirt en een cargo-bermuda.

'Hoi,' zei de jongen, en hij stak verlegen zijn hand op.

'Ken je me nog?' vroeg Archie. 'Uit het bos?'

De jongen, die zich geen raad wist met zijn sprietige armen, sloeg ze eerst over elkaar en stopte toen zijn handen in zijn zakken. 'Mag ik mijn nest terug?' vroeg hij.

'Het is bewijsmateriaal,' legde Archie uit.

'O,' zei de jongen.

Door zijn waas heen begon het Archie te dagen dat het een ongelooflijk toeval was dat hij de jongen hier zag. Was hij speciaal voor hem gekomen? 'Wat doe je hier?' vroeg hij.

De jongen haalde zijn schouders op. 'Mijn moeder werkt hier,' zei hij.

Archie dacht erover na. Het klonk aannemelijk. 'Ik wil je aan mijn collega voorstellen,' zei hij.

De jongen deinsde achteruit. 'Sorry,' zei hij. 'Ik moet weg.' Hij vervolgde op samenzweerderige toon: 'U kunt ook beter weggaan. Mijn moeder zegt dat ziekenhuizen gevaarlijk zijn.' Hij keek om zich heen. 'Je kunt er secundaire infecties oplopen.'

'Hé,' zei Susan. Archie had gedroomd. Hij keek naar de wandklok. Hij was de hele nacht en ochtend telkens weggezakt en weer bijgekomen. Om twaalf uur was Fergus eindelijk gekomen om hem morfine te geven. Hij had het in het infuus geïnjecteerd, net als Gretchen tijdens die laatste paar dagen van zijn gevangenschap had gedaan.

'Ben je wakker?' vroeg Susan.

Archie keek slaapdronken om zich heen. 'Waar is dat joch?' vroeg hij.

Susan keek ook om zich heen en trok een wenkbrauw op. 'Ik heb niemand gezien,' zei ze.

Archie wreef over zijn gezicht en keek naar Susan. Henry had wel gezegd dat ze haar neus had gebroken, maar Archie was niet voorbereid op de werkelijkheid. Ze zat in het verband en ze had twee blauwe ogen die waarschijnlijk die nacht waren komen opzetten. 'Gaat het?' vroeg hij.

'Ik moet je spreken,' zei ze. 'Over Davis en Nixon. Over Molly Palmer.'

'Wie zijn Davis en Nixon ook alweer?' vroeg Archie.

'De lichamen in het park,' zei Susan ongeduldig. 'Henry zei dat hij het je had verteld.'

'O ja,' zei Archie.

'Maar goed,' vervolgde Susan. 'Dat komt nog wel.' Ze trok haar benen onder zich op de stoel. 'Eerst moet ik je iets vertellen. Ze hebben vanochtend een verklaring afgelegd. Er is een nieuwe senator benoemd die Castles termijn gaat uitzitten.' Haar wangen werden rood. 'De burgemeester. Bud Anderson.'

'Buddy?' zei Archie.

'Ik ben met hem gaan praten,' vervolgde Susan. 'Ik heb tegen hem gezegd dat de *Herald* het stuk over Castle eindelijk gaat plaatsen en dat ik erin onthul dat hij in het openbaar heeft gelogen dat hij niet wist dat het om seks met een minderjarige ging. Dat is belemmering van de rechtsgang. Ik heb tegen hem gezegd dat Henry de zaak-Nixon/Davis ging heropenen en dat alles uit zou komen.'

Archies brein was troebel. Hij probeerde het te volgen. 'Gaat de *Herald* het stuk over Castle plaatsen?'

Susan schudde haar hoofd. 'Nee, dat had ik gelogen.'

'Waarom vertel je me dit?' vroeg Archie.

'Omdat Buddy heeft gezegd dat hij een verklaring zou afleggen,' zei Susan. 'Hij zou alles openbaar maken. Wat hij wist en hoe lang al.' Ze zweeg even voor het effect. 'Zodra hij jou had gesproken.'

67

Buddy stond in Archies kamer. Hij spreidde met zijn vingers de lamellen van de luxaflex om naar buiten te kijken. Hij leek er al een minuut of vijf te staan.

'Senator,' zei Archie.

Buddy grinnikte. 'Nog niet,' zei hij.

Archie kende Buddy nu bijna vijftien jaar en was op zijn laatste twee bruiloften geweest. Buddy had Debbie na allebei de bevallingen in het ziekenhuis opgezocht en de kinderen als baby's in zijn armen gehouden. Hij had bij Archie en Debbie thuis gegeten. Archie en zijn gezin waren bij hem thuis geweest. Archie en hij hadden dagen van twaalf uur gemaakt toen ze aan de zaak van de Beauty Killer werkten. Buddy was een van de weinige mensen die begrepen hoe het was geweest, die lange nachten, de obsessie, het geweld en het verdriet. Na Archies ontvoering was Buddy degene geweest die had gezorgd dat Archie betaald ziekteverlof had gekregen, en hij had ook getekend voor het slachtofferidentificatieproject. Archie zou zijn schuld aan hem nooit kunnen inlossen.

En nu ging hij hem van moord beschuldigen.

'Als Molly Palmer meer geld van Castle wilde hebben, nam ze contact met jou op,' zei Archie. 'Je gebruikte John Bannons naam, maar jíj was het.'

Buddy krabde aan zijn wang en knikte afwezig. 'De eerste jaren na de politieacademie schnabbelde ik bij als lijfwacht van Castle,' zei hij. 'Dat heb je nooit geweten, hè?' Hij keek met een flauwe glimlach in het niets. 'Ik was altijd een groot bewonderaar van hem. Hij heeft veel gedaan voor de misdaadbestrijding.'

'Heb jij Nixon en Davis vermoord?'

Buddy ging op de stoel bij het bed zitten, pakte een kartonnen bekertje koffie uit de kantine van de vloer en pelde het dunne deksel van wit plastic er af. Hij nam een slokje en klemde de beker tussen zijn knieën. 'Ik heb de boel opgeruimd,' zei Buddy. 'Het was moord-zelfmoord. Die knul had een afscheidsbrief geschreven.' Buddy tekende aanhalingstekens in de lucht. 'Hij was verraden door de politiek. Hij noemde specifiek dat gedoe met Molly Palmer.' Hij schudde zijn hoofd. 'Hij wist er geen moer van. Hij had geruchten opgevangen. Maar het was een gevoelige knaap.' Hij nam nog een slokje koffie en zette de beker weer tussen zijn knieën. 'Hij schoot eerst haar door haar kop en toen zichzelf. Midden op het gras in Lower Macleay Park.' Hij keek van zijn koffie naar Archie. 'Neem me niet kwalijk,' zei hij. 'Had je ook koffie gewild?'

'Ik weet niet of ik wel koffie mag,' zei Archie.

'Zeg het maar als je je bedenkt. Geen punt,' zei Buddy.

'Goed,' zei Archie.

'Die knul belde eerst de senator,' vervolgde Buddy. 'Om toedeloe en val dood te zeggen. Ik ging erheen om de boel op te ruimen. Ik nam Bennett mee. Hij had na zijn studie twee jaar voor Castle gewerkt, voordat ik hem overhaalde bij de politie te gaan. We waren maar met zijn tweeën, dus we konden de lijken niet ver verplaatsen. Ik moest aan Heather Gerber denken.' Hij glimlachte hoofdschuddend. 'Gek hè, dat zoiets je blijft achtervolgen? We sleepten de lijken het bos in. Er stond een huis op de heuvel waar ze aan het werk waren. Alles was overwoekerd door klimop en ze hadden een ploeg laten komen om het weg te halen en ze hadden een hakselaar. De hond blafte als een loopse teef, maar zijn baasje moet doof zijn geweest, want er kwam niemand naar buiten. Ik haalde die jongen door de hakselaar, maar hij bleef steken. Toen heb ik die meid maar een ondiep graf gegeven. Ik vernietigde het briefje, spoelde de hakselaar schoon en zette de auto van die jongen een paar kilometer verderop. Toen ging ik weg.'

'En Molly Palmer?' vroeg Archie.

'Ze nam contact met me op. Ze wilde tien ruggen om voorgoed te verdwijnen. Ik sprak met haar af in het park, gaf haar geld en wat heroïne en liet de natuur op haar beloop.'

'Het was slechte heroïne.'

'Ik heb de naald niet in haar arm gestoken, Archie. Dat heeft ze helemaal zelf gedaan. Eens een junk, altijd een junk. Ze gaf op haar veertiende al rottigheid, en ze is in de rottigheid gestorven.'

'Waar is dat geld gebleven?' vroeg Archie.

'Dat heeft Bennett gepakt,' zei Buddy. 'Toen hij op de melding afkwam.'

Bennett was dus niet uitgegleden. Hij was als eerste aangekomen, had het geld gepakt en was toen opzettelijk gevallen om de plaats delict te vervuilen. 'Het moet frustrerend geweest zijn dat Castle doodging. Toen was het allemaal voor niets,' zei Archie.

Buddy wreef over zijn slaap alsof hij hoofdpijn voelde opzetten. 'Ik wist dat Susan Ward het verhaal niet zou laten lopen. Ook niet als Molly er niet meer was. Castle wilde het in de openbaarheid brengen.' Hij keek op naar Archie en haalde zijn schouders op. 'Ik moest hem wel vermoorden. Hij was zwak. Hij had een afspraak met Parker gemaakt om alles op te biechten. Ik heb het Bennett laten opknappen. Ik weet niet of ik het zelf had gekund. Bennett volgde Castle naar Parker en vuurde een luchtdrukpistool af op de voorband. Die band is aan flarden gegaan toen ze door het hek gingen, dus het kogelgat is nooit gevonden. Als Parker nuchter was geweest, had hij misschien kunnen voorkomen dat hij van de brug af raakte. Ik vond het verschrikkelijk, maar iemand moest Castles nagedachtenis beschermen. Hij was de beste senator die Oregon ooit heeft gehad.'

'Je hebt hem gedood om hem te beschermen,' zei Archie.

'Anders was hij publiekelijk vernederd,' zei Buddy. 'Dat kon ik niet toestaan. Dat begrijp je toch wel? Als je je hele leven in dienst van de overheid hebt gesteld, wil je niet dat het met een schandaal afloopt.' Hij nam een slokje koffie en staarde weer in het niets. 'Ik heb jou ook beschermd, hoor. Ik heb je een keer gezien.' Hij keek Archie glimlachend aan. 'Met haar.'

Archie had een droge mond. Buddy wist van zijn verhouding met Gretchen en hij had nooit iets gezegd? Hij had haar twee jaar lang elke week in de gevangenis opgezocht. Waarom?

'Wees maar niet bang,' zei Buddy met een knipoog. 'Ik zal het tegen niemand zeggen.' Hij bukte zich en zette zorgvuldig zijn koffie op de vloer. Toen tastte hij naar zijn heup, trok een halfautomatisch pistool en schoot zichzelf door zijn kin. Het schot weerkaatste in de kamer. Buddy klapte achterover en zakte op de stoel. Een van zijn stuiptrekkende voeten stootte tegen de koffiekop, die even wankelde voordat hij kantelde, omviel en spetters op het linoleum maakte.

Susan kwam uit de badkamer. Ze hield één hand voor haar mond en in de andere had ze een digitale recorder. 'God zal me kraken,' zei ze.

68

Archie was naar een andere kamer gebracht, want de technische recherche moest de hersenen van de burgemeester van de wanden schrapen.

Henry had zes uur geslapen. Hij had zijn hoofd geschoren. Hij had schone kleren aan. Archie leefde nog. De parkmoorden waren opgelost. Het zag ernaar uit dat Bennett zou bijkomen en in de gevangenis weer zou kunnen leren zelfstandig te eten.

Het zag er zonnig uit.

Fergus was bij Archie, dus stond Henry op de gang te wachten. Hij zag Debbie uit de lift naar hem toe lopen. Ze zag er geschokt uit. 'Ik heb het gehoord,' zei ze. 'Jezus, Henry.'

'Archie maakt het goed,' zei Henry. 'We mogen zo naar binnen.'

Debbies ogen vulden zich met tranen. 'Ik ga niet naar binnen,' zei ze. 'Ik kan hem niet meer zien. Dat weet je toch? Ik hou van hem, echt waar, maar ik kan het niet opbrengen. Hij wil het ook niet. Ik heb het gehad.'

'Hij heeft je nodig,' zei Henry.

Ze glimlachte met vochtige ogen en legde een hand op Henry's wang. 'Hij heeft jou nodig,' zei ze.

Hij keek haar na toen ze terugliep en weer in de lift stapte. Ze wuifde vlak voordat de deuren zich sloten.

Fergus kwam met zijn handen in zijn zakken en gebogen hoofd uit Archies kamer. En botste tegen Henry op.

'Sorry,' zei Fergus.

'Hoe is het met hem?' vroeg Henry.

'Beter, maar nog niet goed,' zei Fergus. Hij trok aan een van zijn dikke, donzige oorlellen. 'Je moet zorgen dat hij afkickt en je moet zorgen dat hij clean blijft.'

'Hij is er klaar voor,' zei Henry.

Fergus legde schutterig een hand op Henry's schouder. 'Je kunt iemand niet dwingen tegen zijn zin te blijven leven,' zei hij.

Henry keek naar Archie, die sliep.

Hij had vaker zo gezeten, na Archies eerste aanvaring met Gretchen. Toen was Archie drie weken kunstmatig in coma gehouden. Ze dachten dat ze hem hadden bevrijd, maar nu begreep Henry dat Archie altijd Gretchens gevangene was gebleven.

'Neem je nog op?' vroeg Archie zonder zijn ogen open te doen.

Henry haalde zijn overgaande mobieltje uit zijn zak, keek naar het schermpje en stopte het weer weg. 'Het is een afgeschermd nummer,' zei hij.

Archie deed zijn ogen open. 'Neem op,' zei hij.

Henry nam op en hield het toestel bij zijn oor. 'Hallo?' zei hij.

'Hallo, lieverd,' zei Gretchen.

Henry wilde de verbinding verbreken. Gewoon ophangen. Verkeerd nummer. Er nu mee ophouden. Archie iets wijsmaken, wat dan ook, om het weg te redeneren. Maar hij kon het niet. Want hoe graag Archie Gretchen ook wilde pakken, Henry wilde het nog liever. 'Hoe kom je aan mijn nummer?' vroeg hij.

Archie richtte zich op zijn ellebogen op.

'Ik wil hem spreken,' zei Gretchen.

Henry haatte haar. Hij haatte zichzelf omdat hij haar niet had doodgeschoten toen hij de kans had. Hij haatte Archie omdat die haar haar zin had gegeven. Hij haatte de wet die haar de doodstraf niet had gegeven. 'Sterf, kreng,' zei Henry.

'Hij pleegt zelfmoord, Henry,' zei Gretchen. Ze klonk kalm en verstandig. 'Hij doet het langzaam, met pillen, of hij stopt een pistool in zijn mond. Ik ben de enige die hem ervan kan weerhouden. Je weet dat ik gelijk heb.'

Hij wist inderdaad dat ze gelijk had. Hij keek naar Archie, die met uitgestoken hand op de telefoon wachtte. Zijn kleur was goed. Hij was klaarwakker. Hij had er nog niet zo goed uitgezien sinds hij was opgenomen. Hij zag eruit alsof hij het kon overleven.

Henry gaf hem de telefoon.

69

'Het spijt me van je nek, schat,' zei Gretchen.

Archie voelde aan het verband om zijn hals. 'Wat maakt een littekentje meer nou uit?' zei hij.

Ze zweeg even. 'Ik maak me zorgen om je,' zei ze toen.

'Ja,' zei Archie. 'Je hebt je altijd veel zorgen gemaakt om mijn welbevinden.'

'Is Debbie bij je weg?' vroeg Gretchen.

'Ja,' zei Archie.

'Ik wil niet dat je doodgaat.'

Archie wreef over zijn gezicht en zuchtte. 'Misschien heb jij daar geen zeggenschap over.' Het plan was dat ze de pijnstillers zouden afbouwen. Dan zouden ze zien of zijn gezondheid vooruitging. Zo niet, dan moest hij een levertransplantatie ondergaan.

'Als ik hoor dat je dood bent, vermoord ik de eerste die ik zie. De eerste die me aan jou doet denken. En dan de eerste kinderen die me aan jouw kinderen doen denken.'

Ze wist precies hoe ze hem moest manipuleren, precies wat ze moest zeggen. Hij vond het een wonder. Ze kende hem beter dan wie ook. 'Je hebt een boeiende manier van rouwverwerking,' zei hij.

'Ik meen het, schat.'

Het punt was dat hij haar óók kende. 'Het werkt naar beide kanten, hartendief,' zei hij. 'Als ik hoor van een moord met ook maar iets wat op jouw signatuur lijkt, vervalt onze afspraak. De volgende keer schiet ik.'

'Dus het wordt onthouding?' vroeg ze.

'Het wordt onthouding,' zei hij.

Henry boog zich dicht naar hem over in een poging geen woord te missen.

'Ik mag graag denken dat je jezelf niet uit je lijden kunt verlossen,' zei ze.

'Ik mag graag denken dat jij je bloeddorstigheid niet kunt bevredigen,' zei hij.

Ze lachte. Hij hield van het geluid van haar lach. Het deed hem denken aan filmsterren uit de jaren veertig. 'Ik heb genoten van ons romantische uitstapje,' zei ze verleidelijk.

Archie wierp een blik op Henry, die zijn borstelige wenkbrauwen optrok.

'Als je jezelf aangeeft,' zei Archie tegen Gretchen, 'kom ik elke dag bij je op bezoek.'

'Aanlokkelijk,' zei Gretchen, 'maar de prijs is te hoog. Tot ziens, schat.'

'Tot ziens,' zei Archie.

Hij verbrak de verbinding en gaf het toestel terug aan Henry. 'Groetjes van Gretchen,' zei hij.

Ze hadden Parkers oude bureau aan een stagiair gegeven. Parkers vrouw was gekomen, had al zijn spullen in een doos gestopt en was weer weggegaan. De bloemen waren verdwenen. Susan had zijn mok van Hooter's gejat, die nu vol pennen op haar bureau stond. Ze had haar moeder eindelijk zover gekregen dat ze weer naar huis was gegaan. Bliss zei dat ze lid wilde worden van de Arlington Club, maar Susan vroeg zich af of ze wel door de ballotage zou komen.

Ze had de boeddha nog steeds niet terug.

Derek dook op en ging op de rand van Susans bureau zitten. Ze kwamen allebei in aanmerking voor Parkers baan, die van misdaadverslaggever. 'Ik hoor dat je artikel over Molly Palmer wordt geplaatst,' zei hij.

Susan grinnikte. 'De bekentenis van de burgemeester heeft een soort klimaatverandering bewerkstelligd,' zei ze.

Derek stak zijn hand uit. 'Parker zou trots op je zijn.'

Susan nam de hand aan. 'Dank je.'

Derek keek even naar beneden. 'Heb je je ooit afgevraagd waarom Parker die ochtend bij Castle was?'

'Ik neem aan dat Castle zijn kant van het verhaal wilde laten horen,' zei Susan. 'Dat hij Parker een exclusief interview had aangeboden.'

'Hij wilde jou je primeur afpakken,' zei Derek.

Susan stak haar hand uit en draaide de mok van Hooter's zo dat de uil dezelfde kant op keek als zij. 'Ik weet het,' zei ze.

'Ben je daar niet pissig om?'

Susan schokschouderde. 'Hij was verslaggever.'

Derek keek op zijn horloge. 'Heb je zin om iets te gaan drinken?' vroeg hij.

'Nee,' zei Susan.

'Koffie?' vroeg Derek.

'Nee,' zei Susan.

'Een flesje water?' vroeg Derek.

'Nee,' zei Susan. Ze keek met haar hoofd schuin naar Derek. Ze had zichzelf die ochtend in de spiegel gezien. Het verband, de blauwe ogen. Het was niet mooi. 'Ik wil wel met je naar bed,' zei ze, 'maar ik wil geen emotionele betrokkenheid.'

'Oké,' zei Derek.

Susan glimlachte. 'Heb je een bed?' vroeg ze met de hangmat in haar achterhoofd.

'Ja,' zei hij, 'en airco.'

'Wauw,' zei ze.

Forest Park was mooi in de zomer. Een briesje kietelde de bladeren. De kreek neuriede en kabbelde, vogels tjilpten.

Archie zat op de grond bij de plek waar ze de stoffelijke resten van Heather Gerber hadden gevonden. Hij had onvermoeibaar aan die zaak gewerkt. Zijn inspanningen hadden ertoe geleid dat ze de signatuur van de Beauty Killer hadden ontdekt en dat het rechercheteam was ingesteld. Henry had gedacht dat het kwam doordat Heather Archies eerste moordzaak was, maar dat was het niet. Het kwam niet eens doordat Heather een wegloopster en een hoertje was en niemand iets om haar gaf behalve Archie.

Het kwam door haar ring. Die had om een vinger van haar gezwollen, gebroken hand vastgezeten. Een zilveren Ierse Claddagh-ring aan haar rechterhand, met de punt van het hart richting haar nagel om aan te geven dat ze nog op zoek was naar de liefde.

Hij stond op, veegde de aarde van zijn broek en liep naar de auto. Henry zat achter het stuur naar de radio te luisteren.

'Klaar?' vroeg Henry.

Terwijl Henry het parkeerterrein af reed, deed Archie zijn veiligheidsgordel om. Zijn gezwollen lever deed nog pijn en hij voelde zich altijd uitgeput, maar Fergus had hem tot vijf pillen per dag laten minderen. 'Ja,' zei hij.

'Zo,' zei Henry. 'Heb je jezelf genoeg gestraft voor je zonden?'

Archie keek naar Henry. Henry trok zijn wenkbrauwen op. 'Hoeveel weet je eigenlijk?' vroeg Archie langzaam.

'Ik heb je laten gaan,' zei Henry. 'Die avond in het Arlington. Ik vermoedde dat je een belachelijk, uitzinnig, stom plan had om haar te pakken en ik liet je gaan omdat ik dacht dat het onze beste kans was.' Hij zweeg afwachtend. Archie zei niets. 'Wil je me iets vertellen?' zei Henry.

Archie schokschouderde. 'Nee.'

'Echt niet?' drong Henry aan.

'Ik geloof je niet,' zei Archie. 'Je zou nooit toestaan dat ik mezelf als lokaas gebruikte.'

'O, jawel,' zei Henry.

'Nee, echt niet.'

'En dat uit de mond van de vent die met een seriemoordenaar heeft gewipt.'

'Ik dacht dat we het daar niet over zouden hebben.'

Henry snoof. 'Zo, achtentwintig dagen,' veranderde hij van onderwerp. 'Dat is lang.'

'Kom je me opzoeken?' vroeg Archie.

'Ja,' zei Henry. 'En Debbie heeft gezegd dat ze de kinderen zou brengen.'

Archie zocht naar de juiste woorden voor wat hij te zeggen had. 'Weet je, je mag Debbie best bellen. Als je wilt.'

Henry leunde achterover en keek Archie aan alsof hij krankzinnig was. 'Waarom zou ik?' zei hij.

Archie haalde zijn schouders op. 'Jullie zouden een goed stel zijn,' zei hij.

'Ik heb sinds een paar maanden iets met Claire,' zei Henry. 'We wilden het je wel vertellen, maar het is tegen het beleid en we wisten niet goed hoe jij erover zou denken.'

'Ik dacht dat Claire lesbisch was.'

'Omdat ze kort haar heeft?'

'Zoiets,' zei Archie.

'Progressief gedacht.'

'Ik ben blij voor jullie.' Archie dacht aan Henry's vijf huwelijken. 'Je gaat toch niet met haar trouwen, hoop ik?'

'Ik geloof dat mijn laatste scheiding nooit juridisch is bekrachtigd.'

'Leuk.' Archie leunde naar voren en probeerde of de airco het deed. Hij kwam met een stoot lucht tot leven. 'Je hebt de airco laten repareren,' zei hij.

Henry schraapte zijn keel. 'Ik heb een andere auto.'

Ze zeiden niets over Gretchen. Archie wendde zich van Henry af en keek door het raam. Ze reden over de Fremontbrug. Archie zag Mount Hood en Mount St. Helens aan de horizon opdoemen. De stad zag er groen en mooi uit.

Gretchen was uitgekookt. Ze was nu al ver weg.

Maar Archie maakte zich geen zorgen.

Hij voelde aan zijn nieuwe mobieltje in zijn broekzak. Hij had zijn oude nummer nog.

En hij wist dat het alleen maar een kwestie van tijd was voordat ze hem belde.

Dankwoord

Dank aan mijn man, Marc Mohan, en onze dochter, Eliza Fantastic Mohan; jullie zijn mijn jongens. Dank ook aan mijn agent, superheld Joy Harris, en haar linkerhersenhelft, Adam Reed, van Joy Harris Literary Agency; Nick Harris van Rabineau Wachter Sanford & Harris Literary Agency; mijn redacteur, Kelley Ragland, en haar assistent, Matt Martz; Andrew Martin, George Witte, Sally Richardson, Matt Baldacci, Matthew Shear, Steve Troha en de getalenteerde mensen van de afdelingen Marketing en Verkoop van SMP; mijn uitgevers en redacteuren in het buitenland, met name Maria Rejt en Katie James van Pan Macmillan; Freddy en Pilar DeMann van DeMann Entertainment; en Karen Munday van de Portland Audubon Society. Ik bedank Patricia Cain en Philip Miller voor hun medische kennis; Chuck Palahniuk, Suzy Vitello en Diana Jordan voor hun hulp bij het blootleggen van mijn verdorvenheid; Lisa Freeman voor haar uitleg over hoe je een injectiespuit gebruikt (dat gaat me nog eens van pas komen, ik weet het zeker); Barry Johnson en mijn andere vrienden bij *The Oregonian*; mijn bibliothecaresse van de lagere school die me van Nancy Drew-boeken voorzag, de onvolprezen Beti McCormack zaliger; onze aannemers, Amy Frye en Eli Lewis, omdat ze de klus na acht maanden hebben geklaard en ik ze mis; en alle lezers die me ooit hebben geschreven of gemaild, vooral degenen die nooit antwoord van me hebben gekregen (ik was het echt van plan, ik zweer het). Een speciaal bedankje aan mijn vrienden, die het met me volhouden hoewel ik geen telefoontjes beantwoord, niet e-mail en vrijwel nooit het huis uit kom. Ik zal lijken naar jullie allemaal vernoemen.